Arrogant

C. Daly King

Alibi

論創海外ミステリ
Ronso Kaigai MYSTERY
169

厚かましいアリバイ

C・デイリー・キング

福森典子◎訳

論創社

Arrogant Alibi
1938
by C.Daly King

目次

SFDWW SRSW NIW MWT

シェフェドゥウ・セルスー・ヌウ・ムート

死の六つの書

主要登場人物

マイケル・ロード……………………ニューヨーク市警警視
L・リース・ポンズ博士………………統合心理学者
グラント・ウースター…………………マイケル・ロードの友人
ヒルデガード・ウースター……………グラントの妻
ヴィクトリア・ティモシー……………富豪の未亡人
ギルバート・ラッセル…………………ミセス・ティモシーの顧問弁護士
ラス……………………………………ミセス・ティモシーの執事
チャーミオン・ダニッシュ……………魅惑的な若い女性
ドクター・トーマス・アーリー………内科医
エベニーザー・クインシー……………エジプト学者
エリーシャ・スプリンガー……………エジプト学マニア
L・フラワー・コプスタイン…………地方政治活動家
ロジャー・ニュートン…………………ニューイングランド・ベル電話会社の役員
ウォルター・フェナー…………………ハートフォード郡の地方検事
シュルツ………………………………検事局の捜査官
バーグマン警部補………………………ハートフォード警察署の刑事
ミシェフスキー巡査部長………………ハートフォード警察署の巡査部長
マーティロ巡査…………………………ハートフォード警察署の巡査
ドクター・ブラウナー…………………ハートフォード警察署の警察医

厚かましいアリバイ

言うまでもなく、この本はイルサに捧げる
そして、シャーマンにも

SFDW W（シェフェドゥ・ワー）

第一の書　墓の控えの間

マイケル・ロードは運転席のシートにゆったりともたれながら、両手を軽くハンドルに載せ、車体の低い高馬力の車のアクセルを片足で踏んでいた。土砂降りの雨の中、ニューイングランドにある三車線のコンクリート舗装の幹線道路をかなりのスピードで走っているところだ。唇に軽く挟んだ煙草をゆっくり吸っては、吐き出した煙が細い筋となって窓の隙間から外へ吸い出されていく。もう片方のシートに座るポンズ博士は、精神的にはともかく、身体的には心地よさそうだ。

ふたりが向かう先には、ロードのキャリアの中でも最も記憶に残るはずの事件が待ち受けている。特異で驚くべき特徴を、一つどころか、少なくとも四つか五つは備えた事件だ。

ニューヨーク市警本部長付特別捜査官としての経験の中で、ロードはそれまでも少なからぬ犯罪者と出会ってきた。表向きにどのような仮面をかぶっていても、彼らはたいてい強い意志と才能にあふれていた。が、これから出会う犯人ほど徹底的な恥知らずで、と同時に無謀なまでに大胆な人物には、いまだかつてあいまみえたことはないはずだ。

今回の事件では、通常とはちがう要素が捜査をこじらせるが、ロードが非公式な立場で捜査に加わるのはその一つに過ぎない。たとえば、容疑者のひとりがまたたく間にハートフォード警察に逮捕されたこと、それもロードの知る限り重大な殺人事件に例のない性急さは、後々予想外の混乱をもたらすことになる。

だが、なんと言っても一番際立つ特徴は、驚愕するような数々のアリバイだ。鋭い捜査官はしばしば、最も完璧そうに見えるアリバイがある人物に即座に目をつけるものだ。どんな状況であれ、自然なアリバイなど滅多になく、まして隙のないアリバイとなると、これから犯罪が起きることをまったく知らない無実の人間には、ほぼあり得ないからだ。つまり、確固たるアリバイがある場合、それは十中八九意図的に作り上げられたものなのだ。そして注意深く組み立てられたアリバイ工作は、犯行を疑わせるだけでなく、たやすく見破られることが多い。

だが、この鉄則も今回は何の役にも立たない。と言うのも、全員に完璧なアリバイ――それもホームズでさえ疑う隙もないほど、単純かつ自然なアリバイばかり――がある場合、その中から最も完璧そうな一つを、どうやって探し当てられるだろう。どのアリバイも事前に用意したかのように筋が通っていながら、その本人ではなく、無意識の状況によって生み出されたことを疑うわけにはいかない。当然ながら問題は、どれをとっても大差がないということだ。どれもこれも決定的に確実で、理論上は容疑者の誰ひとりとして犯罪を実行できなかったという結論になる。その結果、なんとも薄気味の悪い可能性が浮かび上がってしまう。

なぜなら、〈パーケット〉という奇妙で似つかわしくない呼び名のその邸には、常に謎めいた空気が漂っていたからだ。これは〝誰がコマドリを殺したか?〟というような直接的な疑問に集約できるほど、単純明快なミステリーではない。古《いにしえ》の、はるかな過去からの、もっと深く得体の知れない謎なのだ。あまりに遠い昔のことで今となっては推測か想像するしかなく、その特色や秘めたる力について独善的な自論を振りかざす者がいれば、たちまち無知が露見してしまう。はるか古代のエジプトの空気や謎めいた香りを醸し出しているのは、もちろん邸自体ではなく、その中に納められている品々だが、そこに保管されている数々の歴史的な遺物の放つ不気味な性質を、建物までもが取り込んでいるかのようだ。当然ながらそういった印象は、遺物が収納されている天井の高い、窓のない、薄暗い一つの部屋に集約されている。だが、そこから音も姿もない波動が邸じゅうに広がり、広い廊下や狭い通路、大きな客間を通り抜けて、上の階の寝室にまで流れ込んでいる。徐々に弱まりながらも、完全に消えることはない。すでに消滅した文明の空気、それも近代とは比較にならないほど長く繁栄し、まったく異質の歴史や価値や功績を持った文明の空気だ。古代エジプト人にとって近い存在であった死が、この陰鬱とした状況に、新たに一度、また一度と訪れるとき、〈パーケット〉と名付けられた邸の中はそんな空気でかつてないほど満たされる。それは気づかないうちに少しずつ〈パーケット〉の外の濡れた木々を、雨に打たれた丘陵一帯を、そしてついには、暗く恐ろしい事件全体を呑み込むのだ。

その一方で、〈パーケット〉での連続死を究明するにあたっては、いかにも現代的な状況も重要な要素となる。マイケル・ロードがハートフォードを目指して車を走らせているのが、三月二十五日だという単純な事実がそうだ。その春にコネティカット・バレーを襲った洪水の水位が、たまたまその日に最高潮に達し、公共サービスが最悪の混乱に陥っていたというだけではない。その日付は、まったく別の理由でも重要な意味を持っている。しかも、実に恐ろしい理由で。それがわかっていれば、ロードが生涯記憶から消し去ることのできないあの瞬間を未然に防げたかもしれない。だが結局は、逆にその瞬間を引き起こしてしまうことになる。

これらの事実は、ハンドルを握り、タイヤで水しぶきをあげ、目の前のフロントガラスを規則的に往復するワイパーを眺めていたロードには、まだあずかり知らないことだった。そのロードは今、ポンズに話しかけていた。「さてと博士、雨のドライブになって残念ですが、誘いに乗ってくださって嬉しい限りです。あなたのせいでケアレス城の大失敗に巻き込まれた後ですからね。警察官でも休暇を楽しめるというところをお見せできるのが楽しみですよ」

「ケアレス城の一件は、大失敗とはほど遠いだろう」ポンズが異議を唱えた。「むしろ、その正反対だ。あれには実に驚いた。想像もつかなかったよ、まさか……それほど親しくなかったとは言え、あの犯罪者とは何年も前からの知り合いだったというのに！」

「いいえ、大失敗ですよ」ロードは訂正した。「休息と気分転換という点ではね。まあ、今度は大丈夫でしょう。ゆっくりと楽しめるはずです。向こうへ着き次第すぐにでも。きっとウースターのやつがハイボールを二杯用意してわれわれの到着を待っているにちがいありません」

ポンズはうなり声をあげた。「うむ、無事に到着できたらな。言いたくないがマイケル、また六十五マイルも出しているぞ。こんなに路面が濡れているじゃないか。そんなに急がなきゃならないのかね？」

「すみません。でも、急ぐんです。ダンバリーから先だってまだ五、六十マイルあるし、ここのようなコンクリート舗装ではないから順調には走れないのです。マホパックで迂回したせいで、ずいぶん時間をとられてしまいましたから。もうすぐ五時だ。夕食前にきちんとした格好に着替えなければならないし……まあ、脚でも伸ばしてくつろいでいてください、博士。この丘を越えればすぐダンバリーです。ダンバリーでは、もう少しスピードを抑えますから」

ロードがそう言うと、車の速度もポンズ博士の苛立ちも一気に三割にまで急降下した。これほどの土砂降りにもかかわらず、ダンバリーはいつもどおりの混み具合で、それからの十分間、低く長い車体のクーペは車の間をくねくねと縫うようにして走り抜けた。やがて〈六号線の副道〉に入ると〈本線は〈この先の橋、冠水中〉とのことだった〉、速度計の針はまた四十五、五十、六十へと跳ね上がった。

たび重なるカーブや、不意に前方に現れる車から気をそらすために、ポンズ博士が尋ねた。「今夜は何やらパーティーに出かけると言っていたな?」

「ええ、たぶん。確かではありませんが、そうなると思います。ご存じないでしょうが、ハートフォードというのはこの辺りでも小さいながら華やかな街なのです。毎晩どこかでどんちゃん騒ぎをやっている。今夜行くのも、ラバー式のコントラクト・ブリッジ大会程度の集まりかもしれませんが、もっと正式なイベントの可能性が高いでしょう。どちらにしても、ディナー・ジャケットで充分ですよ、持っていらしたのでしょう?」

「ああ」

「あなたがご自分の意志で来られたわけではないのは承知しています」ロードはそう認めるだけの礼儀はわきまえていた。「わたしがしつこく誘ったので断れなかったのでしょうし、そもそも気分転換にと連れ出してくださったケアレス城で、わたしを不愉快な数日間に巻き込んだのですから。でも、心配するほど悪くないはずです。それどころか、きっとあなたも楽しい週末が過ごせると思いますよ」

「じゃあ、説明してくれ」ポンズは疑り深そうに問いかけた。「わかっているだろうが、わたしは何も知らずに来ているんだ。生まれてこの方ハートフォードを訪れたこともない。知っているのは、数日間きみの古い友人を訪ねるということだけだ。どんな人たちだね？」

ロードは熱く語りだした。「時間つぶしに簡単な人物紹介をさせるつもりですね……まずは、主人のグラント・ウースターです。彼とは十年ほど前にニューヨークで、ひょんなことから知り合いました。その話はどうでもいいですね。最近はほとんど会っていませんが、わたしから見て面白い男なんですよ。あなたならきっと彼を支配的だと思うでしょう、ええ、威圧的だとね。水を向けてやれば、あなたのご専門の心理学について思うところを正直に聞かせてくれるでしょう。相手が政治家であれ弁護士であれ、鉄道員やほかの誰であっても、同じように〝ばかばかしい〟と切り捨てるんです。あまりに攻撃的なもの言いに、彼の意見がまともかどうかも判断できなくなるでしょう。ですが、グラントは毒舌ながらも常になごやかで、聞いているあなたもそうなるはずです。議論――彼に言わせれば〝討論〟らしいのですが――を戦わせることが何よりも大好きな男なのです。それで、酒を十杯ほど飲んだころに少し酔いが回りだしたかと思うと、どこであれ座ったまますぐに眠ってしまいます。昔はかなりのテニスの腕前だったのですが、今はときどきたしなむ程度ですね。わたしより十ほど年上の四十歳で、わたしに年の功を振りかざすのを楽しんでいます。奥さんは――」

「気の毒な女性だな」ポンズが小声で言った。

「そんなことはありません。とにかく彼のことが大好きなんですから。今言いかけたように奥さんは
――おい、何をやってるんだ！」ロードが声を張り上げた。「道路の右側を走らないと、いずれ霊安室行きだぞ！」緊迫した様子の車が遠ざかっていくのを、ロードはリアガラス越しに睨みつけていた。

ポンズ博士が「むむむ」とうめいて、次なる危機に備えた。

「さっき言いかけたように、奥さんは魅力的な女性です。名前はヒルデガードですが、ガードと呼ん

であげてください。博士もきっと彼女に会ったら十分もしないうちに、たちまち打ちとけるにちがいありません。音楽の才能豊かな女性で、その分野に対する軽口も多少なら受け流してくれます――限度を超えなければね。歌が専門らしいです。素晴らしい歌声だそうで。わたしにはよくわからないのですが。わたしはどちらかと言えば彼女の話し声が好きです、ちょうどいい具合にハスキーで。ウースター夫妻は裕福とは言えませんが、貧乏でもない。とても感じのいい、気の置けない人たちです……はて、いつになったら本線に戻れるのかな」

「もうじき――だといいがな」ポンズは本心からそう言いながら、頭の中に広いコンクリート舗装の幹線道路が手招きしているイメージを思い浮かべた。「それで、どんな土地柄だね？　どんちゃん騒ぎがどうとか言っていたな？　ハートフォードと言えば、連想するのは保険業界しかないが」

「そうです、毎晩どんちゃん騒ぎがあるんですよ。社交的な集まりのことです。そう堅苦しいものではありませんがね、実際には。とは言え、田舎町の集まりとはわけがちがいます。地方都市といったところでしょうか。わかりますか、わたしには居心地がいい。もちろん、土地柄として保険業界は盛んです。ご他分に漏れず、ウースターも保険に携わっています。ですが、ハートフォードの社会はむしろ芸術的なところです。それも悪い意味じゃなく、一流のものを好むのです。音楽とか、絵画とか、いや、芸術全般ですね。愛でるのも、評価するのも、自らも披露するのも好きなんです。スポーツは完全に影をひそめていますよ。もっとも、半径十マイル以内に素晴らしいゴルフコースが三十六以上あるらしいのですが。テニスコートもいっぱいありますし。ですが、なんと言っても芸術が上です。あそこへ行くと、なぜかわたしも我慢して付き合えるのです。きっと常にそばでウースターが芸術について〝ばかばかしい〟と声高に言ってくれるおかげでしょう。要するに、いい人たちの集まりなのです。賢いのもいれば、頭の鈍いのもいて、大半はその中間、よその土地と大差ありません」

「だが、ウースター夫妻の友人はどうだ?」ポンズが訊いた。「当然、友人は大勢いるんだろう。どんな連中だ? 今夜はどんなパーティーを押しつけられるんだ?」

「正直に言って、わたしにもわかりません。お話ししたように、ウースター夫妻にはこの二年会っていないし、これまでは彼らと一緒にいるのが楽しくて、友人関係に気をとられることはなかったのです。名前すら出てきません。今夜も何かしらのパーティーに行くのだろうと予測したのは、これまでハートフォードへ行ってパーティーに連れていかれなかったことがないからです。絵画の個展を開いている人がいるかもしれない。あるいは、ハープを弾く若者がたまたま町に立ち寄っているかもしれない。わたしにはわかりません。とにかく、暖かく雨をしのげるはずです。おまけに、見知らぬ人たちが歓迎してくれる。それ以上に何がお望みですか?」

「今の話だが」ポンズがきっぱりと言った「ふたりの人間の紹介にしては、いまだかつて聞いたこともないほどひどいな。それに、ある都市とそこの住民についても。きみの話しぶりをまねて言うなら、もしもコートのポケットから飛び出した白いネズミに、どんな話を聞かされたのかと問われれば、わたしは何ひとつ聞いていないと答えるしかあるまい」

ロードは宣言した。「あなたにはいつも泣かされる」それきり口をつぐむ。長いS字カーブにさしかかり、アクセルを二度軽く踏んだだけで曲がりきると、車は再びまっすぐに伸びた本線に戻った。コンクリート舗装の三車線道路だ。

ポンズは心の底から安堵したようにため息をつき、核心をついた。「そうだとも、マイケル、きみへの埋め合わせのつもりで来たのだ。気づいているかね、きみとは四度しか一緒になる機会はなかったが、その四度ともすぐ近くで重大な犯罪が起きて全神経を注ぐ羽目になったんだぞ？　最初の三回は偶然きみと居合わせただけだとしても、四度めはわたしが誘った。そして今回はきみからだ。どこに行ってもきみには暴力や殺人がついてまわるんじゃないかと疑っても、わたしを迷信に振り回されているなどと最悪の敵でさえ責めはしないだろう。なにしろ経験に基づいているのだからな。確かに最初のうちは好奇心をかきたてられたし、劇的な状況に思わずわくわくしたことも認めよう。だが今は、もううんざりだ。職業柄、人間の異常性とは常に向き合っているが、まるでいやがらせのように繰り返すこの悪質なタイプの異常性は手に余る。わたしはごめんだな。わざわざ追い求めるつもりはない」

「それ以上言わないでください」ロードが懇願した。「でないと、本当にお歳のせいで迷信に惑わされていると思ってしまいますよ。今回は絶対に大丈夫です、そんなことは一切起きません。元気のいい、それでいて無害な人ばかりです。わたし自身、立ち直るために来ているのですから。そのために最適な場所を選んだつもりです」

道路は長い直線にさしかかり、ロードは車のスピードを上げた。ポンズが〈そうだといいがな〉と言いたげについたため息は、滑るように走るタイヤのうなり音にかき消され、しばらく沈黙が続いた。ファーミントンのすぐ手前で、ロードは再び本線を降りて複雑な道順をたどり、かつてはハートフォードへ続く大通りだった道に入った。ファーミントンを通過する間はいくらか速度を落とし、高台に戻ろうと坂道をのぼりかけたところで、ぼんやりとした人影が懐中電灯を振りながら薄暗い道に出てきた。

ロードが車を寄せると――前輪駆動車が急停車をするたびに、同乗のポンズは驚きを隠せなかった

——その人影が、ぐっしょりと濡れたやけに大きなシャコー帽（飾りのついた円筒形の軍帽）をかぶった制服姿の州兵だとわかった。

「ハートフォードへの道は通行止めです」降りしきる雨音の中から声がした。「川の水位が上がって、橋を越えたのです。ダンバリーに戻ってください」

「ハートフォードへは行きません」ロードが州兵に伝えた。「ウェスト・ハートフォードまでです。高台にあるグッドルック・ヒルです。あそこならこのまま行けるでしょう?」

「そうですね」州兵が同意した。「ええ、ここから二、三マイル先までなら大丈夫です。どうぞ、お通りください」

ロードはギアをファースト、セカンド、トップへと上げていった。「六時十五分か」ロードが言った。「充分間に合いますよ」雨がフロントガラスに叩きつけ、ヘッドライトがぼんやりと前方の道を照らしながら、石壁やガソリンスタンド、道路脇の黒い木々を浮かび上がらせた。水が流れ落ちるフロントガラスを、ワイパーが〝ウー、カチッ〟〝ウー、カチッ〟と音を立てて往復した。ポンズが再び不安に陥る間もなく、最後の三マイル半が過去へと消え去った。

SFDW SNW　シェフェドゥ・セネウ

第二の書　永遠への旅立ち

「音楽などというものは、単なるお遊びだ」グラント・ウースターが言った「要は時間つぶしに過ぎない、死を待つ間のな。遅かれ早かれ、誰のもとにも葬儀屋のお呼びがかかる。それまでに何曲か奏でておこうというわけだ。実に素晴らしいね！」

レインコートのボタンをしっかりと喉元まで留め、くたびれた帽子を頭からすっぽりとかぶると、車を家の正面へ回しに外へ出ていった。

ほかの者たちは玄関から車に乗り込むまでの十五フィートのために傘を準備して、車が来るのを待っていた。雨はまだ激しく降り続いていたが、家は小高い丘の上に建っており、ハートフォードの建物の多くが洪水で膝まで水に浸かるのをよそに、地下室でさえ被害をまぬがれていた。事実、ダウンタウンの一部は床上浸水し、自家用車とタクシー数台を除いてすべての交通機関が止まっていた。警察署は署員すべてに招集をかけ、州兵は略奪目的でうろつく者を警戒し、ボートで商業地域を見回っていた。だが、高台にあるウェスト・ハートフォードの状況は、そこまでひどくはなかった。低い土地の十字路がいくつか冠水しただけでまだ移動は可能だったが、各自で用心しながら自家用車を運転しなければならなかった。

このような異常事態はどんな集団にも漠然とした緊迫感をもたらすものだが、友人宅に着いた喜びを隠そうともしないロードにつられて、ポンズ博士までもが徐々に楽しくなり始めていた。鞄を家に運び入れるやいなや、予想どおりにハイボールが出てきた。続いて温かい風呂、次にカクテル、そして素晴らしい夕食。ウースターという男は、実に気配りのできる主人だとポンズは気づいた。客の些細な望みを察しつつ、大げさに世話を焼いたりはしない。それに、ガードはまさしくチャーミングという言葉がぴったりだった。黒髪にグレイの瞳の美人で、その夜のコンサートのためにめかし込んだ彼女は、ともすれば無礼な発言をする夫を、控えめながらさりげなく茶目っけたっぷりにいなし、その扱いは誰に対しても変わらなかった。〝男ってどうしようもないけど、いくつになっても憎めない少年なのよね〟と言いたげなガードの態度は、女らしい反面ちっとも気どっていない。男どもはそんな彼女にたしなめられ、それを喜んでいた。

一方、夕食に同席した五人めの人物も、まったく遜色なかった。ほかの四人よりずっと若い、二十二、三歳の女性だ。小柄で素晴らしいスタイルと、それに負けないぐらい美しい顔を栗色の巻き毛ときらめく茶色い瞳が飾っている。彼女も音楽に関心があり、女主人同様に歌手だった。ガードとデュエットすることもあったが、ソロが多かった。ふたりとも充分な訓練を積んでおり、コンサートのプロ歌手よりもよほど人前で歌うにふさわしかった。だが、どんな音楽よりも人間関係に深い意味を見出しているポンズ博士にとって、彼女が分析したとおりの人物だとわかるにつれ楽しくなった。常に笑顔や笑い声を絶やさず、何かにつけからかってくるウースターにも言い負けないだけの機知に富んでもいたが、何より彼女ほど男心をもてあそぶ女性には久しくお目にかかったことがなかった。相手が誰であれ、同じ部屋にいる男に気のある素振りを見せる。夕食を作ってテーブルに運んできた使用人に対してすら、野菜料理の皿越しに自分を見つめているのを見逃さず、堂々と色目を返すほどだった。

　ポンズ博士を何よりも喜ばせたのは彼女、チャーミオン・ダニッシュの飾らなさだった。その振る舞いには、パーク・アヴェニューにありがちな表面的な見栄は見られず、素直に、それでいて慣れた様子で手当たり次第男に魅力を振りまく彼女に、裏の思惑があるとはとても思えなかった。幸せな家庭を壊すつもりも、富や地位のある独身男性と結婚する気もない。相手の年齢や、既婚者かどうかにも一切とらわれない。男なら誰でも意のままにできる、ただそれだけでやっているのだ。男性が好きなのは疑いようがなく、もしそうでないとすれば不可思議この上ない。

　この魅惑的な娘に寄り添われ、旧友と再会してゆったりとくつろいでいるマイケル・ロードですら、ポンズの満足ぶりには及ばなかった。不安に満ちたドライブを経て、ポンズはこの快活で気の置けない仲間がすっかり気に入っていた。

　夕食後に、大柄で若々しい四十五歳の男が、コーヒー（とチャーミオン）目的でやってきたが、誰も奇異に思わなかった。水を滴らせ、にやにや笑いながら入ってきたドクター・トーマス・アーリーは、レインコートを脱いで顔をタオルで拭いてみると、ほかの者たち同様に夜会にふさわしいいでたちをしていたのだ。

「夕食に間に合わなくて申し訳ない」アーリーは言った。「ようやく病院を出られたので、なんとかサンドイッチだけ腹に納めて着替えてきたんです。洪水で備蓄品は台無しになるし、理事会は感染症の流行を懸念して大騒ぎですよ。ご心配なく、そんなことにはなりません……ああ、そう言えば、ガード、後でコンサートを少しばかり抜けなきゃならないんです。シモンズのじいさんがまた狭心症の発作を起こして寝込んでしまって。ご存じのとおり、ひとり住まいだというのに、今はどうあっても看護師をつけることができない。ベッドのすぐ脇に電話があるけど、そう長くひとりにしておけないのでね。入院しろと言っても、頑として聞いてもらえなくて。ミセス・ティモシーにそう伝えてもらえませんか、もし、ぼくから直接説明できなかったら」

「でも、演奏はするんでしょう? プログラムの終わり近くにあなたが出てくれる予定だと、ミセス・ティモシーから聞いているけど」

「そう、そのとおり。大丈夫ですよ、間に合うように戻ってきます。シモンズの家までは直線で二マイル少しだし、ちょっと顔を出して、様子を確認してくるだけです。ただ、今夜のピアノの演奏には自信がないな。本格的に増水が始まってから、まったく練習できなかったから」チャーミオンが何か異議を挟もうとしたが、ちょうどガードがみんなに早く出発するように促した。「一杯飲んでからでも間に合うじゃないか」ウースターが抗議した。「飲んで行かないと、素面《しらふ》じゃ、とても耐えられない」

「あちらに着いてから、好きなだけお飲みなさいな」

「ふん、向こうで何を出されるかはわかってる、きっとワインだ。ワインにサンドイッチ。くそまずいんだ」

「いいえ、ヴィクトリアには、こんな夜だからウィスキーをお願いしておいたの。用意すると約束してくれたわ。だからって飲み過ぎないでね、あなた。前回どうなったか、忘れたわけじゃないでしょう」

「うーむ」ウースターは考え込んでいた。「わかった、車を正面に回してくる」そう言うとチャーミオンのほうを向いた。「きみも乗っていくかい、子猫ちゃん?」

チャーミオンは「わたしはトムに送ってもらおうかしら」と、わざと上品ぶって言った。

「それがいい」ドクター・アーリーがきっぱりと言った。

「ああ、わかったよ」ウースターはぶつぶつ文句を言いながらコートを羽織った。「友人のマイクのことも少しは気にかけてやってくれよ。そう長く滞在するわけじゃないんだから」

「彼のことなら、気にかけてるわ」娘は宣言した。「でも、まだまだこれからだもの。誰かのことを気にかけるのは大好きなの。グラント、あなたのこともよ、ダーリン。それで今夜の歌は、そうね、マイク――あなたのために歌ってもいいかしら?」

「楽しみにしていますよ」ロードは自分に向けられたのと同じぐらい大きな微笑みを返しながら言った。

グラント・ウースターは音楽についての主張を吐き捨てると、玄関から外へ出て思いきりドアを閉めたのだった。

*　*　*　*　*　*　*　*　*　*　*　*

真っ暗な雨の中で、被害の大きな通りを避けて車を進めながら、ウースターはまだ文句を言っていた。「馬鹿娘が。あの男にくっついてると痛い目に合うぞ。もっと物わかりがいいと思っていたんだがな」

「きみも彼を気に入っているように見えたがね」ロードはあまり気にせずに言った。

「もちろん、気に入っているのよ」ウースターの隣で助手席に座る妻が振り向き、暗い後部座席に向かって話しかけた。「この人ったら、アーリーをつかまえては徹夜でチェスの相手をさせるんだもの」

「ああ、チェスはするさ。それにもちろん、アーリーを気に入っている。だが、それとこれは別だ。あのふたりは噂の的になっているんだ。彼のほうが二十も年上だからな。いや、もっとか」

「あなただってそうでしょう」ガードが落ち着いた声で言う。

「だから何だ？　おれは彼女に惚れちゃいないぞ」

「あらそう？」

「そりゃ、彼女をきれいな包装紙でくるんで持ち帰りたい気持ちはあるさ。誰だってそうだろう？だがそれは息子のためにだ、おれに息子がいればな。純粋な親心さ……きっとこっちより十分は遅れてくるんだろうよ。おれより車を飛ばすくせに」

「あなたったら」ガードのゆっくりとした口調は天下一品だった。「あなたのことを知り抜いているわたしでなければ、あら大変、この人に道徳心が芽生えてきたと勘違いするところよ。チャーミオンのことなら、あなたに心配してもらわなくても大丈夫。彼女はわたしの親友なの、あなたよりよっぽど自分の行動に責任が持てる人だと断言するわ。馬鹿娘だなんて、よく言うわね！」

「ふむ」暗闇の中でポンズが声をあげた。「確かに魅力的な娘だ、すっかり人を惹き込んでしまう。あれはたいしたものだな。わたしも奥さんとまったく同意見だよ、ウースター。警戒しなきゃならんのは男どもであって、娘のほうではない」

「何を言うか！」ウースターはわざとらしく無礼な返事をした。「今にわかるさ。さあ、着いた。きっと十分遅れてくるぞ。少なく見積もって、十分だ」

車は深さ一フィートの水たまりの中へしぶきをあげて突っ込み、急な丘の上に向かって曲線を描く私道に入った。一番上に着いて邸の正面玄関の日よけの前へ車を寄せると、使用人が駐車スペースへ入れるために車を預かろうと、ぐっしょり濡れたコートを灯りにきらめかせながら外に出てきた。

邸のエントランス・ホールは広々としていて、大きな玄関扉のほぼ真向かいに数フィートの短い階段があり、そこをのぼった先に大きな踊り場があった。ホールの片側に数十人の人が集まっていたが、ウースターはロードとポンズを連れてまっすぐ突っ切るように人込みの奥のアーチをくぐり、すぐまた同じようなアーチを通って広い中廊下へ出た。廊下の端にコート用のクローゼットがあり、一行はそこでメイドにコートを預けた。ガードがその隣の化粧室へ姿を消したため、いつものように二階へ上がった彼女が戻るのを延々と待ち続ける苦行を今夜はまぬがれた。ガードはすぐに出てきて三人を引き連れ、エントランス・ホールへ戻った。

ホールの隅にいる、いくぶん人数の減った集団に近づくと、威圧的な人影がアーチの下に立っているのが見えた。背が高く、真っ黒のイブニングドレスに身を包んだその女性の顔はあまりにごつごつと醜いために、かえって特有の美しさを放つようにさえ見えた。六十はとうに超えているはずだが、成熟した女性らしい豊満で官能的な体形を維持している。その威厳あふれる存在感は誰の目にも止まり、ウースターがポンズをつついて教えるまでもなく、それがこの邸の女主人、ミセス・ティモシーであることは明らかだった。強烈で非凡な性格が彼女の顔つきを形成し、振る舞いの一つ一つもまた、自信たっぷりにそれを物語っていた。実に幅広い分野に関心を抱き、大胆な決断力を持った人物であって、どんな局面においても彼女が味方なら大歓迎、敵なら恐れおののくべき存在だった。

彼らがミセス・ティモシーのそばへ到達するより早く、玄関のドアからチャーミオンとドクター・アーリーが入ってきて彼女に挨拶しようと立ち止まった。チャーミオンが祖母ほどの年齢の、明らか

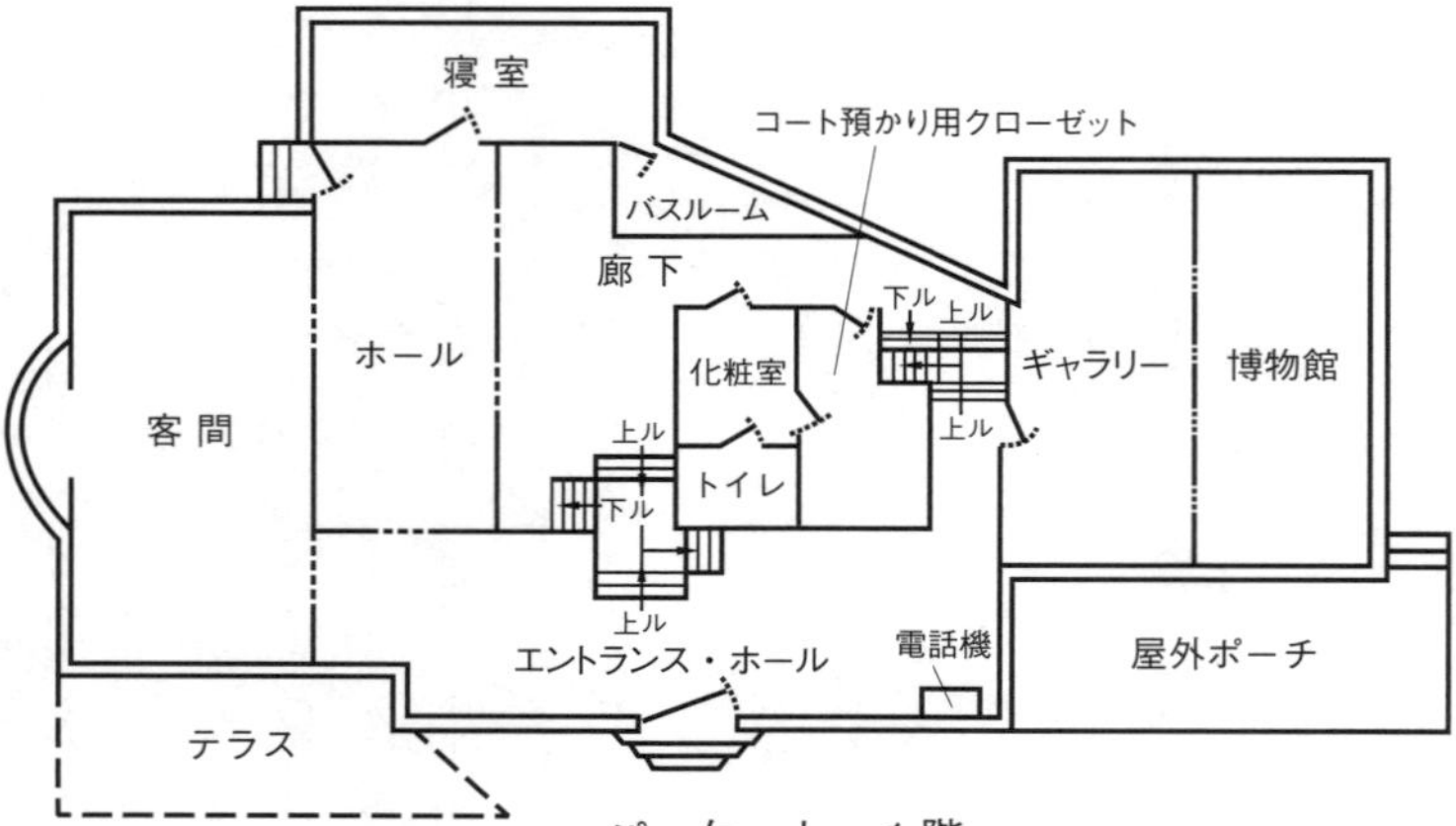
寝室
コート預かり用クローゼット
バスルーム
廊下
下ル
上ル
ホール
化粧室
ギャラリー
博物館
客間
上ル
下ル
トイレ
上ル
上ル
エントランス・ホール
電話機
屋外ポーチ
テラス

パーケット　1階

に自分よりはるかに影響力の強い女主人に向かう勇ましい姿勢を見て、ポンズには自分の内なる声が聞こえた。〈あのふたりは憎み合っている。明らかに表面上だけ取り澄ましている〉彼の心の目には、成熟した雌トラと子ライオンが互いに一歩も引かずに睨み合っている絵が浮かび上がってきた。と思うと、チャーミオンが彼女から離れていくのが見え、ミセス・ティモシーがアーリーにかけた言葉の端が耳に届いた。「あとで話を聞かせてちょうだい、トム。まずはそのコートをお脱ぎなさい。うちのホールの床が水浸しになるわ」

その後で、ロードたちも彼女に紹介された。女主人はガードに歪んだ微笑みを向けてから、実に醜い苦笑を浮かべて彼らを見た。耳障りな声が、背後の客間のざわめきよりも大きく響き渡る。「お噂は聞いていますよ、ポンズ博士。お越しくださって嬉しいわ。あなたもね、ミスター・ロード。ようこそパーケットへ」

彼女の挨拶に終止符を打つように、その瞬間、家じゅうの灯りが一斉に消えた。まるで閉鎖された炭坑のように静まり返った暗闇の中で、誰もが立ち尽くしていた。

＊　＊　＊　＊　＊　＊　＊　＊　＊　＊　＊

漆黒の闇に包まれた瞬間、ロードはちょうどミセス・ティモシーの手をとっていた。彼女が手を引っ込めると、どこにいるのか皆目わからなくなった。突然の暗闇に慣れてきたロードの目に、奥の部屋の小さな光が真っ先に飛び込んできた。誰かの煙草の火だ。

どこか遠くで、だが、はっきりと声が聞こえた。「ついに来たか。発電所が今夜持ちこたえるはずがないと思っていたんだ」

するると、高まるざわめきをかき消すようにミセス・ティモシーの声が響いた。ただし、驚くことにその声はエントランス・ホールではなく、客間から聞こえてきた。あの沈黙の暗転から数秒間のうちに、音もたてずに大急ぎで移動したことになる。

彼女の声が聞こえた。「みなさん、今いらっしゃる場所から動かないでちょうだい。充分な蠟燭のほかに灯油ランプも二個用意してあります。こうなることは予測済みでしたの。その場でお待ちになってください、すぐに火をつけさせます」

この連中ときたら、大洪水という障害に屈することなく予定どおり娯楽を続けるつもりなのだと知って、ポンズ博士は感嘆せずにいられなかった。先ほどちらりと見えた客間の様子ではすでに客は大勢集まっていたから、参加を取りやめようなどと思う者はほとんどいなかったのだろう。懐中電灯を持った使用人が三人、廊下にあるいくつもの蠟燭に火をつけて回っている。コンサート会場になるはずの客間では彼らの到着を待たずに、客の手で四十本ほどの蠟燭のほとんどにマッチで火がつけられていた。

チャーミオンはポンズたちと合流し、一緒に客間に入った。少ししてからアーリーも続いた。客間にはケータリング業者の用意した椅子が何列も並べられていたが、すでにほとんど埋まっており、ガードは彼らを部屋の奥まで連れていった。そこには大きな弧を描く張り出し窓があり、その両側二カ所のアルコーヴの間が細い出入口になっていた。音楽を堪能するには不向きな位置だが、そこなら全員揃って座れる。

それぞれの椅子の上には、きれいに印刷したプログラムが置いてあった。それによると、その夜のコンサートは歌唱や楽器演奏を取り混ぜた短い楽曲ばかりで、休憩をはさんだ二部構成になっている。客間の奥では先ほどから青白い顔をした痩せっぽちの若者がピアノの前に腰かけ、さまざまな和音を鳴らしていたが、やがてミセス・ティモシーが隣に立って彼を聴衆に紹介した。明らかによそ者らしい。まばらなお義理の拍手を受けて、若者は一曲めを弾き始めた。

片方のアルコーヴの一番奥の席に引っ込んでいたウースターは、こっそりと葉巻に火をつけ、ほかの客から離れているのをいいことに、隣の席のポンズに小声で話しかけた。「酒は置いてなかったな。素面《コールド》なまま、ここに一時間も座ってなきゃならないわけか」

邸の中は暑過ぎるほどだったので、ポンズはウースターの言う〝コールド〟が寒さのことではなく、アルコールの欠如のことだと判断した。演奏はなかなかいい。だが、少しばかり聞き逃しても惜しくない程度だ。いつものように、好奇心が先に立った。

「さっき、ちょうど電気が消える前に、ミセス・ティモシーがおかしなことを言っていたが、あれは何だったのかね?」ポンズが尋ねた。

「え?」

「〝駐車してください《パーク・イット》〟と言ったようだったが。いや、ただ〝パーク・イット〟だけなら、驚きはしても思い悩むほどじゃない。わたしの聞きまちがいでなければ、彼女は〝ようこそ、駐車してください《パーク・イット》〟と言ったはずだ。この土地特有の、歓迎の挨拶かね?」

「ははっ」ウースターが大きな笑い声をたてたので、近くの客が何人か顔をしかめて振り向いた。彼は慌ててアルコーヴの奥へと頭を引っ込めた。「パーケットだ」低いひそひそ声で言う。「この家の呼び名だよ。シメオン・ティモシーについて、聞いたことはないか?」

「その名前なら、どこかで聞いた覚えがあるような」ポンズが答える。

「そうだろうとも。もう亡くなってるがね、五年ほど前だったか。だが、生前はアメリカで最も成功した墓泥棒だったんだ」

「今、墓泥棒と言ったかね？」

「そう、墓場の泥棒だよ。イェール大学教授という立場を利用したり、名前にいくつも嘘くさい称号をくっつけたり。それで、よそ様の墓を掘り返して、見つけたものを手当たり次第盗んで、こっそり国に持ち帰っていたんだ。ほかに何と呼べばいい？　邸の中は盗品であふれ返っていたが、彼は死ぬ間際にそれを納める博物館を邸内に作った。今じゃ全部そこに詰め込んである。聞こえのいい言葉じゃないか。耳ざわりのいい、きれいな呼び名ばかりだ。博物館だの、エジプト学者だのと……でも要するに、墓泥棒なんだよ」

「一般的な意見とはほど遠いだろうがね」ポンズが保証した。「たいていの人は立派な職業だと思うだろう」

「肩書きで自分をごまかす連中は、おかしな弱点があると自ら暴露しているのだ」ウースターは根拠を示すように説明した「その弱点とは何か？　墓泥棒だってことさ」

　ガードが座ったまま身を乗り出した。「しーっ！」

「おまえこそ、うるさいぞ」ウースターが笑いながら返した。それでも、さらに声を落とした。「この邸の呼び名はエジプト語なんだ」ウースターは話を続けた。「〝パー〟というのが〈家〉、〝ケット〟は〈小さい〉という意味らしい。つまり〈小さな家〉だな。でかい邸にしてはふざけた名前だ。シメオンのやりそうなことさ。彼はいつも〝ペルケッタ〟と発音していたから、みんなが〝パーケット〟

と呼ぶたびに怒っていた。最後にはどっちが勝ったかはわかるだろう？〝パーケット〟で決まりさ、アルファベットどおりの発音で……かつて、正しくは〝ペルケテト〟だと言い張った男とシメオンが激しい口論になったこともあったな。後に和解はしたが」

「なるほど」ポンズは言った。「ありがとう。さて、静かに音楽を聞かないと、お宅の奥さんに嫌われてしまいそうだ……ひと口どうだね？　気に入ってくれると思うが」そう言って、尻ポケットから携帯用の小さなフラスコ瓶を取り出した。

ウースターは驚いて感嘆の声をあげたが、すぐに手を伸ばして瓶を軽く上げ、ポンズに親しみを込めたウィンクを投げかけると、アルコーヴのさらに陰へ身を隠そうと体を縮めた。

すでに若きピアニストは予定していた数曲を弾き終えていたが、そのままピアノの前に残り、今度は女性ヴァイオリニストに合わせて演奏していた。ポンズは彼女の演奏があまりうまいとは思えず、曲の終わりが近いとわかってほっとした。今度もまた観客からは、実際の演奏の出来とは無関係に、いかにもアメリカ人らしい拍手が贈られた。

女性と若者がお辞儀をして客席に戻ったところで、アルコーヴの入口でチャーミオンと並んで座っていたアーリーが立ち上がり、ガードに微笑みかけて小声で言った。「すぐに戻りますから」客間の壁に沿って進み、ちょうど次の演奏が始まるころに廊下へ姿を消した。難曲を上手に歌うバリトン歌手に、ポンズを含めた誰もがじっくり耳を傾けた。拍手にせがまれてアンコールが一曲、もう一曲と続く。その後にガードが立ち上がり、その男性と素晴らしいデュエットを歌ったところで、その夜のプログラムの前半が終了した。

一斉にあちこちで人が動き出した。客の少なくとも三分の一が席を立って、流動的にくっついたり離れたりしながら部屋の中を移動している。ケータリング業者のふたりの男がサンドイッチを配り、ミセス・ティモシーに仕える痩せて背の高い執事のラスが、ポンチの入った大きなガラスのボウルを車輪付きのテーブルに載せて運んできた。ポンチが次々とカップに注がれるそばから、男性客たちが連れのご婦人のもとへと運んでいく。ロードはガードの素晴らしいデュエットを称賛しようとピアノのほうへ歩いていき、ポンズは数列前の席に移ってチャーミオンに話しかけた。ウースターはポンチよりも強い酒の置いてあるサイドテーブルをめざして、さっさとすぐ隣のホールへ出ていった。年配の婦人がふたり、どうしてもすぐにガードに伝えたいことがあるとかで彼女を連れていってしまったので、ロードもウースターを探しにホールへ出た。満足げにアーチにもたれるウースターの手には、ハイボールのグラスがあった。

「ポンズとやらは、いいやつだな」ウースターは、顎を小さくしゃくって酒のありかをロードに示した。「だが、大柄な体のわりにフラスコ瓶が小さ過ぎる。それでも譲ってくれたのはありがたい。あそこのテーブルで中身を補充したところさ。それにしても、ヴィクトリア・ティモシーが客にスコッチを出すのは初めて見たが、なかなかいいものを置いているな」

ロードも同意した。「ああ、とてもうまいね。ところで、きみはこのまま酔っぱらうつもりなのかい？」

「そんなわけないだろう。さすがにここではな、マイク。もう一杯飲んだら終わりにする。家に帰ってから、また――」

「こういうコンサートは苦手のようだね、グラント」

「そのとおり、大嫌いだよ。退屈で死にそうさ。おまえとポンズはそうじゃないことを願うよ。ガードが歌う場には、おれもついて来なきゃならないんだ。馬鹿げてるとしか思えないが、彼女が喜ぶんでね。だが、今夜はもうあっちへは戻らない、断言する。これを飲み終えたら、外の空気を吸いに行ってくるよ、雨がやんでいたらな。この家の中はオーブンのように蒸し暑い。きっと大事なピアノに風邪をひかせないためなんだろうな」

ふたりはそれからもしばらく話をしていた。客間では、アルコーヴの席に戻ってきたガードに、ポンズ博士が話しかけているところだった。「ご主人の音楽に対する考えは、わたしの友人のノーマン・トリートという男にとても似ている。まさか、ご主人も芸術の科学的な批評をされているのかね？」

「とんでもない。グラントは科学をよく思ってないんですもの。こちらにいらっしゃる間に、きっとその点について聞かされると思うわ。そのミスター・トリートというご友人は、もしや先日の衝撃的な殺人事件に巻き込まれた方？」

「まさしく、そのとおり」ポンズが言った。「事件が起きたとき、わたしも現場にいたのだ。ロードも」

「まあ、なんてこと！　あんな場にいらしたのなら、音楽家なんてもううんざりでしょうね。今夜無理にコンサートにお連れするんじゃなかったわ。本当にひどい事件でしたものね！　この辺りでそんな事件が起きなくてよかったわ。是非、詳しく聞かせてくださいな」

「わたしなどより、マイケルのほうがずっとうまく話してくれるだろう。彼が事件を解決したのだから。ただ、喜んで話すとはとても思えないが」

ちょうどそのころホールでは、ウースターがサイドテーブルに空のグラスを置き、客間の壁の奥にある裏口へ向かうのをロードは眺めていた。執事のラスが、きれいに飲み尽くされたポンチのボウルを載せたテーブルを押して出てきた。執事は奥のアーチをくぐって階段の手前にテーブルを置いたまま、下の階へ降りていった。ウースターが裏口のドアを開けて外を覗いた。雨がやんだか、でなければ一時的に弱まっているらしい様子が、近くにいたロードにもわかった。ウースターがドアをさらに大きく開けて外へ出る。ロードのほうを振り返り、にやりと笑ってからドアを閉めた。

ロードは煙草に火をつけて、胸いっぱいに吸い込んだ。客間では、間もなくコンサートが再開されるらしい。だが、まだグラスに酒が残っているし、煙草もうまい。一曲めが終わったら入ろう、とロードは決めた。サイドテーブルで酒を足して、エントランス・ホールへぶらぶらと歩いていった。

そこには人影がなく、客間の入口のアーチに垂れ布がかかっていて、中が少ししか見えない。蠟燭の灯りに慣れてきた目で眺めると、邸の中の、少なくとも玄関付近は充分に明るかった。エントランス・ホールには蠟燭が四本しかなく、一番奥まではっきり見えなかったが、怪しそうな暗がりなどはなかった。隣の部屋から漏れてくる音楽は、廊下の角を曲がると想像以上に小さくなった。ふと目をやった左側の広い踊り場に、階段の先にあるはずの、見えない二階から射す光が反射していた。背後で誰かの気配がして振り向く。

チャーミオンがコンサート会場からそっと出てくるところだった。

「やあ」ロードが言った。「まさかきみまで抜け出すんじゃないだろうね？　音楽が好きなんじゃなかったのか？」

「ええ、好きよ。ただ、少し喉の調子が悪くて。あと二つでわたしの出番だというのに。二階のミセス・ティモシーの化粧室へ行って、うがいをして来るわ。必要なものがどこにしまってあるかは知ってるの。せっかくあなたのために歌うんだもの、声がかすれていてはまずいでしょう?」

「それは——ちょっと待ってくれ」どこかで電話のベルの音がする。さっと辺りを見回すと、エントランス・ホールの端に小さな電話台と年代物の椅子があるのが見えた。客間に入っていき、女主人を呼び出してコンサートを妨害するべきだろうかという考えが頭をよぎったが、やめることにした。

「わたしが出ようか?」

「ええ、お願い」チャーミオンがうなずく。

ロードはエントランス・ホールを横切って、フランス製の電話の受話器を耳に当てた。「もしもし、こちらはミセス・ティモシーの自宅です」

緊張した声が返ってきた。「わたしは——おや、ひょっとすると、ミスター・ロードじゃありませんか?」

「そうですが」ロードは驚いて答えた。

「どこかで聞いた声だと思いましたよ。あなたが出てくださってよかった。ドクター・アーリーです。患者の、ミスター・シモンズの家に来ているんです。彼は亡くなりました。実を言うと、数分前に到着したときには、すでに亡くなっていましてね。今ここにはわたししかいないので、病院から救急車が来るのを待っているところです。今夜は、あとどれぐらいかかることやら。手続きもいろいろありますしね。コンサートが終わるまでに戻るのは無理でしょう。ミセス・ティモシーにそう伝えてもらえませんか? 演奏するはずだったのに申し訳ないのですが、それどころではないので。ミセス・ティモシーには——いや、ありのままを伝えていただいて結構です……そうですか? ええ、感謝します。なるべく早くお願いできれば。ありがとうございます、ミスター・ロード」

ロードは受話器を戻し、まだ階段の下にいるチャーミオンのほうを向いた。手早く事情を説明すると、彼女が思わずはっと息を呑むのがわかった。驚きか？　ショック？　あるいは苛立ちだろうか？ロードの疑問に答えるようにチャーミオンが言った。

「ああ、悔しい！　今夜はどうしても彼のピアノが聞きたかったのに」（それに加えて、彼に家まで送ってもらいたかったのだろう、とロードは思った。それなら、わたしが代わりに送っていくとしよう）

「いいわ、ミセス・ティモシーにはわたしからお話ししておくから。彼の弾く曲だけ削ってもらいましょう。会場では姿を見かけなかったけど、きっとあの中にいらっしゃるわよね。まずは急いで二階へ行って、戻ってきたら彼女を探すわ。わたしから話したほうがいいと思うの。すぐに戻ってくるわね」

チャーミオンは足取り軽く階段をのぼり、姿を消した。ロードは飲みかけのウィスキーを置いてきた電話台のほうへゆっくりと戻り、グラスを手にとって小さくひと口飲んだ。医者というのは結構大変だな、と彼は思った。不意に予定がひっくり返るかもしれない、それも不愉快な展開で。家に入ってみたら担当する患者が死んでいたなどというのは、さぞかし不満の残る経験だろう。たとえ相手が理屈の通じない、適切な手当てを拒んでいた患者であっても。もっとも、刑事というのもかなり目を背けたくなる場面に出くわすものだが。

ロードのいる電話台の角の反対側に、家の奥に向かって細い通路が伸びており、どうやらその暗闇の先には小さな階段があるように見えた。その方向から、何かはわからないが小さな物音が聞こえて、ロードは注意を引かれた。ずっと奥のほうまで暗がりが広がっているだけで、特に変わった様子はな蝋燭などの灯りがあるように思えたが、一番奥の辺りでごく小さな光が床を横切るのに気づいた。蝋燭などの灯りがあるようには見えず、好奇心をそそられた。通路へ一歩踏み出したとたん、凍りついたように足を止めた。ほんのかすかだが、くぐもったような悲鳴が耳に届いたのだ。

くぐもった悲鳴？

どこから音が聞こえたのか混乱した者が誰でもするように、ロードは躊躇しながら辺りを見回した。また聞こえた。さっきより少しだけ大きい。悲鳴にまちがいない。恐怖が声となって響いている。広い正面階段の、どこか上のほうから聞こえたはずだ。

まだ演奏が続いている客間のほうをちらりと見た。垂れ布が動いた様子はない。中の客には悲鳴が聞こえなかったのだろう。チャーミオンはどうした？　少し前に階段をのぼっていったばかりの彼女のことが頭をよぎる。なるべく足音を立てないように、それでも全速力で、ロードはエントランス・ホールを突っ切ると階段を一段飛ばしで駆け上がった。

階段をのぼった先には、家の正面を横切るように広い廊下が伸び、蝋燭の灯りがぼんやりと光っている。廊下の一方の端には窓があり、もう片方にあるドアは閉まっていた。ドアに向かって廊下の角まで行くと、そこから直角に伸びる通路の先に、別のドアがあった。そのドアは開いていて、中から蝋燭の灯りが漏れている。中ではかすかに動く気配もする。ロードは部屋に駆け込んだ。

そこは広い部屋で、かなり大きなベッドと、大型の寝室用家具が置いてあった。右手には、今通ってきた通路に出るドアがもう一つある。左手の奥へ続く壁にもドアが二つあった。手前のドアは閉じているが、奥のドアの隙間から、蝋燭を二本置いた化粧台が見えた。寝室そのものは獣蝋蝋燭がたった一本、背の高いマホガニーの引き出し付き洋服ダンスの上で燃えているだけで、陰鬱な薄暗がりに

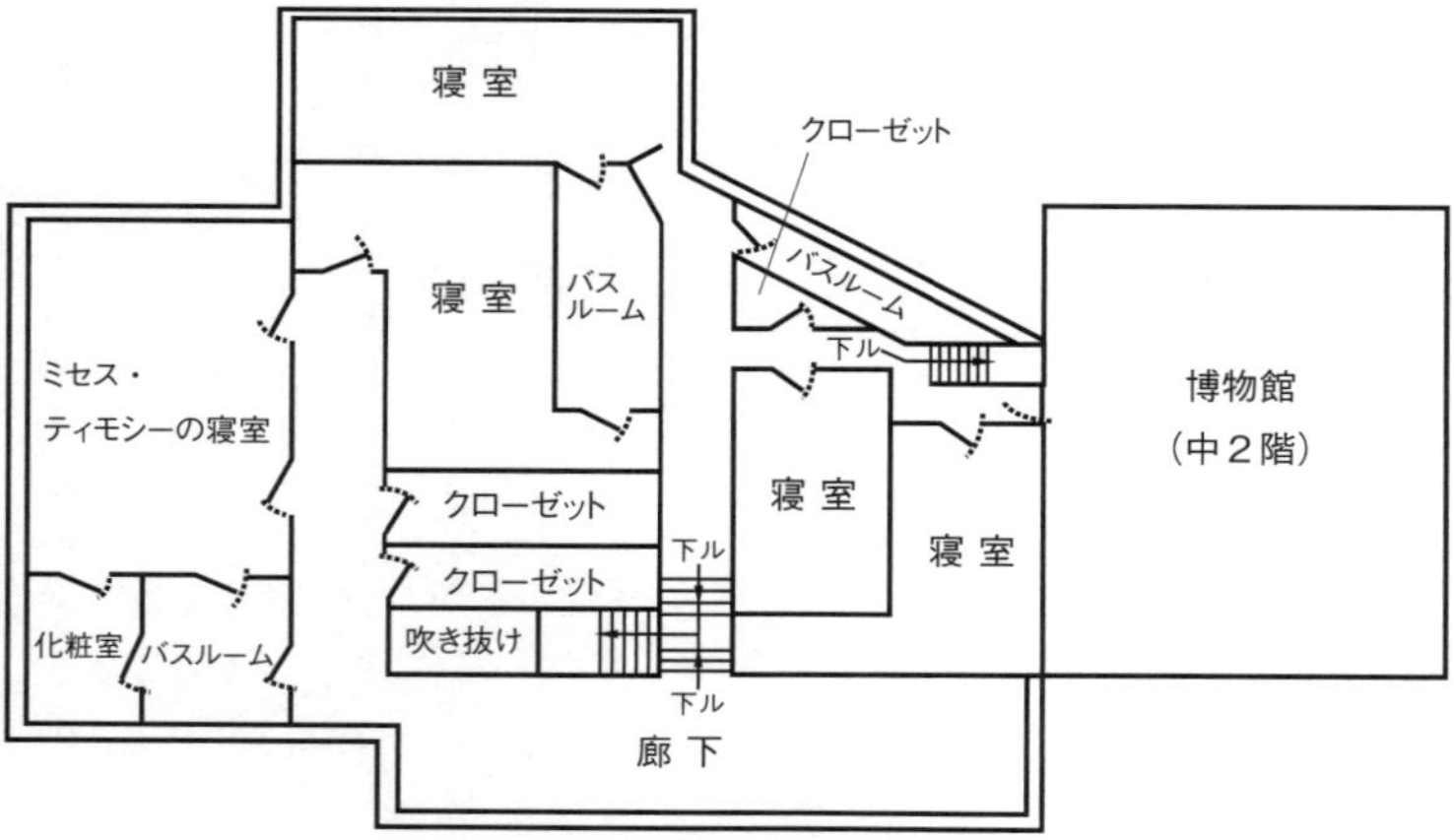
寝 室
クローゼット
寝 室
バス
ルーム
バスルーム
下ル
ミセス・
ティモシーの寝室
博物館
（中２階）
クローゼット
寝 室
寝 室
クローゼット
下ル
化粧室
バスルーム
吹き抜け
下ル
廊 下

パーケット　２階

包まれている。

そこにチャーミオンがいた。化粧室のドア枠にもたれかかるようにして、片手を喉に当て、青白い顔で恐怖に満ちた目を見開いている。ゆっくりとロードに顔を向け、かすれたような弱々しい声で「マ、マイク」と言うなり、くず折れるように床に倒れるすんでのところで、ロードが駆け寄って受けとめた。

巨大なベッドに彼女を横たえた。目立った傷などはないようだ。顔や頭には暴力を受けた痕跡はない。喉に彼女自身がつけた爪跡があったが、出血するほどではない。見た限り、体のどこにも被害を受けた様子はない。脈を探ると、弱いながらしっかりと打っている。気を失っただけだな。しばらくこのままにしておこう。

素早く部屋の中に視線を走らせたが、ほかには誰もいない。化粧室に入っていく。ここにも誰もいない。斜め前のドアが開いていて、バスルームにつながっていた。狭いバスルームは、洗面台の棚に置かれた蠟燭一本だけで充分に明るかった。三つあるドアのうち、広い廊下に出るものと、寝室につながるものは閉まっていたが、施錠されてはいない。長い経験に基づく習慣で、ロードは無意識に細かい点に目を配った。洗面台は最近使ったらしく、水滴が残っている。棚に置かれたガラスのコップの底にも水滴がいくらかついている。ラックにかかっている小ぶりのタオルはほとんど使った跡がないものの、一カ所だけかすかに口紅がついている。薬棚にはさまざまな瓶やチューブが整然と並んでいる、一つを除いて。アスピリン錠の瓶の位置だけが、少しずれていた。

ロードは化粧室に戻った。化粧室の中は、すべてがきっちりと整頓されている。再び寝室に足を踏み入れた。

寝室のドア口から眺めると、チャーミオンが入ってきたときに見たであろう光景が目に飛び込んできた。マイケル・ロードは悲鳴こそあげなかったが、ベッドの足元の向こうの床の上に青い唇を大きく開け、苦悶の形相を浮かべている顔を見たとたん、うなじの毛が逆立つのを感じた。タンスの上の蠟燭に照らし出されるように、今立っている位置からちょうど、大柄な体格の死体が横たわっているのが見えた。真っ黒いイブニングドレス姿で大の字になり、無造作にめくれたドレスから大きな片方の足が奇妙な角度で横に伸びているのは、ベッドから滑り落ちたときに曲がったせいだろう。むき出しになったミセス・ティモシーの喉元の中央、ちょうど歪んだ下顎の下あたりに、なんとも奇妙なナイフの柄が、不釣り合いに、不気味に、突き出ていた。

ロードは駆け寄って膝をついたが、傷の位置から見て、もはやどうにもできないことはわかりきっていた。血はまだゆっくりとあふれ続け、最初に血が噴き出したであろう喉の上を流れ落ちている。だが、もう手の施しようもない。すでに死んでいるのだ。

ロードは今度はしっかりと予防策を張って床を観察し、部屋の二つのクローゼットを開けた。中には誰も潜んでいない。化粧室から蠟燭を取ってきて、通路に出た。通路の向かい側の二つのドアは、それぞれクローゼットにつながっていたが、どちらも当たり前の収納物以外には何も入っていなかった。通路の端には開いたままのドアがあり、その奥には明らかに使われていない、がらんとした暗い寝室があった。

初めの寝室へ戻ってくると、ベッドに横になっていた娘の意識が戻りかけていた。バスルームからグラスに水を入れてきて、彼女の肩を片腕で抱きかかえた。「落ち着いて、お嬢さん。大丈夫だ、わたしがついている」

チャーミオンはしばらくじっと横になっていたが、小さなうめき声とともにどうにか上半身を起こした。

「こっちを見るんだ」ロードが鋭く言った。「ほかに目を向けちゃいけない」

「ああ……ああ、どうしたらいいのかしら？」

「警察に電話をかけなければ。すぐに」

「あそこに電話があるはずよ、あれの向こう――あの、倒れている、あの向こうに――」

そう言われて、洋服ダンスから遠くないテーブルの上に電話機があるのがロードにも見えた。「横になっていなさい。仰向けになって、天井を見て。ほら、横になるんだ、わたしが戻ってくるまで動くんじゃないぞ」

床の死体を迂回するように歩いていって受話器を持ち上げ、交換手を呼び出そうとダイヤルに指をかけた。ダイヤルを回したが、何かがおかしい。受話器からは発信音が聞こえないし、回したダイヤルが元の位置に戻るときのカチカチという音もしない。電話器に目を凝らしながらテーブルから持ち上げてみると、電話コードが切断されてぶら下がっているのがわかった。

ロードはベッドに戻ってきた。「一階へ降りるしかない。まだ誰もこのことを知らないんだ。きみも一緒に連れていく。わたしの肩に腕を回して。ちがう、反対側だ。手を貸そう、まっすぐ前を向いて、ほかには何も見るな」

それ以上言葉を交わさずに一緒に廊下へ出て、ゆっくりと階段を降りていった。途中で娘が二度ひどい震えに襲われ、ロードは足を止めて収まるまで待たなければならなかった。一階のエントランス・ホールには誰もいない。ロードは彼女を隅の電話台まで連れていき、その前の小さな椅子に座らせた。先ほど悲鳴を聞きつけたときに無意識に置いていった飲みかけのグラスが目に入った。

「わたしが飲んでいたウィスキーだ。飲みなさい、思いきって。すぐにまた持ってくるから」

そう言うと、電話の交換手にダイヤルして、しっかりとした声で受話器に向かって話した。

「ハートフォード警察署ですか？　こちらはニューヨーク市警のロード警視です。ウェスト・ハートフォードにある〈パーケット〉という邸で事件が起きました。大至急、警官隊を寄越してください。所有者のミセス・ヴィクトリア・ティモシーが亡くなりました。殺人です……ええ、わかりました。失礼します」

SFDW HMT　シェフェドゥ・ヘメト

第三の書　暴力による試練

午後十一時十四分、再び激しくなった雨の中から、最初のサイレンの音がかすかにマイケル・ロードの耳に届いた。邸までの長い私道の濡れて滑りやすくなったカーブを、パトカーが猛スピードでのぼってきているのだ。ロードの腕時計によれば、通報してから十三分が経過していた。遅過ぎる、半分の時間で来られたはずだ。ニューヨーク市警が担当する五つの郡であれば、詳細な申し開きが要求されるところだ。だが、未曾有の洪水で全員が現場に駆り出されている状況においては、おそらくやむを得ない理由があったのだろう。

ロードが垂れ布のかかった客間の出入口から中を覗くと、幸いにもガードと目が合った。緊迫した様子の手招きに、ガードはそっと席を立った。驚いた顔で置き去りをくらったポンズ博士は、これでアルコーヴにひとりきりになってしまった。ガードがチャーミオンの肩を抱いて一階の女性用化粧室に連れていき、そのままふたりとも出てこなかった。チャーミオンは、ロードが二重ホールのサイドテーブルから持ってきたストレートのウィスキーにむせたのを除けば、ずっと黙り込んでいた。恐ろしい衝撃を受けているだけでなく——ロードは別の印象を否定できずにいる——何かに困惑しているようだった。

ロード自身は人気《ひとけ》のなくなった中廊下に残っていた。家の正面玄関と、先ほどウースターが姿を消した裏口のドアの両方を一度に見張ることができる位置を見つけたのだ。そこからはさらに、二階の廊下へのぼる階段の一部が見える。大急ぎで二階へ上がって、ミセス・ティモシーの寝室につながるすべてのドアを施錠して回り、戻ってきて先ほどの位置で番をした。この数分間、誰とも会っていない。使用人にも。少なくとも四人はいたはずだが、今は姿を消している。だが彼らを探すために、ここを動くわけにはいかない。

家の外では、サイレンの音が表の角で消えた。間もなく正面玄関のドアが音を立てて開き、ふたりの警察官が飛び込んできた。どちらもレインコートに身を包み、帽子をゴムできつく巻いた大柄な男だ。

「何があったんですか?」リーダーらしき男が大声で尋ねると、ロードはふたりに近づいた。ロードが静かな声で言う。「わたしはニューヨーク市警のロード警視、電話をかけた者だ。こっちへ来て、声を落としてくれ」

ふたりは驚いたが、ロードの命令口調におとなしく従った。ロードのあとについて踊り場を越えて二重ホールへ向かい、途中の階段にレインコートを脱ぎ捨てた。ぱりっと乾いた制服の左そでの上腕部に、三角形の記章がついている。「わたしはミシェフスキー巡査部長」ひとりめの男が拳銃のホルスターベルトを締め直しながら言った。「こちらはマーティロ巡査、わたしの相棒です」

「上の階で殺人が起きた。この事実はまだ四人しか知らない。ほかの者たちは、その奥の部屋にいて、コンサートの演奏を聞いている。このままあそこから出さないほうがいいだろう。家のどこかに使用人が四人いるはずだが、所在はわからない。その角を曲がった化粧室に、若い女性がふたりいる。彼女たちはこの件を知っている。きみたちは無線車に乗ってたのか?　ほかの隊員が到着するのにどのぐらいかかる?」

「停電したんですね」ミシェフスキーが観察しながら言った。「灯りを持って来い、マーティー……ええ、無線車です、警視。十二分前に通報を受けたんですが、今夜パトカーで巡回に出ているのはわれわれ一台だけで、来るのに時間がかかってしまいました。あとどのぐらいで隊員が到着するのか、そもそもどれだけの人数が来られるのかはわかりません。人員の半分はハートフォードでの任務に出払っています。このウェスト・ハートフォードには、最低限の者しかいないんです」

ロードがうなずくと同時に、マーティロが大きな足でなるべく音を立てないように注意深く歩きながら戻ってきた。携帯用のサーチライトを持っている。「医者はいますか?」巡査部長が尋ねた。

「少し前までひとりいたが、往診に出ていった。殺人が起きる少し前だ。現場を見れば、急いで医者を呼ぶ必要はないとわかるだろう。警察医の到着を待ってからで大丈夫だ」

「了解です。上に行くぞ、マーティー」

ロードは鍵を三つ渡して、目的の部屋への行き方を教えた。「わたしはしばらくここにいようか?」

「そうしてもらえますか、警視、ありがとうございます。誰も家から出さないように。われわれが戻ってくるまで、全員をあの部屋に閉じ込めておいてください」

二足のブーツがドタドタと足音を立てて階段をのぼっていった。奇跡だな、とロードは思った。これだけの騒ぎが、客間へ全然伝わっていないとは。ウースターが地下から階段をのぼってきたときも、客間からは拍手の音が漏れていた。

「どうしたんだ?」ウースターがロードを見つけて驚いたように尋ねた。「きみはガードの機嫌を直すために、あの騒音が好きなふりをしているかと思ったよ。子猫ちゃんはどこだ? きみのために歌うんだとか言ってたのに。聞いてやらないつもりか？」

ロードが言った。「落ち着いて聞いてくれ、グラント……この家で殺人があった。ミセス・ティモシーが殺されたんだ」

ウースターの口が半開きになった。客間へ続くアーチのほうを見て、くぐもったピアノの音に耳を傾ける。ロードに視線を戻した。

「今何と——何を——なあ、マイク、あのウィスキーをひとりで二本とも飲んじまったのか？ きみらしくないじゃないか、おれはそこまで飲んでないぞ。家に帰れば、まだこれから飲めるというのに」

「ここも、まだこれからのはずだ」ロードが断言した。「ただし、ウィスキーの話じゃない。信じないと言うなら、化粧室へ行ってみるといい。それがいいかもしれないな、そこでガードがチャーミオンに付き添ってくれている。ふたりとも少しばかり動揺していてね……いや、やはりちょっと待ってくれ。確かめたいことがあるんだ。きみはここにいて、両方のドアを見張っていてくれないか。それから、コンサート会場から誰も出さないように。どんな理由をつけてもいいから、中にいるよう頼んでくれ。ハートフォード警察からの命令だ。わかったかい？」

ウースターは抗議した。「頭がいかれてしまったんじゃないか。いったいどうしたって言うんだ、マイク？ 本気で言ってるんじゃないだろうな？」

「本気だよ。これは現実なんだ、ふざけてるわけじゃない。ここに十分だけ立っていてくれ。さっき頼んだとおりに。十分したら戻ってくる。そのころには警察官も大勢来ているかもしれない」それ以上の反論を待たずに、ロードは夜会服の蝶ネクタイをまっすぐに直し、静かにエントランス・ホールヘ続くアーチをくぐった。

ウースターは信じがたいという面持ちでロードを見送り、疑い深い目つきで化粧室のほうを見た。サイドテーブルまで歩いていくと、戸惑いに頭を振りながら、グラスにたっぷりとウィスキーを注いだ。

＊　＊　＊　＊　＊　＊　＊　＊　＊　＊　＊

ホールを歩いていくロードの頭に、そのとき初めてこの不条理な状況が実感となって襲いかかってきた。そう離れていない化粧室では今まさに若い女性がふたり、生涯で最大の危機の一つに直面している。自分が立ち去ったばかりの廊下には、まだ信じられないながらも事実を痛感している男が立っている。まちがいなく酒を飲みながら。背後からは途切れなく音楽が流れていたが、急にその曲がやけに整然と取り澄ましているように聞こえた。そして四、五十人の客が椅子にきちんと座り、上品に音楽に耳を傾けているすぐ頭上で、彼らを招いた女主人の死体が大の字になって血を流し続け、ふたりの警察官が彼女の最も私的な所有物をあさっている。こうした状況は、確かに起きる可能性はあるだろうが、実際に起きてみると驚くしかない。

エントランス・ホールの蠟燭の灯りが、さっきよりも暗い気がした。きっと一本が燃え尽きたのだろう。ホールの端まで来たところで、彼を待ち受けている奇妙な体験が警告するようにささやきかけ、自分に取りついているこの恐怖心の正体は何だろうと、ロードは不思議に思った。ホールの端に立ち、家の奥に向かう狭い通路の先に目をこらしながら、暗闇に閉ざされたその奥がどうなっているのか見極めようとした。

ここに戻ってきたのは、この通路をもう一度見たかったからだ。さっきここを調べようとしていたときに、チャーミオンの悲鳴が聞こえて引き返したのだった。懐中電灯がほしいと思ったが、灯りをつければ自分の存在を知らせるようなものだと考え直した。通路に足を踏み入れる。

何が気になってここに戻ろうと思ったのか、彼自身よくわからなかった。一階のこの通路がどこにつながっていようと、今見てきた犯罪と関係があるとはとても思えない。だが、最初にこの通路に注意を引かれた瞬間から、何かつかみどころのない、説明のできない力が、想像力をかきたてるのだ。少年時代に丘の斜面にぽっかりと空いた穴、どこに続くかもわからない洞穴の入口と向き合って以来体験してこなかった感情を、無意識のうちに再び刺激されたのだった。

明るいホールを背にして、窓のない狭い通路に入ってみると、視界は少し良くなった。前方には先ほどと同じく床に小さな炎が反射しており、その灯りに照らされた通路の先にうっすら見えるのは、思ったとおり短い階段だった。さらに何歩か進むと、揺れる光の正体がわかった。右手の壁に隙間が空いていて、小さな灯りはその中から漏れているのだ。ロードは静かに近づいて中を覗いてみた。

初めは、ほとんど何も見えなかった。彼が覗いた部屋は、左右ともに闇の中へ溶け込んでおり、頭上の天井がどこにあるのかもはっきり認識できなかった。壁のいたるところに大きな絵画が飾ってあるようにも思えたが、ぼんやりとした暗がりの中ではそれも定かではなかった。向かい側の壁には四つのアーチが並んでいるらしく、その一つの奥から例の小さな灯りが漏れているようだ。

アーチの奥の部屋から、ぼそぼそと人の声が聞こえた気がした。ロードは分厚い絨毯の床を、足音を忍ばせて横切り、灯りから一番離れたアーチの下まで行った。

彼が目にした部屋は、たった今通ってきた部屋をそっくり反転させた造りだったが、部屋の真ん中にある一本の蠟燭によって内部の様子が少しばかりわかった。奥行はたっぷり五十フィートで間口が数ヤード、天井高は二十フィートある。奥の壁には展示ケースがいくつか設置されているらしく、天面のガラスに蠟燭が反射している。それ以外にも、部屋の中央にガラスの展示ケースが一つ二つ独立して設置してあるようだ。ロードの近くの壁にひと際大きなガラスケースがそびえ、何やら区分けされた建造物のレプリカが収まっている。壁の奥の端には、硬そうな材質の全身像が何体か傾けて並べてあるように見えたが、すぐにそれがミイラ棺だとわかった。一体だけうつ伏せに横たえてある。

いつの間にかロードの息が荒くなっていた。そのとき急に、部屋の空気に奇妙な香りか香水が満ちているのに気づいたが、呼吸が乱れるまでわからないほどごくかすかな香りだった。

部屋の中ほどにある低いテーブルの前で、ふたりの男が肘掛け椅子に座っていた。ふたりとも夜会服を着ていたが、どちらかと言えばロードと向き合うように座っている男は上着を脱ぎ、驚くことに長いガウンをまとっていた。今は完全な沈黙に包まれている。外の雨音さえ聞こえない。テーブルの上の蠟燭が、不気味なほど大きな二つの影を奥の壁に映し出している。

まる一分というもの、ロードは驚愕のあまり身動きができなかった。シメオン・ティモシーについて聞いたことはなかったが、たとえ知っていたとしても、まさか自宅の中に博物館を作っていたとは思わなかっただろう。この沈黙に包まれた場面と、何よりもここの空気によって強化され、固定された、永遠に続くような、壊すことのできない静かで重い雰囲気は、その夜のすべての出来事とは別世界のものに思えた。急にあのコンサートが、どこか遠くの浮かれた騒ぎにしか思えなくなった。まして上の階で起きた残酷で暴力的な犯罪は、まるで別の惑星で起きたかのようだ。

そのとき、ロードは目を細めて素早く身を乗り出した。低いテーブルにいる男のひとりが動いたはずみに、彼らがじっくり眺めていた物体が蠟燭の灯りに明るく照らし出されたのだ。目に飛び込んできたのは、ロードの記憶に刻みつけられた奇妙なナイフの細部、先ほどミセス・ティモシーの喉から突き出ていたものだった。

＊　＊　＊　＊　＊　＊　＊　＊　＊　＊　＊　＊

ロードは静かに、だが堂々とふたりに歩み寄った。

「こんばんは」ロードは親しみを込めて言った。

不意に話しかけられ、当然ながらふたりの男はロードに気づいて驚いた様子だった。ガウンを着た男が挨拶を返す。「こんばんは」そう言った後は何かを問いたげに間を空け、小さな炎を挟んでこの新参者をじっと見つめた。男たちは短剣を隠そうともしない。

長引く沈黙で気まずくなりかけたころ、ふたりめの男が言った。「ああ、コンサートの客だな。すっかり忘れていたよ」そう言ってテーブルの上の短剣に向き直った。「さて、わたしの意見だが。この〝アンクウィー〟は――」

だがロードはそう易々と会話から引き退がるつもりはなかった。彼も一緒になって身を乗り出し、感想を述べた。「なんとも珍しい品ですね！　いったい何ですか？」

ガウンの男が静かな甲高い声で話しだした。「古代エジプトの短剣ですよ。儀式用の道具です。友人――」そう言ってもうひとりの男にうなずきかける「――とわたしの間で、これの持つ意味合いに

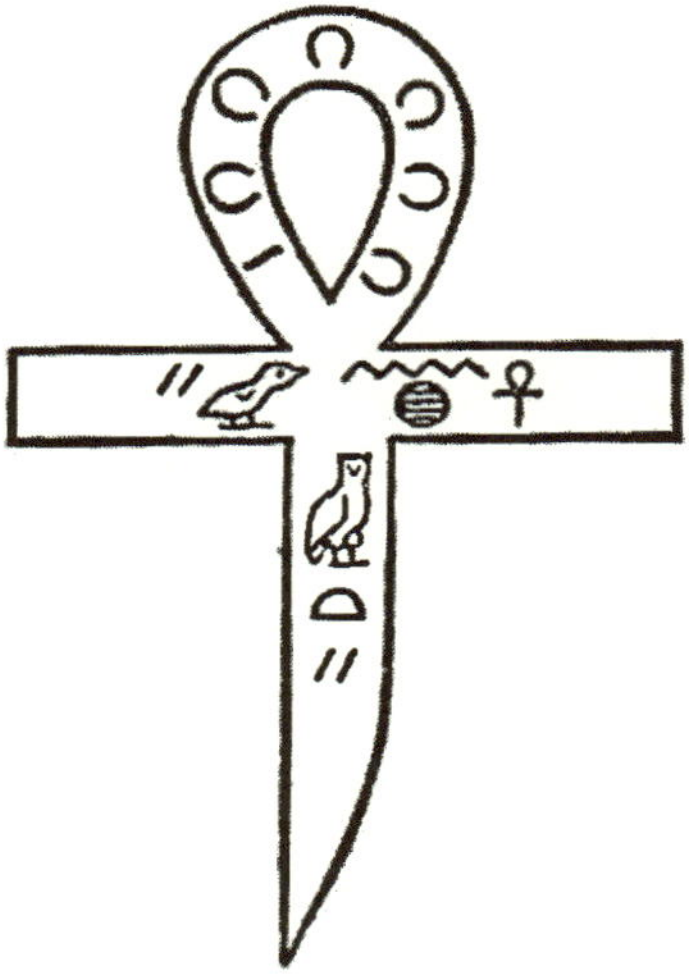

ついて意見が割れていましてね。ひょっとすると、あなたもエジプト学に興味がおありですか？」

「たった今、ひどく興味をかきたてられたところです」ロードが認めた。

「なるほど。これは非常に珍しい一品です、近くでご覧になりますか？」

まさしくロードの望んでいたことだ。手を伸ばして短剣を受け取ると、蠟燭にかざしてじっと観察した。注意深く両面を返して調べたが、裏表ともまったく同じ作りだった。

短剣を見つめながら頭の中をめまぐるしく回転させ、偶然出くわしたこの状況を見極めようとした。ここにあるのは、つい先ほどあの威厳あふれるミセス・ティモシーを殺すのに使用されたばかりの凶器だ。それが今、邸の別の場所にあり、見たことのないふたりの男が持っている――あのコンサートにはガウンを着た客などいなかったのはまちがいない。そしてこの短剣が完全にきれいな状態に戻っているのもまちがいない。表面には染み一つなく、刃に沿って彫り込まれた象形文字の細かい溝にも、血の跡はまったく見受けられない。いっそ、このふたりから事情を聞き、所持していた凶器について説明を求めるべきか？　いや、それは後で警察がやってくれるだろう。今ここでは、何かしらの策略が繰り広げられている。しばらくは話に乗ってやって、結果がどう出るか見るとしよう。一つだけ確かなことがある。自分の素性、つまり、すでにこの殺人事件を発見した経験豊かな熟練刑事であるとは、このふたりにまだ知られていないということだ。

短剣を返却すると、情報を提供してくれているほうの男が言った。「わたしの意見では、第六王朝のものか、あるいは第十九王朝になってからの懐古主義の作品かと。あなたはどう思われます?」

「十九でしょう」ロードは躊躇しながら、何のことかさっぱりわからないまま答えた。

「ほう?」ガウンの男が問いかけるように言った。

「ところで申し訳ないが、わたしはヒエログリフの解読についてはまるきり知識がないのです。この象形文字の意味を教えてもらえませんか? もちろん、あなた方に読めるのなら、ですが」

「もちろん、読めますとも」男が静かに言った。

背が低く、気の短そうなもうひとりの男がぴしゃりと言った。「からかわれてるんだよ」彼は苛立たしげに体を動かした。

「こういうことなのです」ひとりめの男が、うっすらと笑みを浮かべて説明する。「年代の特定は、主に碑文から判断します。雛鳥の後ろと十字の下部に斜線が二本あることから、少なくとも第六王朝以降のものだと推測され、かつ短剣の刃に〝死〟の限定詞が抜けているところから中王国時代初期よりは古いはずです。ここはガーディナー（一八七九〜一九六三、イギリスのエジプト学者）が正しいでしょうね。（原注：アラン・H・ガーディナー著『Egyptian Grammar』一九二七年、オックスフォード、クラレンドン出版、七三章、第四段落参照）だが、もう一方で、ホルエムヘブの始めた古い寺院の再建事業が執り行なわれた第十九王朝初期ごろには、大量に懐古的な碑紋の模写が作られていました。つまり、第十九王朝のものかもしれない。ずっとのちのエチオピア朝やサイス朝でも懐古主義は見られましたが、彼らが模写したのはせいぜいさかのぼっても中王国時代のものまでです。ですから、これはそこまで新しい時代のものではないはずです」

「なるほど」ロードが言った。「ですが、まだ何と書いてあるかは伺っていませんよ」
「説明するよりも、書いたほうが早いでしょう」目を輝かせた男が、相棒の苛立ちを無視して言った。「この紙を持って帰って、じっくり考えてごらんなさい」テーブルにあったメモ用紙を一枚破り取って何かを書き始めた。

誤った発音

 = (nh-wy ── アンクウィー = 二重の生命

 = m(w)t-y ── ムーティー = 二重の死

「ああ、そうだ」思い出したように、もう一行書き足した。

 = sr w(── セル・ワー = 六十一

〈馬の蹄鉄の形は、現在の〈十〉を意味し、縦線は〈一〉を表している〉
彼はロードに紙を渡しながら言った。「短剣の輪の部分に書かれている〝セル・ワー〟、つまり〈六十一〉の意味について、先ほどふたりで話していたのですよ。こちらのミスター・クインシーは、後期王朝の悪名高き〈セル・ワー〉の黒魔術と関連があるのではないか、と言うのです。わたしの考えはちがいます。個人的に、黒魔術など認めていませんからね」

「そのぐらいにしておけ、エリーシャ」夜会服を着た男が大声で言った。「今、重要な議論をしていたところだ」ロードが邪魔だと言いたいのが、はっきりと伝わった。

もうひとりの男も、礼儀正しいとは言え闖《ちん》入者を追い払いたい気持ちは同様らしい。「わたしはエリーシャ・スプリンガー、こちらはミスター・エベニーザー・クインシーです」そう言ってロードが名乗るのを待っていたが、返事はなかった。「またお目にかかれるといいですね」

「たぶん、そうなるでしょう」刑事は険しい表情で言った。「このぐらいにしておくというご意見にも賛成です。おふたりにお答えいただきたいのですが」厳しい声で問い詰める。「その短剣はどこで、どのような状況で入手したのか、詳しく聞かせてもらいましょう」

その言葉に、ふたりは心の底から驚愕しているようだった。

「おい、無礼にもほどが――」クインシーが言いかける。

スプリンガーのほうは、ガウンを体にきつく巻きつけ、椅子に深くもたれて静かな声で言った。

「どうしてそんな口調で責められるのか、理解しかねますね。まるでこれが盗品だと非難するような言い方じゃありませんか。この遺物は現在ミセス・ヴィクトリア・ティモシーの所有物となっています。あなたもわれわれ同様、彼女の邸に招かれているのでしょう？　この短剣の最初の所有者が誰であったかについては、わたしも推測の域を出ませんが、どのみちすでに何千年も前に亡くなっており、現在の所有者について承認するか否かは確認しようがありません。実質的にはミセス・ティモシーの所有物です。さあ、説明していただきましょうか、あなたは何者なんですか？」

「ニューヨーク市警のロード警視です。その短剣はこの一時間以内にミセス・ティモシーの喉に刺さっていました。殺人犯が彼女を殺すのに使った凶器です。説明しなければならないのはどちらか、これでわかったでしょう」

今度もまた、まったく信じられないという反応が返ってきた。スプリンガーは「あり得ませんよ」とつぶやき、エベニーザーが大声でわめく。「この男は頭がおかしいぞ！　どういうことだ、ロード。それが本名だとすればだが」

「申し上げたとおりです。ミセス・ティモシー殺害に用いられた凶器がここにある。わたしはあなた方が持っているところを発見した。まちがいようがありませんよ。彼女の喉に刺さっているのを、この目で見たのですから」

「一時間以内と言いましたね？」スプリンガーが言った。

「まちがいなく、一時間以内です」

「それなら、あなたの完全な勘ちがいですよ」ガウン姿の男が落ち着いた声で言う。「この三時間というもの、その短剣はこのテーブルの上にあって、われわれはそれについて議論していたのですから。当然、今おっしゃったほかのことについても、全部誤りなのでしょうね」

「誤りではない」ロードが鋭く言った。「ミセス・ティモシーは殺害され、地元警察がこの家を捜索中です。あなた方がそういう態度なら、ご同行いただいて彼らに直接説明してもらうしかありませんね」

立ち上がりかけていたクインシーが、再び椅子に腰を沈めた。「死んだだと！」大声で言った。「そんなことがあるものか」青ざめた顔には、不安と歓喜がなんとも奇妙に混ざり合っていた。すぐに消えたその表情を、ロードは忘れなかった。

「あなたが見たという短剣ですが」スプリンガーが尋ねた。「ここにあるものと、何もかもそっくりだったんですね？」

「そうだと思いますよ。今しがたのようにじっくりと調べる機会はありませんでしたが」

「では、じっくりと調べる機会ができたら、ちがいがあることに気づくはずです」スプリンガーが言った。「短剣は二本あるのです。二重の生命と二重の死の二重の短剣、と呼ばれているのです。ここにあるものは、文字はいわば逆向きに刻まれている。もう一方の短剣には、そっくり同じものが正しい向きで刻まれているのです」そう言うと、驚くほどの俊敏さで椅子から立ち上がった。「調べてみましょう」

スプリンガーは蠟燭を手にとり、壁に並んだ展示ケースに近づいた。蓋が空いているケースの中をちらりと覗き込んでから、並んでいるケースの中身を一つずつじっくりと調べていく。やがて首を振った。「失くなっている、まちがいない」椅子にぐったりと座ったまま呆然と宙を見ている相棒のほうを振り向く。「どうやら警視に同行したほうがよさそうだ。行くぞ、ベン。さっさと済ませてしまおう」

ロードは彼をしげしげと見つめた。「殺人があったというのにずいぶんと落ち着いていますね、ミスター・スプリンガー」

「それがどうかしましたか？」その落ち着きぶりを堂々と見せつけるかのようにスプリンガーが言った。「死というものは、この世界では当たり前のものです。現代の人間にとって、死はたいした意味を持ちません、たとえ自分自身の死であってもね……この灯りで照らしますので、ついて来てください」

＊　＊　＊　＊　＊　＊　＊　＊　＊　＊　＊　＊

ロードがふたりの男とエントランス・ホールへ戻ってくると、最後のコンサート客が帰るところだった。ミシェフスキー巡査部長が裏口のドアの脇に立ち、マーティロはコート用クローゼットの前に立っていた。ロードは知らなかったが、ちょうどそのころ二階では、警察医のドクター・ブラウナーがミセス・ティモシーの部屋で検死を進めており、家の正面玄関付近を私服姿の小柄で華奢な男がうろうろしていた。ロードたちに気づいて振り向くその男をひと目見て、ロードは彼がユダヤ系だとわかった。地味な服を着て、カールした黒い髪と鳥のような鋭い目つきで辺りを警戒している。ロードに声をかけてきた彼の口調は、驚くほどやわらかかった。が、優しくなだめるようでありながら、なぜか後から不安を抱かせるものがあった。

三人の中から瞬時にロードを警察関係者と見抜いたことで、彼の鋭い洞察力が裏付けされた。「ロード警視ですね?」彼はきっぱり言った。「おふたりを向こうの部屋へお連れいただけませんか?」そう言って、客間のアーチにかかった垂れ布を指す。

惹きつけられると同時に嫌悪感をおぼえる、複雑な気持ちにさせる男だ。どちらしろ、これまでにないタイプの捜査官と出会ったことに変わりない、とロードは思った。クインシーとスプリンガーを連れてアーチをくぐり、コンサートの後の雑然とした部屋を観察した。ケータリングの男たちは警察に連れ出されたらしく、先ほどまで整然と並んでいた椅子が見る影もなく散乱しているさまは、席を立って部屋を出ていった客たちのうろたえぶりを映しているようだ。

ほとんど誰もいなくなった部屋には、何人かずつの人間がふた手に分かれてかたまっていた。出窓の近くにいるポンズ博士がガードとチャーミオンに何やら熱心に話しており、すぐ十フィートほど離れた小さな椅子にグラント・ウースターが足を組んで横向きに座りながら、考え込むような真剣な顔つきで葉巻を吸っている。そのさらに奥では、使用人たちがひとかたまりになっていた。ラスは硬直したように椅子に浅く腰かけ、すすり泣いているふたりのメイドを暗い目つきで見下ろしていた。

ロードとふたりの男が、ウースターと使用人たちの中間あたりに座ろうとしたところへ、廊下で会った男が入ってきて全員に話しかけた。静かな物腰で同情さえにじませながら一同の正面に座り、コートの内ポケットからルーズリーフの手帳を取り出した。ちょうどウースターの真向かいの椅子だ。

男がやわらかな声で言う。「まだご存じない方のために申し上げると、わたしはウェスト・ハートフォード警察署殺人課のバーグマン警部補です。みなさんの名前はほとんど存じ上げているつもりですが、念のためにもう一度お聞かせいただけませんか」半円状に座る人々の顔をひとりずつ見つめ、彼らが順に名乗るのを聞きながら、彼は手帳の名前に印をつけ、クインシーとスプリンガーをリストに書き加えた。

「さてと」彼は打ちとけた調子で話を続けた。「ここにいるみなさんは、もちろん力を貸してくださるお気持ちがおありでしょう。第一に必要なのは情報です。みなさん一人ひとりの、どんな小さな情報も残らずです。現時点でわれわれが把握していることをお話ししますので、そこから先を教えてください。今現在、どなたにも容疑はかかっていませんし、個別に尋問するつもりもありません。ご一緒に力を合わせて、二階で起きた殺人の真相を暴いていこうではありませんか」

なるほど、とロードは思った。〝みんなで仲良く〟という雰囲気づくりか。殺人捜査の経験豊かな彼にとっても目新しいこの方法が実際に有効なのかどうか、興味が湧いてきた。

「すでにある程度の事実ははっきりしております」警部補は続けた。「ミセス・ティモシーはコンサートの休憩時間中にこの会場を退出しました。この点については、四人のご友人が証言しています。さらに執事も」——視線を向けられたラスが重々しくうなずく——「彼女がホールの階段をのぼっていくのを見ています。わたしのまちがいでなければ、それが生前に目撃された最後の姿で、おそらく午後十時四十分ごろだろうと思われます。前後に一、二分ほどのずれはあるかも知れませんが、おおよその時刻です。それ以降で何かご存じの方はいませんか？　どなたか、彼女が二階へ行った後に見かけた方は？」

その質問に答える者はなく、しばらく待ってから彼は続けた。「強盗目的の犯行でないことは確信しています。何かを盗まれた様子はないし、彼女が身に着けていた宝石類も手つかずでした。当然、何が目的だったのかを突き止めねばなりません……さて、ミスター・ポンズでしたか？　あなたは確か、お連れのみなさんの尋問が終わっていないので、ここに残りたいとおっしゃったのでしたね？これまでの話に、何か付け加えることはありませんか？」

「いいえ、残念ながら」ポンズは落ち着いた声で言った。「被害——いや——ミセス・ティモシーとは、今夜が初対面でしたから。初めてウースター夫妻を訪ねてニューヨークから着いたばかりで、あなたが発見された事実以上には何も知りません」

「そうでしょうね」バーグマンは視線をチャーミオンに移した。「ミス・ダニッシュ、ミセス・ティモシーを発見したのはあなただそうですね。詳しく話してもらえませんか。そもそも、どうしてあなたは二階へ上がったのか、どうやって犯行現場を発見したのか、覚えていることをすべて聞かせてください。ゆっくりで結構ですからね、お嬢さん。大事なのは、思い出せる限りのことを何もかも、、、お話しいただくことなのです」

娘は見るからに惨めな状態で、もしバーグマンが彼女の気持ちを楽にしようと意図的にポンズを最初に指名したのだとしたら、その作戦は成功したとは言い難かった。ようやく口を開いた声はあまりに小さく、バーグマンよりも彼女に近い席にいたロードでさえ、身を乗り出さなければ聞きとれないほどだった。

「喉が痛かったんです。コンサートで歌う予定だったのに。ミセス・ティモシーの化粧室で、アスピリンを水に溶かしてうがいをしようと思って」

「あなたはアスピリンを持ち合わせていなかったんですね？　一階には置いていないのですか？」

「一階にあるとは思わなかったし、ミセス・ティモシーが二階にしまっているのは知っていたので。わたし自身は持っていませんでした」

「それで二階へ上がったのは何時ごろでしたか、覚えていらっしゃればですが、ミス・ダニッシュ？」

「わかりません。コンサートの後半が始まるところでした。ホールでミスター・ロードに会って――」

「そのとおりです」ロードが割って入った。「時刻については後回しでいいでしょう、警部補。わたしのほうが、より正確な推測ができるはずですから」

「結構です。さて、二階へ上がってからですが、正確には何をしましたか、ミス・ダニッシュ？　順番に、残らず話してください」

「廊下を歩いて、ミセス・ティモシーのバスルームに入りました。そこで――」

「ちょっと待ってください。廊下から直接バスルームに入ったんですね。そのとき、バスルームのドアは開いていましたか?」

「いいえ、閉まっていました。でも、鍵はかかってなかったわ。ドアを開けて、中へ入ったんです」

「寝室のドアはどうでしたか? つまり、廊下から寝室へ入る二つのドアです。閉まっていましたか、開いていましたか? 寝室には灯りがついていましたか?」

「わかりません。でも、寝室には灯りがついていたと思います。その数分後に入ったときにはついていましたから。バスルームに近いほうのドアは開いていたかも――いいえ、覚えていないわ。奥のドアのことはまったく気づきませんでした」

「いいでしょう。あなたはバスルームに入った。そこでうがいをしたんですか? 入ってすぐに?」

「そうです」

「それから?」

「それから、アスピリンをしまって、化粧室を通って寝室へ入ったら――」

「どうしてそんなことを? 入ってきたときのように、バスルームから直接廊下へ出て一階へ降りればよかったのでは?」

「なぜって――わからないわ。たぶん――わざわざ化粧室を通ろうと思ったのには、たぶん理由があったはずだけど、今はそれが思い出せないわ……化粧台には行かなかったし……ほんとうに思い出せないんです。ああ、もう何もかも――」

「まあまあ、ミス・ダニッシュ」バーグマンがなだめるように言った。「今すぐにすべてを思い出せと言っても、無理かも知れませんね。バスルームを出たときの様子を頭に浮かべてみてください。バスルームから化粧室へのドア、それから化粧室から寝室へのドアについて。開いていましたか？　閉じていましたか？」

「バスルームと化粧室の間のドアは開いていたわ。そこから寝室へ行くドアは閉まっていた。だからわたしが開けたの……鍵はかかっていなかったわ」

「もしかしたら、うがいの最中か、あるいはうがいの直後に、寝室から何か物音が聞こえて見に行ったんじゃありませんか？　その状況で、寝室からの音を聞くことは可能でしたか？」

「普通の話し声なら聞こえなかったと思います。きっと聞こえないわ。でも、ほかの音なら……たとえば、取っ組み合うような物音だったら聞こえたはずです。ええ、大きい音ならきっと聞こえたと思います。でも、でも、何も聞こえませんでした」

「それは確かですか？　寝室に入ったのには、何か理由があったはずですよね」

「ああ、思い出せたらいいんだけど。でも、思い出せないわ。これだけは言えます。寝室から何かが聞こえたから行ったわけじゃありません、つまり、物音を聞いた覚えがないというか……ただ寝室に入っていったら、彼女が床に横たわっていたんです。わたし、悲鳴をあげたような気がするわ。ドアにしがみついて、悲鳴をあげようとして。そこへミスター・ロードが来てくれて、きっとわたしは気を失ったのね。ミスター・ロードがわたしをベッドに寝かせて、それから一階へ連れてきてくださったんです」

「初めに見つけたとき、ミセス・ティモシーは死んでいましたか？」

「はい」

「なぜそうだと言えるんです？　そばまで近づいたんですか？　確認したんですか？」

「いいえ。ああ、まさか！　そんなこと――わたしには――」

「では、なぜそう言いきれるんですか？」

「だって、見えたのよ。そこに横たわっていたの。ひと目見ただけで――無残な姿だったわ。誰の目にも明らかじゃないの。彼女が――わたし――」

「大丈夫ですよ、ミス・ダニッシュ、もう結構です」警部補がなだめるように手を上げた。「今回のことで気持ちが高ぶるのは、ごく自然なことです。それ以上何も話すことがないとおっしゃるのでしたら――」彼は口を閉ざし、チャーミオンが首を振りながらガードの手を握りしめるのを見て、ロードに視線を移した。

「警視、次に現場に現れたのはあなたというわけですね。何か教えていただけることはありますか？」

ロードが言った。「まずは時刻についてです。わたしもウースター夫妻の客として、ふたりに同行してここへ来ました。コンサートの後半が始まるころ、わたしはエントランス・ホールにいて、ミス・ダニッシュがこの部屋から出てくるのを見ました。喉が痛く、二階のミセス・ティモシーの化粧室へ行くのだと言っていました。わたしの推測では、十時五十分ごろだったと思います。どうしてそう思うかは後で説明しましょう。ちょうどそのとき電話が鳴って、わたしが応対した後にもう少しミス・ダニッシュと話をしました。彼女が二階へ上がったのは、十時五十二、三分だと思いますね。わたしはひとりで一階のエントランス・ホールに残りました。それから二分と経たないうちに悲鳴が聞こえ、大急ぎで二階へ駆けつけると、ミセス・ティモシーの寝室と化粧室の間のドアにミス・ダニッシュがもたれかかっているのを見つけました。それが十時五十五分のはずです。そのときには、バスルームから廊下へのドアと、バスルームから寝室へのドアを除いて、全部のドアが開いていました。ミス・ダニッシュが気絶したので、ベッドに寝かせました。部屋には蠟燭が一本しかなく、その暗がりのせいで、すぐにはミセス・ティモシーの遺体は見えませんでした。化粧室とバスルームを調べ、化粧室から寝室へのドアを通って戻ってくるときに、床に横たわったミセス・ティモシーの遺体に気づいたのです。その時点では、すでに死んでいましたよ。すぐに確認しましたから。そのとき、彼女の寝室や続き部屋にも、廊下を挟んだクローゼットにも、廊下の奥にあるほかの寝室にも、誰もいませんでした。

ミセス・ティモシーの寝室に戻り、そこにあった電話からあなた方警察へ連絡しようとしました。が、電話機と壁の配線ボックスをつなぐコードが切断されていたのです。ミス・ダニッシュを連れて下へ降りてきて、エントランス・ホールの電話から警察へ通報したのが十一時一分。無線を受けたパトカーがここへ到着したのが十一時十四分。先ほどお話しした推定時刻は、そのときに実際に時計を確認した十一時一分から逆算して出したわけです。もちろん、一分ほどの誤差はあるかもしれない。それでも、せいぜい一分です。初めにコンサート会場を出てくるミス・ダニッシュを目撃してから、一階のエントランスの電話で警察に通報するまでの一連の出来事は、全部で十分か十一分以内で、途中の時間経過についても今申し上げたとおりだと断言しますよ」

ロードは隣に座っているふたりの男を指した。「ちょうどあなたが到着されたとき、家の反対側にある博物館のような部屋でこのふたりを見つけました。たぶん同じころだと思うのですが。彼らは短剣を調べているところで、最初はそれがミセス・ティモシーを刺した凶器だと思いました。ポケットに入れて持って来たのでお渡ししましょう。ところが、彼らが言うには、この短剣はほとんど同じものと対になっていて、そのもう一本が博物館から紛失しているらしい。こちらの短剣は、この三時間以上彼らのすぐ目の前にあったとのことです。それについては、わたしは確認できていませんが」

バーグマンはロードが差し出した短剣を受け取り、興味深そうに観察した。「おっしゃるとおり、これは凶器と本当にそっくりですね」彼は認めた。「ただし複製だというのも、おふたりの言うとおりです。もう一本は今もまだ二階の警察医のもとにありますから。さっきわたしが降りてくるときにあそこに置いてきたのです」

「そうですか、わたしが知っている情報はこれですべてです」ロードが言った。

「ありがとうございました、警視」バーグマンが言った。「では」彼はいかにも形だけの質問口調で言った。「何か付け加えることはありますか、ミセス・ウースター？」

「ありません」ガードが疲れきった声で言った。「裏付けが欲しいとおっしゃるのなら、ミスター・ロードとポンズ博士は確かに我が家の客人です。ミセス・ティモシーとは今夜、こちらへ到着したときにご挨拶して、コンサートが休憩に入ってすぐにもう一度お話ししました。いつもと何も変わらない様子でしたよ、活力があって上品で、でも厳しい面もあって。こんなことが起きるのを彼女が予測していたとはとても思えません。でもわたし自身はコンサートが始まる前にこの部屋に入ったきり、彼女が──殺された後にミスター・ロードに呼び出されるまで、ずっとここにおりました。あなたのおっしゃるような証言は何もできそうにありませんわ」

この一団からはもう何も聞けそうにないと判断した警部補は、落ち着いた面持ちでうなずいた。次に使用人たちに顔を向けた彼の声からは、やわらかさが薄らいでいた。

「きみはミセス・ティモシーの執事で、名前はラスだね。主人が休憩の最中に二階へ上がるのを見たというきみの証言はもう聞いている。今はそれと同じくらい重要なことに目を向けなければならない。彼女の部屋の電話のコードが切られたのは、いつだ？」

「わかりません」

「わからないはずがないだろう。きみはここの使用人たちの責任者じゃないのか？」

「そうです」ラスが答えた。「ですが、二階の部屋の管理はわたしの仕事ではありません。メアリーならもっとお話しできると思います」隣にいるメイドのひとりを肘でつついた。

娘は鼻をすすって息を呑んだが、何も言わなかった。

「ほら、ほら」バーグマンがせかした。「メアリーと言ったね？　きみはミセス・ティモシーの部屋を担当しているのかい、メアリー？」

「はい、そうです」

「最後に彼女の寝室に入ったのはいつだ？」

「今日の午後です」

「何時ごろ？」

「六時だったと思います。わたしたち、お茶の時間が終わったばかりでしたから」

「それで、今日の午後六時には、寝室の電話は正常だったのかね？」

「わかりません」

「気づかなかったと言うのか？　では寝室で何をしていたんだ？　なぜ部屋に入った？」

「ええ、気づきませんでした。奥様から夕食についての指示があるからと、お部屋に呼ばれて行ったんです。でもお部屋に入ると、奥様はケータリング業者とお話し中で、終わるまで待たなきゃならなくて。それから奥様は――」

「彼女はケータリング業者に電話をかけていたと言うのか？」

「はい、そうです」

「では、電話は正常だったということになる、ちがうかね？」

「そうだと思います」

「部屋に入ったのは、それが最後なんだね、ミセス・ティモシーの寝室に」

「はい、そうです」

「どのぐらい部屋にいた？」

「ほんの数分です。奥様に指示をいただいて、部屋を出ました」

「わかった。つまり六時数分過ぎには電話に異常はなく、その時刻から今夜の、そうだな、十時四十分までの間にコードが切られたことになる。殺人の前までに切ったはずだからな。つまり、四時間半の幅があるわけだ。さてラス、六時からコンサートの客が到着し始めるまでの間に、家の中にいたのは誰だ？」

「誰もいません。もちろん、ドクター・アーリーが午後ミセス・ティモシーに会いに来られましたし、ミスター・クインシーとミスター・スプリンガーもおられました。でも、みなさん六時までには帰られたのです。夕食はミセス・ティモシーおひとりでした。ミスター・クインシーとミスター・スプリンガーは八時十五分に戻ってきて、まっすぐ博物館へ向かわれました。その十分ほど後に、コンサートのひとりめのお客様をお迎えしたのです」

「なるほど」バーグマンは躊躇しながら手帳の記録をたどった。「つまり六時から八時十五分か二十分までの間は、常勤の使用人を除けば、ミセス・ティモシーはこの家にひとりきりだったと？」

「ケータリング業者が来たのは九時近くでした」ラスが付け加えた。「お客様に給仕を始めるのは十時三十分の予定でしたし、椅子は午後のうちに運び込んでありました」

警部補は考え事をするような口調で、頭に浮かんだことを声に出した。「電話コードが切られたのは夕食中かもしれないな。いや、窓などが破られた形跡はない。この家に堂々と入れる人間の仕業にちがいない。だが、客が集まり始めた後、八時十五分以降は、何人もが入れかわり立ちかわり二階へ上がっただろう。充分に機会はあったはずだ」

「それはちがいます」ラスが再び説明した。「邸を改築して博物館を造ったとき、以前あった書斎をホールに作り変えて、お客様のコートを全部一階で預かれるクローゼットもできました。今夜のお客様はどなたも二階へ上がっていないと思います。いつもそうなのです、暗黙のルールで」

ロードが尋ねた。「ミセス・ティモシーが助けを呼べないようにする目的で、殺人犯があらかじめ寝室の電話コードを切ったという推理ですか？　でもあれは内線電話じゃないんですよ。同じ屋根の下に、すぐ近くに大勢の人がいるのに、どうして彼女が外へ電話をかけて助けを呼ぶと思うでしょう？　どうにもおかしな手順に思えるのですが」

「そうですね、確かに変です」警部補も認めた。「ですが、コードの切断と殺人が無関係だとは思えません。電話のコードを切ったのは殺人犯自身か、共犯者でしょう。愚かで無益な行為だとしても、ときにはそんなことをやるものです……今のところは置いておきましょう。はっきりさせなければならないことがほかにもありますから。ミスター・クインシー、あなたは今夜ずっと博物館にいて、家の反対側で起きていたことにまったく気づかなかったというわけですか?」

「そのとおり。そういうことだ」

「あなたはこちらとは家族ぐるみのお付き合いでしたか、ミスター・クインシー?」

「どうしても話せというならしかたない」クインシーがぶっきらぼうに言った。「わたしと、ここにいるミスター・スプリンガーの立場を説明しよう。われわれは今世紀最高のエジプト学者だったシメオン・ティモシーと生涯の友だった。わたしもエジプト学の研究者で、ミスター・スプリンガーはアマチュアながら幅広い知識を持っている。われわれが亡きシメオン・ティモシーとどれほど近い関係にあったか、彼が長い研究生活の末に選び抜いた逸品ばかりの小規模な、だが見事なコレクションにわれわれがどれほど魅入られているか、きみたちにもわかるだろう。もう一度言おう、逸品揃いなのだ。ティモシー・コレクションは、わが国、いや世界でも最高級だ。われわれはコレクションのミイラの一つを、完全体としては記録上最古のミイラ、ペピ一世の長男の〝メルエン・ラー〟だと鑑定している。ほかに、もう少し時代の新しい四体のミイラもあり、ファラオたちの栄光がさらなる高みを極めた時代の――」

バーグマンが静かに口を挟んだ。「そうですか、ミスター・クインシー。では、あなた方はこちらへはよく出入りされていたんですね、ミスター・ティモシーが亡くなった後も、彼のコレクションを調べるという目的で。今夜もそのためにこちらを訪ねられたというわけでしょうか?」

「むろん」彼は鋭く返した。「そうだとも、警部補。ミスター・ティモシーは亡くなる際に、正式な指示を遺書にしたのだ。妻が生きている間はコレクションを維持するようにと。一般公開されたことはないが、古い友人であるわれわれだけはミセスから好きなときに訪れてもかまわないという許可を取り、事実かなりの時間をここで過ごしている。ミセス・ティモシーとも、もちろん何年も前からの知り合いではあるが、シメオンと同じような付き合いではない。彼女の関心はもっぱら現在にあって、わたし個人は過去にしか興味がないのだから」

「それで、そのコレクションは今後どうなるんです？　ミセス・ティモシーは亡くなったんですよ」

「どうもそうらしいな。コレクションは、ミスター・スプリンガーとわたしに遺された一部の遺品を除いて、まるごとカイロ博物館に返却されることになっている。スプリンガーには、さっき説明した古いほうのミイラ一体と、第二王朝の壺を一点。それは公けになっている事実だ。わたしはスカラベ（神聖化した黄金虫をかたどった古代エジプトの装飾品）を一点か二点、第十九王朝の石碑《ステラ》を一点、それに後期の魔術についての貴重なパピルスを二点だ。譲り先としてふさわしいと認められれば、ミスター・ティモシーは実に気前がよかったと言えよう……ああ！」突然クインシーが大声を出した。「まさかとは思うが、今の話を聞いてわれわれにミセス・ティモシーを殺す動機があったなどと、さすがのきみも言いださないだろうね、警部補？」

バーグマンはにっこり微笑んだ。「たいした動機にはならないと思いますね、ミスター・クインシー。殺人というのは極めて重大な犯罪です。たかが古ぼけた遺物の数点、いくら感傷的価値があるとはいえ――」彼は終わりまで言わず、続きは沈黙の中に消えていった。

クインシーは、自身の価値観をむげにされた憤慨と、真の価値を訴えることで動機の可能性を明示してしまう不安との間で思い悩んだあげく言葉に詰まった。また何かを言おうとしたところへ警部補が、今度は真剣な口調で言葉を継いだ。

「そう、次は動機について話しましょう、みなさん。ミセス・ティモシーを殺害する動機のある人物、あるいはその疑いが少しでもありそうな人でもかまいません、この中に何か心当たりのある方はいらっしゃいませんか？　ご存じでしょうが、もしも誰かが怪しいと思われるのなら、疑いをくすぶるに任せた末に噂となって広まるよりも、後で何でもなかったと証明されたとしても、早いうちに警察に届けて調べを済ませたほうがいいですよ」

「ミセス・ティモシーは、とても裕福だったから」ガードがゆっくりと切りだした。

するとクインシーが堰を切ったように話しだした。「そう、非常に裕福だった。そんなことは誰でも知っている。だが、誰も彼女の遺言書の中身を知らない。その点ではシメオンと正反対だ。彼は死後の財産をどうするつもりか、亡くなるずっと前から公言していた。彼女が誰かに財産を遺していることはわかっている、もしかするとこの部屋の中にいる何人かにも。だが同時に、彼女のことだから誰かひとりに多額の遺産をやるはずがないことも、みなわかっている。もしも警部補が〝古ぼけた遺物〟とやらにたいした価値がないと考えているなら、同様にたかが数千ドルで人は殺人を犯さないだろう。だが実際には――」彼は急に口をつぐんだ。

「今何か言いかけましたね？」バーグマンが静かな口調で尋ねる。

「いや、なんでもない」

「そうおっしゃらずにミスター・クインシー、なんでもないことはないでしょう。ミセス・ティモシー殺害の動機について何らかの疑いを抱いていらっしゃる、それを言いかけたんじゃありませんか。わかっておいでalong でしょうが、あなたにはその情報を提供する義務があるのですよ」

「いや、断じてちがう。わたしが言おうとしていたことは、きっと事件とは無関係だ」

バーグマンの話し方には説得力があった。「それはこちらで判断させてください、ミスター・クインシー。捜査協力であやまちを犯す人がどれほど多いことか、おわかりいただけていないのでしょうね。通常の調査では何週間もかかって掘り起こされる重要な事実を、ただ前もって打ち明けてもらえなかったためにどれほど捜査が妨げられるかをご存じなら、きっとためらわずにお話しいただけるでしょうに。あるいは、教えていただかない限り、われわれにはその手がかりは決して見つけられないかもしれない。あなたは殺人犯を見逃してやるような、今回の被害者や市民のみなさんに対する義務を果たさないような人間ではないはずです。よもや情報を隠蔽するおつもりなどないと確信しています」

「どうせ無駄だ」クインシーがぼそぼそとつぶやく。「わたしが疑っていることを話しても、信じてもらえるはずがない」

「ミスター・クインシー」バーグマンが熱っぽく語りかけた。「おっしゃることは何であれ真剣に受け止めます、是非信じていただきたい」

「わかった」エジプト学者は心を決めると活力を取り戻したらしく、話す以上は思いきって何もかも吐き出そうとするかのようだった。「きみたちが〈古きケムの国〉（〝ケム〟は〝黒〟の意、転じて黒い土、つまり古代エジプト王国のこと）の力や魔力について抱く感想は、かつてわたしが若いころに感じていたものと同じだろう。真のエジプトの力を、ひと言で言えば迷信だと思っている。わたしも科学的な教育を受け、若いころには〝科学〟こそが明白に、簡潔に、確実にすべてを説明するものだと思っていた。〝科学〟は、どんな疑問にもいずれ答えを導くための枠組みを作り上げ、事実ほとんどの疑問は解明してきたのだと。その枠組みや科学的視点を外れたものは、空虚な迷信であり、突きつけられた厳しい事実を受けとめられない無教養なやつらの逃げ場だと思っていた。そう信じている者には——わたしもそのひとりだったわけだが

――エジプトであれ、どこのものであれ、魔術などというのは実に馬鹿げて見える。すべての魔術は、〝科学〟の理論的な根拠を持たないのだと。

一方で、わたしはエジプト学に興味を持ち、その研究を始めた。今もその研究は継続し、エジプト学への興味も変わらないが、当時と比べて〝科学〟はずいぶんと変わった。今や〝科学〟はすべてを簡潔にも確実にも説明できない。最終的な結論は不確かで、最も強固な前提さえ慎重かつ懐疑的に見直されている。古代の〈ヘカウ〉と呼ばれる魔術についての知識が増すにつれ、わたしがその現実味に対して抱いていた不信感は徐々に減っていった。やがてわたしは〝この天と地には、哲学では想像できないあまたのものが存在する〟（シェイクスピア『ハムレット』より）と考える段階に入ったわけだ」

バーグマン警部補は申し訳なさそうに手を上げて、詫びるような口調で言った。「おっしゃることに異議を唱えるつもりはありませんが、それがミセス・ティモシーの殺害と関係があるのですか？」

「わたしの意見を求めたのはそっちだろう。そうだ、すべては関係があるのだ。あと少しだから聞いてくれ……次に、専門的な研究を重ねる中で、わたしは何度かエジプトを訪れた。そこでわたしの視点はさらに次の段階へ進んだ。つまり、個人的体験に基づく確信だ。

具体的な経緯はともかく、わたしは〈セル・ワー〉と接触を持つことになった。ケムに古《いにしえ》より伝わる秘密の知識を、現代にまで保存している組織だ。今はその知識のほんの端くれ、かすかな手がかりしか残っていないとは言え、かつては統一されて強力だったシステムから受け継いだ知識は実存する。〈セル・ワー〉はその事実を、真剣な研究者に対してだけは認めているのだ。そこに伝わる重大な秘密をわたしがここで明かすわけにはいかないが、一つ例を挙げよう。

彼らは〝砂時計のデモンストレーション〟という訓練をする。砂時計は知ってるだろう。真ん中がくびれている容器に砂が半分だけ入っていて、上下をひっくり返すと一時間かけて上部から下部へと砂が落ちる仕組みだ。組織に入ったメンバーは、離れた場所から砂が落ちるのを止めることができる――つまり、ガラスに直接触れることなく、二つの方法のどちらかで。初心者はまず、広い部屋の奥からガラスに神経を集中させ、砂を止めることを学ぶ。他人に見せるのではなく、自分自身の感覚として実感するためだ。これが易しいほうのデモンストレーション。やがてもっと離れた位置からガラスに働きかけ、今度はすべての目撃者の目にも砂が止まっているのがわかるようにできる。これが、より高度なデモンストレーションの目的だ。きっときみたちにとっては奇跡か、あるいは何らかの催眠術による幻覚に見えるだろう。だが催眠術とは無関係だ。科学に説明できない、秘密が解明できないという点において、これは〝魔術〟なのだ。真の魔術とは、どれもそういうものだ。このデモンストレーションを単なるトリックだと思うかもしれない。事実、そのとおりだ。ただし、客観的なトリックだ。たいして重要な現象ではなく、しかも誰も傷つけないという点から〈セル・ワー〉はこれをデモンストレーションに選んだのだ。実を言うと、わたし自身もこのデモンストレーションを習得して、さっき説明したどちらの方法でも砂を止めることができるようになった。自分自身の経験から、古代の魔術は現に存在すると断言できるのだ」

クインシーはそこで話を切り、代わりに片手を上げた。「あともう少しだけ。指摘しておきたいことが一つ二つある。ミセス・ティモシーは特定の物、あるいは特定の人物に対して、個人的に関心がない場合には冷たくあしらう人だった。シメオンが集めた値段もつけられないほど貴重な品々には、まったく関心がなかった。彼女はそれらを低く評価していると態度に示し、要するに軽んじていた。彼女が殺された凶器の柄には、〈セル・ワー〉を意味する文字が彫ってあった」

「つまり」バーグマンが詰め寄った。「そのエジプトの組織の誰かが、コレクションを取り戻す目的で彼女を殺したと？」

クインシーは心底驚いた声で叫んだ。「いいや！　とんでもない。〈セル・ワー〉という組織は復讐のためではなく、知識を守るために存続しているのだ。〈セル・ワー〉という名は組織が結成される何千年も前からすでにあって、初めはカルトや団体の呼び名ではなかった。古代テーベの寺院に関連する秘密の知識や魔術を守る団体の名前だった。さらに、ミセス・ティモシーを殺した凶器は、その寺院が繁栄した時代よりさらに何千年も古い可能性がある。あの短剣にはその時代の特徴が見られない、見られるわけがない」

「そうだとしても」ハートフォード警察の警部補が言い返す。

「さらに、どんな団体のメンバーの犯行でもない理由を申し上げよう。誰にもできるわけがないからだ。ミスター・スプリンガーとわたしはその短剣のうちの一本を午後じゅう調べていた。わたしが博物館のケースから取り出したときには、もう一本も並べて展示されていた。スプリンガーもわたしも決して人を殺してはいないし、ミセス・ティモシーの死亡時刻より前に博物館に入ってきた人物はいなかったと、ふたりとも断言できる。あなたたちには奇跡に見えることも――わたしにもそう見えるが――実は奇跡ではないのだ。ずっと古くから伝わる魔術なのだ。どうやって行なわれたのかまでは、わたしにもわからない。だが、そういったことが実際にできるということはよく知っている。

ミセス・ティモシーを殺した短剣は、確かに今日の午後博物館で見た。わたしのアリバイはスプリンガーが証明してくれるはず。そして、わたしはスプリンガーのアリバイを証明できる。あの凶器については、ふたりともアリバイがあるのだよ、ミスター・ロード。それなのにあなたは短剣を、信じがたいことながら、ミセス・ティモシーの遺体に突き刺さっている状態で見つけた」

ロードが思いきって口を挟む。「それでも誰かが持ち去った可能性はありますよ。おふたりとも夕食のときには一旦この家を離れたのでしょう？　その間に持ち去られたのかもしれない」

エジプト学者が指摘した。「われわれが戻ってきたときには、まだコンサートの客は誰も到着していなかった。あなたの推論によれば、短剣を持っていくことができたのはミセス・ティモシー本人か、使用人の誰かしかいない。だが実はその推論も誤りで、誰も持っていくことはできなかったのだ。というのも、われわれは午後じゅう博物館を離れなかったが、夜も完全に空けたわけではないからだ。あそこには窓がなく、ドアは一カ所しかない。そのドアには頑丈な錠が確実に取りつけてある。夕食に出た際、わたし自身がドアを施錠し、鍵は持ち帰った。すぐにまた戻ってくるつもりだったので、わざわざミセス・ティモシーをわずらわせたくなかったのだ。夕食後に戻ってきたとき、その錠を開けて入った。ドアの錠も、博物館の中も、特に変わったところは何もなかった」

「つまり、今夜戻ってきたときには、短剣は二本とも博物館にあったんですね？」

「調べていたほうの短剣はテーブルの上に置いて出たままにあった。ケースの中は見なかったが、もう一本もそこにあったはずだ。失くなるはずがないだろう、魔術でも使わない限り。そして魔術が使われたのは、われわれが戻ってきた何時間か後のことなのだから」

別の声が会話に入ってきた。椅子に座っていたグラント・ウースターが向き直り、組んでいた脚を下ろして葉巻を手に持ったまま身を乗り出した。上機嫌な調子で話しだす。「これまで生きてきた中で馬鹿げた話は山ほど聞いてきたがね、警部補、たった今聞いた話はその最高傑作だ。それはさておき、話を核心に戻そうじゃないか……つまり、今夜」彼は急に強い口調で迫った。「L・フラワー・

コプスタインはどこにいたのか」

警部補の驚いた声には、かすかな敵意がこもっていた。「それがこの事件とどういう関係が？　何がおっしゃりたいのですか？」

「大いに関係あるね」ウースターが言った。「コプスタインというのはな」と、ロードに向かって説明を始める。「ここハートフォードが誇る、汚職まみれの政治活動家だ。無駄だよ、バーグマン。あんたらハートフォード警察がやつとつるんでいても、おれにはどうでもいいことだ。肝心なのは、ミセス・ティモシーが政治的にコプスタインと対立していたことと、彼女が政治の現場でやつの資質をまさに暴露しようとしていたこと。政治がらみのいざこざだけなら、おれはどちらの味方をするつもりもないし、汚い足の引っ張り合いにも興味はない。だがこんなおれも、事が殺人ともなると強い反感を覚えるんでね。それで、コプスタインは今夜どこにいたんだ？」

バーグマンは、より教養を積んだ人間なら嫌悪感に当たる感情をにじませて尋ねた。「ミスター・コプスタインは、今夜のコンサートにいらしていたのですか？」特定の人物に向けた質問ではないと言うように、半円状に座る人々の顔を眺める。

答えはノーだった。ラスが言った。「わたしは玄関でお迎えしませんでしたし、その後もお見かけしていません」ガードも付け足す。「最近の状況を考えれば、ミセス・ティモシーが彼を招待するとは思えないわ」

「そら見ろ」一瞬バーグマンは落ち着き払った体裁を失った。その言葉には小馬鹿にするような調子すらこもっていた。「彼はここには来てないんだ、そうだろう？　わたしがきみの立場なら、そんな考えはさっさと忘れるがね、若造が」

「あんたに比べりゃ若いさ」ウースターは臆することなく言い返す。「あんたならそうするだろうとも。誰の立場であれ、きっとさっさと忘れるだろう。だが、今の話は忘れないようにちゃんとその手帳に書いてくれよ。ちょっと前にあんたは、誰でもいい、どんな動機でもいい、話してくれと言ったじゃないか。それが今は、眉唾ものの出まかせは聞いても、モンブランのように圧倒的に飛び抜けたたった一つの深刻な動機だけは受け入れないと言う……ついでに言うと、おれは殺人犯を見たぞ」

「なんですって！」ガードが叫んだ。

バーグマンが静かな声で言った。「そうなんですか？　それなら、なぜその人物を止めるなり、少なくとも人を呼ぶなりしなかったんですか？」

「どうしてだと思う？　考えるまでもないだろう。そのときはまさかそいつが人を殺したなどと思いもしなかったからだ。ただ、運転手が急いで車へ戻るところかと思っただけだった。何か悪いか？」

「詳しく話してください、ミスター・ウースター」

「ああ。やっと意見が合ったな……休憩の最中、というより休憩が終わるころ、おれは外へ出た。五分ほどしてまた雨が降りだしたので、ダイニングルームの南側のドアから中へ戻った。家に入ろうとしたとき、ちょうどダイニングルームの北側のドアから男がそっと出ていって、駐車スペースのほうに向かって植え込みの中を走っていった。まるで何かから逃げるようだな、とそのとき感じたが、すぐに見えなくなったので気に留めなかった。今になって考えてみると、きっとそいつが犯人だと思う。さっきの話からすれば、時刻もどんぴしゃだ。一つ言えることがある。あんたと同様、そいつもエジプトのミイラにはとても見えなかったね。コプスタインがハートフォードを食い物にするようになってからというもの、やつのために汚い仕事を引き受けてきたちんぴらの類にそっくりだった気がするよ」

「それで？」警部補はまたやわらかな声音に戻っていた。「どうやら今の証言によれば、あなたには殺害時刻の目撃証人がいないことになりますね」

「その考えこそ忘れてくれていいぞ、若造」ウースターが切り返す。「ミスター・ロードと一階のホールで別れて外へ出る階段を降りていたとき、キッチンの窓からラスの姿が見えた。おれは外に立って葉巻を吸いながら彼と話をしていたが、雨が降ってきたのでダイニングルームのドアから中へ戻ってキッチンで合流した。使用人全員とケータリング業者の男がふたり、キッチンと食料庫にいたよ。だからこそ走って出ていったやつのことを、きっと業者の男たちと一緒にいた運転手だろうと思ったのだ。おれの話、まちがってるかい、ラス？」

「おっしゃるとおりです」執事が答えた。「まちがいありません。雨がやんだので、室内にこもった空気を入れ換えようと窓を少し上げたとき、ミスター・ウースターが裏口のドアを閉めるのが聞こえました。その後はお話しのとおりです。ですが、目撃したという人物は、われわれと一緒にキッチンにいたのではありません。それが誰なのか、わたしにはわかりません」

バーグマンはウースターのほうを振り向いた。「ほう、なるほど。その男はどんな外見でしたか？顔を見ましたか？」

「顔は見えなかった。ダイニングルームには灯りがなかったし、ちょうど上にあるこの部屋はカーテンが全部閉まっていたのでね。暗がりの中でどうにか見えたのは、やつが大柄な男だということ、黒っぽいレインコートのような上着を着ていたこと、それにスローチハットを目深にかぶっていたことぐらいだ。動きは素早かった。そいつの特徴について、これ以上は何も覚えていない。そもそも、や

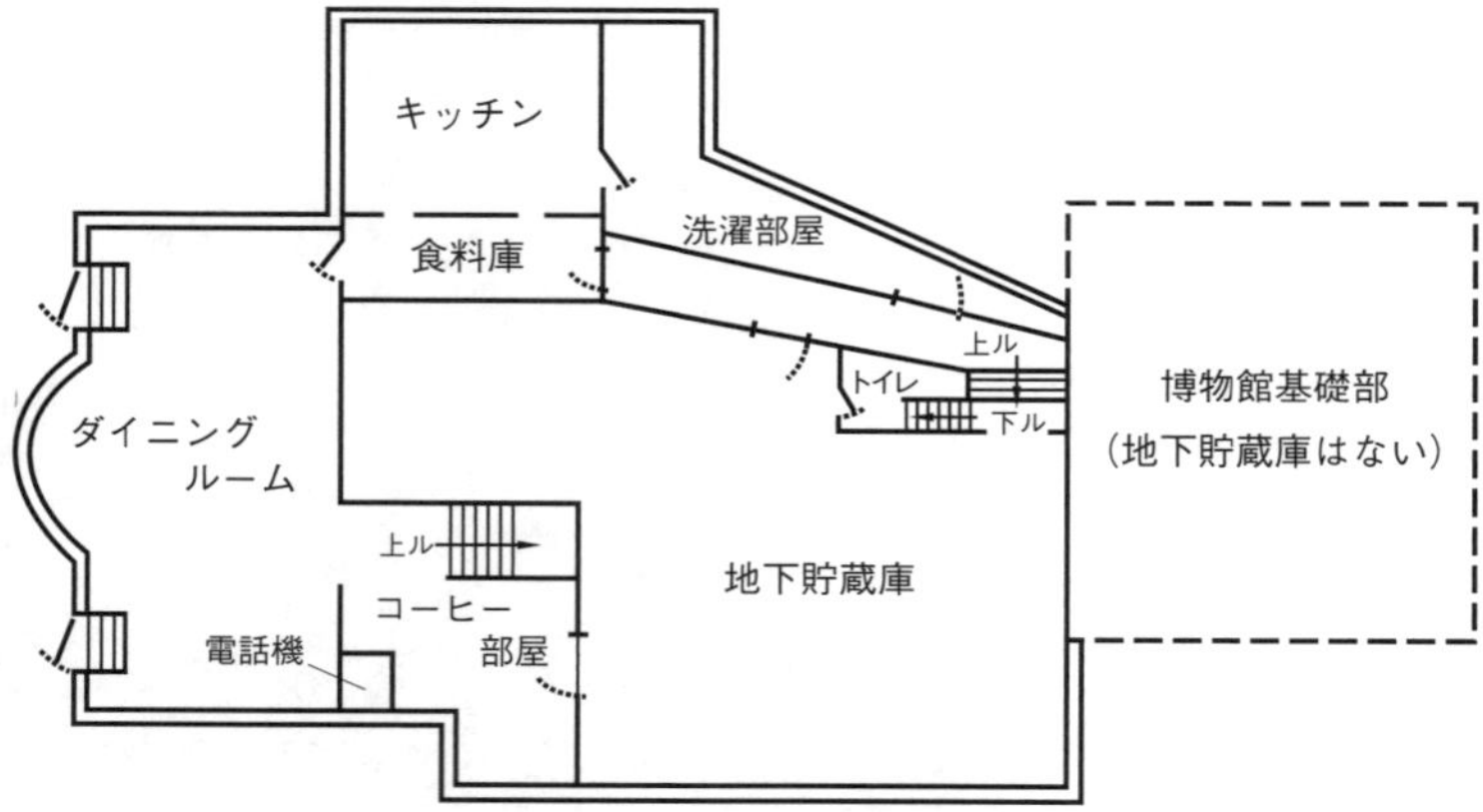
キッチン
食料庫
洗濯部屋
博物館基礎部
(地下貯蔵庫はない)
上ル
トイレ
下ル
ダイニング
ルーム
上ル
コーヒー
部屋
地下貯蔵庫
電話機

パーケット　地下階

けに急いでいた点を除けば、こそ泥かと怪しむ理由すらなかったのだ。雨がまた強く降り始めていたから、そのせいで急いでいたのかもしれないと」

「それは、きっと」バーグマンが考えながら言った。「あなたの第一印象でまちがいなかったのではありませんか――運転手が車へ走って戻っていたのだという」

ロードが言った。「どうでしょうね、警部補、可能性としては低いと思いますよ。使用人たちとキッチンにいたのでなければ、地下で何をしていて、そもそも何者なのか？　どこから来たのか？　上のホールから階段を降りたということは絶対にありません、そこにはわたしがいましたから。ダイニングルームから外へ出たとすると、ミセス・ティモシーの寝室から直接降りていくことはできるのだろうか、ラス？」

「はい。できることはできますが、それにはこの家の構造によほど詳しくなければ無理です。ミセス・ティモシーの寝室の先の予備の寝室を通り、そのバスルームとさらに奥にある寝室を通り抜ければ、細い通路から裏階段で地下の貯蔵庫まで降りられます。貯蔵庫からは、あなたが立っておられた階段の一番下を通り過ぎて、ダイニングルームのドアまで行けます」

「〝行けた〟からといって〝行った〟とは限りませんよ」バーグマンが意見を挟んだ。

ロードもそれは認めた。「もちろん、単なる可能性に過ぎません。だが、検証する価値はありますよ。その男が犯人だったとは断言できない。仮に断言できたとしても、そこから何もわからないのですが、とにかく犯人が通った道筋だけは押さえておくべきでしょう。途中で何かを落としたかもしれない。こんな雨の夜だ、足跡が見つかるかもしれない」

バーグマンは「そうですね」とだけ言って客間のドアへ歩いていった。ミシェフスキーを見つけてラスとともに調べに行かせた。席に戻ってくると、じっとスプリンガーを見つめる。

「ミスター・スプリンガー、ほかのみなさんからはそれぞれお話を聞かせていただきました。何かおっしゃることはありませんか？　何か情報、たとえば動機とか、今日この家で起きたこととか、事件の解決につながりそうな話は？」

「ありません」スプリンガーが言った。軽蔑するような声ではなく、かと言って過度に深刻ぶってもいなかった。その短いひと言だけで、それ以上何も言わないつもりらしい。

「それでは、あなたもご同僚のおっしゃるように、呪文だの呪いだのという超自然的な説明に賛同されると？」

「いいえ」

「それならば、ミスター・スプリンガー、是非この件に関するお考えを発表して、知っていることを話してくださいませんか」

「わかりました」

警部補が黙って待っていると、やがてスプリンガーが咳払いをした。「わたしの見解を聞いたところでお役に立てるとは思えませんが、お話ししましょう。まず、わたしは呪文や呪いや、いかなる黒魔術も信じていません。さらに、犯罪が起きたかどうかも、わたしにははっきりわかりません。ただそう聞かされただけです。疑っているわけじゃありませんよ。エジプトでは、確かに魔術は存在しました、いくらでもね。だが、それはずっと太古の、わたしの意見では第一王朝よりもさらに前の話です。なぜなら何千年にもわたるエジプトの歴史とは、ひたすらに忘却、衰退、滅亡をたどるだけの歴史だからです。完全に消滅するまでに長い時間がかかったのは、それだけはるかな高みから転がり始めたからに過ぎません。ですがその魔術とは、それを魔術と呼ぶのなら、あくまでも白魔術であって、黒ではない。わたしは幸運にも、そのことに関する記録の冒頭部分を解読することができました。

ミスター・クインシーとは、この点において意見が異なります。その理由の一つには、彼が説明したような〝科学〟への崇拝を、わたし自身はしたことがないからです。〝科学〟というものをさかのぼると、結局すべてはアリストテレスにたどり着きます。アリストテレスは単なるギリシャ人のひとりに過ぎず、最後の古代エジプト人が呼ぶところの〝おしゃべり男〟でしかない。ものの価値を下げることに関しては、どんなエジプト人にも勝る。彼は叡智を単につまらない知識へと降下させたのです。彼のつまらない知識を実に緻密に発展させたものが〝科学〟を構成し、遠回りした挙句に原理に戻ってきて、要するにわれわれは無能なのだという避けられない事実を明白にした。わたしにとって、迷信とは何かを証明するために〝科学〟の力は不要です。〝科学〟のほうが一段低いところにあるのですからね。誤解されがちですが、迷信が少なくとも現実にある原理を見失うことがなかったのに対し、〝科学〟は自らに課した制限や前提によって原理を取り除いてしまった。

ですから、わたしは〝科学〟の信奉者でも、黒魔術の信仰者でもありません。白魔術に関連するいくつかの遺物でしたら理解できます。だが、それはミセス・ティモシーとは無関係です。彼女の生前だろうと、死後だろうと。もし彼女が殺されたのなら、何かに歪められた人間の、おそらくは彼女以上に未熟な者の仕業でしょう。はっきり申し上げますが、わたしには興味のないことです。わたしにとって未熟な人間の死は、発達した昆虫の死よりも無意味です。

ところで今回の事件で、わたしには完璧なアリバイがあることをどうぞ忘れないでください。さらに言うなら、この話し合いそのものが時間の無駄ではないでしょうか?」

「ほう」バーグマンが答えた。「なるほど。あなたのアリバイとやらは、博物館でミスター・クインシーと議論をしていたことと、あなたがそこにいたという彼の証言にすべてかかっているわけですね？」

エリーシャ・スプリンガーはにっこり微笑んで見せ、この状況を楽しんでいることを伝えた。「そのとおりですよ。お望みならこのアリバイを崩してみればいいでしょう、警部補。ただし、そんな試みは結局さらなる時間の無駄にしかならないと言っておきます。その間に、もう一度言わせていただきますが、わたし自身については完璧なアリバイがあります。あなたはと言うと、お手元にこの事件とはまったく無関係の短剣をお持ちだ。是非返していただきたいですね……ああ、ありがとう、バーグマン警部補」

警部補は何も言わずに遺物を返し、それ以上スプリンガーの尋問を続けるつもりはなさそうだった。それどころか、いくぶん敬意を込めて言った。「お集まりのみなさん、これ以上こちらにお引き留めする理由はありません。やるべきことは山積みですが、みなさんのお力を借りることはもうありません。ご協力に感謝します。当然、みなさんにはハートフォードから出ないでいただきたいのですが、どのみち電車は止まっていて、道路は州兵が巡回していますので、逃げようなどと馬鹿な考えは、まさかどなたもお持ちにならないでしょう。それぞれご帰宅いただいて結構です……おやすみなさい」

警部補が部屋を出た少し後に、ほかの者たちも続いた。ウースターの車に乗り、フロントガラスやウィンドーに激しい雨が叩きつける中で、ガードがゆっくりと言った。「あの警部補には驚いたわ。警察ってこういうときには、わたしたちのような者にいばり散らすものかと思ったけど」

少し沈黙が流れてから、ポンズ博士が答えた。

「あの男には気を抜かないほうがいい。毒ヘビのように危険なものを持っている」

＊　＊　＊　＊　＊　＊　＊　＊　＊　＊　＊　＊

次の日の午後、検死審問が開かれた。

ロードはウースター夫妻とポンズ博士、それにチャーミオンと一緒に、再びパーケットに向かって夫妻の車に乗っていたが（ドクター・アーリーにはその午後パトカーが一台あてがわれたため、今日はそちらに乗るとのことだった）、雨に濡れた私道のカーブに入った途端、突如として憂鬱な気持ちに襲われた。はっきりとした凶兆を感じたわけではないが、何やら嫌な予感がする。邸の正面玄関に着くとドアは固く閉ざされており、奥には何台もの車が駐まっているにもかかわらず、建物はどこか悲しげな、さびれた雰囲気を醸し出している。雨はやんでいた。太陽は朝からずっと鉛色の重い雲の隙間からどうにか顔を出そうとしていたが、なかなかうまくいかないらしく、パーケットの軒からぽとん、ぽとん、ぽとんと水滴がしたたり落ちる音が灰色の曇天に響いている。

制服姿の巡査が玄関のドアを開けた。邸に一歩入ると、ロードの気持ちは一変した。憂鬱な気分も嫌な予感さえも消え、ぼんやりと何かがわかりかける感覚、まだ掴めはしなくても捕らえどころのなかったものに手が届きそうな気持ちに変わっていた。博物館に満ちていた不思議な香りを思い出し、遺物を安置した部屋に続く細長い通路の奥へ無意識に目が行った。通路は薄灯りに青白く照らされている。クインシーの言っていた呪文や呪いの話が頭にあるわけではなかった。それよりもずっとはかなく、だが身近に迫っているものに不安を覚えていた。

ロードの気分が晴れずにいるところへドクター・アーリーが客間のアーチから飛び出してきて、ほかの者たちへの挨拶もそこそこに、大慌てでロードを引き寄せ、階段の踊り場を通って奥のホールへと連れていった。

「もう時間がないんです」内科医は声を落としてささやいた。「どうやら何か仕掛けてくるつもりらしい。あなた、ゆうべここにいたのでしょう？　警察は何を隠してるんです？　わたしはどう対処すれば？」ぽかんとしているロードに向かって付け足した。「お聞きではありませんか、わたしはウェスト・ハートフォードの検死官も務めているのです。今日の審問の進行を担当します。ですが、わたしはゆうべここにいなかったし、それどころか病院から自宅に帰ることもできず、病院の職員に着替えを取りに行ってもらったぐらいで、事件の捜査状況がまったくわからないのですよ。警察から何人かの証人を呼びたいとの要請があり、当然それを認めないわけにはいきませんでした。しかし、警察はどんな手を使ってくるんですか？　何を狙っているのでしょう？　どうも嫌な予感がする」

どうやら自分と同じ気持ち、少なくとも似たような気持ちの人物がいたわけだ。ロードは本心から答えた。「残念ですが、たいして役に立てそうにありませんよ、アーリー。わたしはもちろんその場にいたが、取り調べのときには方針が定まっているようには見えませんでした。バーグマン警部補が取り仕切って、われわれを丁重に扱ってくれましたよ。ウースターは家から走って出ていく男を見たと言ったのですが、具体的な特徴などは挙げられず、それからコプスタインという政治活動家に殺人の動機があるんじゃないかと言って、バーグマンの機嫌を損ねたようでした。ともかく、あなた自身で証言を聞くしかないでしょう。ゆうべ聞いた話から、わたしには犯人につながる手がかりは何も見えてこなかったとしか言えません。もしも警察が誰かを疑っているとしたら、きっとウースターでしょうね。彼を除けば、全員非常に優しく接してもらいましたから」

「ああ、ウースターですか」ドクター・アーリーは筋肉の盛り上がった両肩をすくめた。「彼なら大丈夫、自分でなんとかするでしょう。この事件には何の関わりもないのだから尚更です。だが、もし——」

すぐ横の階段からいくつもの足音が聞こえてきて、アーリーは口をつぐんだ。警察は検死陪審員を連れて、二階の被害者を見せにいっていた。その一団が戻ってきたのだ。

客間に控える証人は、ミセス・ティモシーの使用人を除けば、ロードたちだけだった。ドアのそばに地方検察局の若い男が静かに座っている。ひと言も口を開かず、明らかに傍聴人という立場で同席するつもりらしい。警察からはバーグマン警部補と警察医のドクター・ブラウナーが出席し、ほかに巡査がふたり、おそらく単に審問の秩序を守る目的で来ていた。

部屋にはケータリング業者の椅子がまだ残っていた。ただし、今は大まかにふた手に分けられ、向き合うように並べ替えられていた。部屋の向こう側には、それらの椅子に挟まれるように、だが、一段奥まったところに空っぽのテーブルが設置されている。テーブルの中央には検死官用の椅子、端には証人用の椅子が置いてある。陪審員は椅子のひとかたまりに、証人たちは反対側に案内され、警部補とドクター・ブラウナーは少し離れて座った。

陪審員の中にはウェスト・ハートフォード近郊の小規模店主がひとりかふたりいたものの、ほとんどはさらに遠方の農園主や、その農作業を担う労働者で構成されていた。都市部の大半がまだ引かない洪水の対処に追われる状況では、陪審員としての任務を果たせる市民は彼らしかいなかったにちがいない。ロードはその一団を興味深く観察した。もしも警察が今日の審問において当然妥当なはずの

〝容疑者不詳〟以外の評決を狙っているのだとすれば、ここにいる男たちがその鍵を握っていることになる。うまく誘導するのはそう難しくはなさそうだ。ただし、陪審員長はこの辺りでは実力者らしく、おそらく田園地帯に広がる農園を複数経営しているのだろう。ドクター・アーリーがテーブルの奥の椅子から立ち上がり、彼らに向かって話しかけた。

「陪審員のみなさん、われわれに課された任務についてはご理解いただけていることと思います。これは裁判の陪審でも、大陪審でもありません。われわれの目的は容疑者の告訴ではなく、ましてや今回の犯罪の刑事裁判を行なうことでもありません。提供される証言に耳を傾け、何が起きたかについてわれわれの見解を評決することなのです。それに関連して、昨夜亡くなったこの地域が誇るべき市民の遺体を先ほどご覧いただきました。これから証言を聞いていただきますので、そこから当然導かれる事実と合わせ、この死が事故によるものか、自殺か、故殺か、謀殺かを考えてください。

しかし、われわれがこの事件について最終的な決定権を持たないからといって、任務中に手を抜くとか、提供された証拠に細心の注意を払わないといった行為は許されません。文明社会が重大な犯罪から身を守るために築いた第一の防波堤、それがこの検死陪審です。それに応じるだけの配慮をもって任務に当たらなければなりません。

検死官として、通常ならわたしが証人に質問し、この件に関わる情報をみなさんの前に引き出すところです。が、今回は例外的な状況にあります。第一に、昨夜ミセス・ティモシーが亡くなる前に、わたし自身もこの家にいたのですが、事件発生の少し前にここを離れざるを得なかったため、真相解明に役立つような出来事について何も知りません。第二に、ハートフォードで起きている異常事態のために、わたしはつい先ほどまで病院で任務に就かねばならず、警察と捜査の進捗状況について打ち合わせをする機会が一切ありませんでした。

聞くところによれば、すでに捜査にはある程度の進捗が見られるようですが、その内容については知りません。そういうわけで、みなさんの前に提供すべき重要な情報をすでに把握している警察に、今回の質問の大半を任せるのが適切だと思われます。もちろん、審問の取りまとめと進行はわたしが担当します。バーグマン警部補、ひとりめの証人を呼んでください」

殺人課の刑事は立ち上がり、やわらかな声で言った。「ミス・ダニッシュ」

チャーミオンは青ざめた顔をしていたが、それ以外は落ち着いていた。証人席の椅子まで歩き、宣誓をして座った。微笑もうとしたものの無理だとあきらめ、バーグマンをじっと見た。バーグマンは静かに質問を始め、出来事を順に説明させた。コンサート中、休憩に入った後、喉の違和感を始めとした一連の行動、そしてそれらによって犯罪を発見した経緯。彼女が何が何だかわからないうちに質問は終わってしまい、警部補が締めくくっていた。「以上です、検死官。あなたからほかに質問がなければ」

「ありません」アーリーが言った。「退がってかまわないよ、チャーミオン」

次にロードが呼ばれた。チャーミオンの行動について証言し、彼自身がミセス・ティモシーの寝室に行くことになったいきさつと、逆算から導かれる一連の推定時刻を説明した。

「さて、ロード警視、二階の寝室に入った後で観察したことから、ミセス・ティモシーの死亡時刻を推測することはできますか?」

「できます。彼女が亡くなってからわたしが到着するまでは、非常に短時間だったはずです。遺体のそばへ行ったときには、まだ喉から血が流れていましたが、すでに死亡していることは明らかでした。

誤った印象を持たれては困るのですが」彼は付け加えた。「血が流れていたというのは、どくどくとあふれていたというのではなく、まだ出血が止まっていなかった、まだ傷口から細く流れていたということです。傷の位置によっては、心臓が停止した後も数分間はそうした出血が続くことがあります。実際の死亡時刻を推測しろということであれば、わたしが一階のエントランス・ホールで電話に出たのとちょうど同時刻でしょうね」

「ありがとうございました、警視。以上です……ドクター・ブラウナー、お願いします」

警察医が宣誓を済ませ、供述を開始した。「わたしはウェスト・ハートフォード警察署の警察医です。昨夜この家に呼び出しを受け、午後十一時三十五分にミセス・ティモシーの遺体を調べました。その時点ではまだ死後硬直は始まっていませんでした。このことと、現場およびその後に見られたほかの特徴から、わたしが調べる一時間前に亡くなった可能性が高い。さらに言えば、十時四十五分から十一時五分の間です。これは通常なら推測可能な時間の幅より狭いのですが、本件の環境は異例です。その時間帯だと断定こそできませんが、医学の専門家として熟慮した結論だと誓えます」

「ロード警視から警察への通報は、午後十一時一分だったという記録が残っています」バーグマンが言った。「彼が通報したのは、ミセス・ティモシーの遺体を調べた後です。ドクター・ブラウナー、死亡推定時刻の幅のうち、一番遅いのはあなたのおっしゃった十一時五分ではなく、たとえば十時五十五分だった可能性が高いと言ってもよろしいですか？」

「もちろんです。実はそれがわたしの考える最も可能性の高い時刻です。先ほど申し上げた推測は、ほかの証言を考慮に入れないで立てたものですから」

「それで、彼女の死因となった傷ですが、自分で付けた可能性はありますか？　つまり、ミセス・ティモシーが自殺した可能性は？」

「もちろん、可能性はあります」ドクター・ブラウナーは、説明に苦労するかのように眉をひそめた。「傷は体の正面にありましたので、自分自身で付けることは可能です。が、そうはされなかったと確信しています。第一に、自殺するときには刃物で自分を刺すことは滅多になく、あったとしても喉を突くことは絶対にありません。切り付けるならまだしも、突き刺すなどあり得ない。第二に、より重要な理由です。彼女に刺さっていた短剣の柄は、下顎の骨に対して水平でした。つまり、手のひらを下に向けて柄を握っていたとすると、不自然で特異な持ち方をしていたことになる。一方、手のひらを上に向けて自然に握っていたとすると、手首の角度から自分の喉を刺すことはできません。特にミセス・ティモシーの年齢の女性の場合、骨も筋肉も若者と比べて柔軟性に欠けており、絶対に無理です。傷口のみから判断するなら、自殺は考慮すべきでないというのがわたしの最終結論です。逆に言えば、傷の位置と深さから、他者によって刺されたと推測できます」

次の証人はグラント・ウースターだ。友人が証人席に着くと、ドクター・アーリーは座ったままテーブルに肘を載せて身を乗り出した。彼に向けられる質問には特に注意を払うつもりだった。ロードの話によれば、警察が何かを仕掛けてくるなら、ここをおいてほかにないからだ。だが、まずはまるで害のない質問が続いた。

バーグマン警部補は手帳の記録を読み返してから証人のほうを見た。「ロード警視とあなたは、コンサートの休憩が終わるころ奥の廊下に立っていたんでしたね」彼は言った。「ロード警視はその後エントランス・ホールへ移動した。その直前、ほとんど同時刻にあなたは裏口のドアから家の外へ出た。ロード警視の推測によれば、それは午後十時五十分だそうですが、まちがいありませんか？」

「われわれの行動については、それでまちがいない。時計を見ていないので、正確な時刻に関しては保証できない」

「そうですね。その点は警視の証言に頼らねばなりませんが、おそらく正しい時刻だと受け止めていいでしょう。ミスター・ウースター、あなたは家を出た直後に、地下のキッチンの窓越しにミセス・ティモシーの執事のラスと会話をしましたね。やがて雨が降りだして、あなたもキッチンに入った。しばらくラスと一緒にいた後、一階に戻ってきたのは警察の到着後——おそらく十一時二十分かその前後でしょう。これもまちがいないですか?」

「まちがいない」

「以上です、ミスター・ウースター。ありがとうございました」

ウースターが退席するのを見て、検死官は戸惑ったような表情を浮かべたが、次にラスが呼ばれ、ウースターの証言を裏付けるだけで質問が終わると、その困惑は一層深まった。では、警察はウースターを攻撃するつもりはないのか。それどころか、彼がこの件にまったく関わっていないことを証明したがっているように見える。ガードとポンズ博士が順番に呼ばれ、お互いに十時三十分から十一時三十分の間に客間にいたことを証言するのを聞いて、ドクター・アーリーは介入するべきだと思った。

「みなさん」陪審員に向かって話しだす。「どうやら警察はそれぞれの証人たちが犯罪の発生時にどこにいたかを明確にしたいと考えているようです。その目的はわたしにもわかりませんが、証人の誰もがこの犯罪に関わることができなかったと証明するものと思われます。このまま警察に質問を続けてもらうこととします」

警察は質問を再開し、クインシーを証人席に呼んで、前夜はハートフォード警察の殺人課刑事が到着するまで、彼とスプリンガーがずっと博物館にいたという証言を引き出した。

「次はミスター・スプリンガー、お願いします」

ふたりめのエジプト学者が証人席に座り、予備的な質問に簡潔に答えた。

「さて、ミスター・スプリンガー、昨夜あなたとミスター・クインシーが長時間にわたってこの家の博物館で議論していたという彼の証言について、あなたもそのとおりだ証言されますか?」

「そのとおりですよ」スプリンガーは例の冷たい、ほとんど見下すような笑みを浮かべた。「もちろん、喜んで証言しますとも」

「では、あなたもご友人も昨夜は事件現場に行くことはできなかったということになりますね? つまり、あなた方には相互アリバイがあると?」

「これはこれは、お気遣いに感謝しますよ、警部補」甲高い声でつぶやく。「まさにわたしの言いたかったことを言葉にしてくださった。わたし自身にこれ以上ないほどのアリバイがある以上、この状況下でベン・クインシーにも同等に強固なアリバイがないはずはありません……ご質問は以上で終わりでしょうか?」

「以上です。ご退席いただいて結構です」

その証言が終わった時点から、しばらく沈黙が流れた。バーグマンは手帳を確認し、何やら調べ直しているようだった。たっぷり一分ほどその作業を続けている。

検死官が座ったまま身を乗り出して尋ねる。「警部補、警察から陪審員に提示する証言はすべて終了しましたか?」

バーグマンは手帳をポケットに戻して立ち上がった。「いいえ」彼は言った。「再度、ミス・ダニッシュを呼びたいと思います」

ドクター・アーリーが半信半疑で訊き返す。「ですが、ミス・ダニッシュからの証言はすでに聞いたじゃありませんか？　まあ、いいでしょう。もう一度証人席へ来てくれるかい、チャーミオン。続けてください、警部補」

「ミス・ダニッシュ」バーグマンは口を開いた。「陪審のみなさんの前でもう一点だけお訊きしたいことがあります。あなたは昨夜、喉が痛くなってミセス・ティモシーのバスルームでうがいをしようと思い、実際そうしたのだと先ほど証言されましたね？　この部屋の外のホールから階段を上がり、二階の廊下を進んで直接バスルームに入った。だが、喉の処置を終えた後には、来たときの道順を戻らなかった。コンサートが行なわれていたこの部屋に戻るつもりだったにも関わらずです。バスルームから直接二階の廊下へ出て一階へ戻るのではなく、あなたは遠回りをしてミセス・ティモシーの寝室を通った。さて、いったいどういう理由があったのですか？」

「ゆうべお話ししたように、どうして寝室を通ったのかは覚えてないんです。特に理由はなく、ほんの思いつきだったんじゃないかしら。思い出せないわ」

「昨夜あなたは、寝室に入ったのはそこから物音が聞こえたからではないと証言しています。また、寝室で争うような動きがあれば、あなたのいたバスルームにまで聞こえたはずだと。だが、わざわざ不便な帰り道を選ぶには、何らかの理由があったはずです。ご承知でしょうがミス・ダニッシュ、これまでの証言によれば、あなたはおよそ午後十時五十分から十一時の間にミセス・ティモシーのバスルームおよび寝室にいたことになるんですよ。また、証言によれば、ミセス・ティモシーが殺されたのもその時刻だと判明しています。十時五十五分、あるいはその直前にミセス・ティモシーの寝室に入ったのがどういう理由だったのか、どうしてもあなたはこの陪審に説明しなければなりません！」

「ああ！」チャーミオンが息を呑むのと同時に、ドクター・アーリーは勢いよく立ち上がって警部補を激しく睨みつけた。

「バーグマン警部補」アーリーは抑えつつも、威嚇するような声で迫る。「陪審の前でこの証人に罪を認めさせようというおつもりですか？……いますぐ答えていただきたい！」

バーグマンは静かに言った。「陪審の前で、本件に関する極めて重大な証言を引き出そうとしているのです。わたしの質問に答えていただきたい」

「証人はすでに答えましたよ」アーリーがぶっきらぼうに言った。

陪審員のひとりが落ち着かない様子で椅子から腰を浮かせ「わたしも質問の答えが聞きたい」と予想以上に大きな声できっぱりと言った。ほかの陪審員を驚かせると同時に自分でも声の大きさに驚いたらしく、彼は慌ててまた腰を下ろした。

「答えならすでにお聞きになりましたよ。わたしも聞いたし、この部屋の全員が聞いたはずです。ここは検死審問の場であって、違法な示唆は認められません。この証人は宣誓のもと、バスルームから出るにあたって特定の道を通らずに別の道を選んだ理由については、思い出せないとはっきり証言しています。それが答えです。もう結構です、ミス・ダニッシュ。どうぞ退がってください」

チャーミオンは証人席を立とうとして、足がもつれてつまずいた。彼女が残した印象は拭い消せなかった。陪審員席から不満そうなささやき声がいくつか聞こえ、検死官はテーブルを木槌で鋭く叩いた。

「検死官！」グラント・ウースターが断固として発言した。「この殺人に関して、警察が重々承知していながら、意図的に質問を避けている情報がある。わたしの知っていることを述べる許可を要求したい」

「証人席へどうぞ、ミスター・ウースター……さて、思っていることを陪審員にお話しください」

「単純なことだ。ゆうべ家の外に立っていたとき――すでにみなさんもご存じ、警察のお気に入りの十時五十五分から十一時までの五分間だな――わたしは殺人犯を見たのだ」ウースターは自分の経験を短い言葉で説明した。「まちがいなく男、それもかなり大柄な男だった」

「異議あり」バーグマンが割って入った。「警察はこの情報が事件に関係するとは考えておりません」

「これ以上口を挟むことは認めません」アーリーは怒ったように断言した。「ある情報が事件に関係があるのかどうか、陪審の考えと警察の考えとはまったく別物です。陪審は今、この証人の話を聞いているのです。この審問中にもう一度不適切な発言をなさったら、バーグマン警部補、あなたを即刻退席させますよ……さて、ミスター・ウースター」アーリーは口調を変えた。「家から出ていったその男が、殺人事件と関係しているという証拠は何ですか？」

「やつは走っていた。ちょうど殺人のあった直後に家から走って出ていったんだ」

「それだけですか？」

「そうだ」

「残念ですが、その時刻に家から走って出ていったからと言って、その男が殺人と何らかの関係があったとは言い難く、ましてや犯人と決定づけるものではありません。情報の提供には感謝しますが、ミスター・ウースター、結論を出すには不充分です。ほかに何かありますか？」

「もちろん、あるとも。疑わしいだけの話が出ているついでだ。まだ知らない人もいるかもしれないが、ミセス・ティモシーはハートフォードのコプスタインという政治活動家といがみ合っていたことを、わたしはよく知っている。この男が過去にもちんぴらどもを金で雇って命令を遂行させていたことは、誰もが知っていることだ。陪審員には、この二点をじっくり考えていただきたい」

検死官は、まるでもう一度口を挟んでくれないかというように警部補のほうへ目をやった。が、それはかなわなかった。バーグマンは手帳に何かを素早く書きつけていた。

アーリーが言った。「最後の証言は記録から削除してください。警告しておきますが、ミスター・ウースター、あなたのおっしゃっていることは、名誉棄損罪に限りなく近いものですよ」陪審員のほうを向く。「みなさん、評決を下すときには、今お聞きになったコプスタインに関する証言は考慮に入れないように。わたしの意見では、これらは単なる噂の域を出ず、本件と関連がある証拠は何ひとつありません。記録から削除しますので、ミスター・ウースターの今の話はなかったものと考えてください」彼は証人席の友人を不安そうに見つめた。「お話はそれだけですか、ミスター・ウースター？」

「いいや。昨夜ミセス・ティモシーの寝室にあった電話のコードが切られ、彼女は家の反対側の博物館にあったはずの短剣で刺された。これらの事実はどうする？　すっぱり忘れろとでも？……言いたいことはそれだけだ」

ウースターが席に戻ると、すっかり落ち着き払ったバーグマンが入れ替わりに立ち上がった。「再度、ミスター・ポンズを証人席に呼びたいと思います」彼は言った。

ポンズは驚きの表情を浮かべたまま証人席へ向かった。だが腰を下ろすころには顔から驚きは消え、と同時にいつも愛想よく振りまいている陽気さもなくなっていた。今の顔つきは陽気とは程遠い。彼が誰に同情しているのかは明らかだった。怒りさえこもった目で質問者を睨みつけている。

「ミスター・ポンズ、是非とも――」

「警部補、わたしは著名な大学で博士《ドクター》課程を修めました。しかるべき呼称をつけるべきでしょう。あなたには、ポンズ博士と呼んでいただきたい」

「ポンズ博士」バーグマンはあからさまに媚びた口調で言った。「是非とも陪審員の前で、昨夜あなたがこの家に到着したときの様子を話していただけませんか？　最初ですよ、初めてここに足を踏み入れたときです」

「われわれはコートをコート用クローゼットに預けに行きました」いくぶん戸惑いながらポンズが答えた。「ミセス・ティモシーに挨拶をしようと正面のホールへ戻ったところに、ミス・ダニッシュとドクター・アーリーが入ってきました。順にミセス・ティモシーと握手を交わしていたところで、灯りが一斉に消えました。ハートフォード発電所が停電したのが原因だそうですね」

「おっしゃるとおりです、博士。暗かったのは、どのぐらいの時間ですか？」

「さあ、わかりませんな。せいぜい数分間じゃなかったかな。もちろん、電灯はそのままひと晩じゅう復旧しませんでしたが。蠟燭が用意されました。蠟燭に火が灯されて周りが見えるようになるまで、どのぐらい時間が経っていたのかはわかりません。二分から、四、五分の間でしょうか」

「停電した瞬間、あなたは誰と一緒でしたか？」

「はて、ちょっと待ってください。まずはミセス・ティモシーですね、当然ながら。それからウースター夫妻、あとはロード警視」

「ミス・ダニッシュとドクター・アーリーはいなかったのですか？」

「いませんでした」

「ふたりはどこに？」

「わかりません。おそらく、われわれが先にやったようにコートを預けに行ったのでは？　蠟燭がついてから、われわれの後に続いてこの部屋に入りましたから」

「一つ教えていただけませんか、ポンズ博士。誰かが、そうですね、あくまでも一例として挙げるならミス・ダニッシュが、灯りが消えている間に大急ぎで二階へ駆け上がり、ミセス・ティモシーの寝室で電話のコードを切って戻ってくる時間はあったと思いますか？」

「時間の長さだけで言うなら」ポンズはゆっくりと答えた。「充分あったと思います。だが、実際には――」

「以上です、ポンズ博士。退がっていただいて結構です」

「いいや、退がりませんぞ」博士の声にはいかにも不満そうな苛立ちがこもっていた。「あなたの質問に対する答えを最後まで言わせてもらえないなら、証言そのものを拒否します。実際には、ミス・ダニッシュであれ、ほかの誰であれ、あの暗闇の中で階段をのぼって戻ってきた者はいないのです。灯りがつくまで、わたしはずっと階段の下にいました。誰かが階段をのぼり降りしたのなら、まちがいなく足音が聞こえたはずです。だが、何も聞こえなかった。わたしの答えは、今の最後の部分を含めて記録していただくか、でなければこれまで述べた証言をすべて正式に撤回します。万が一検察がこの事件で誰かを告発しようとした場合には、わたしの証言が大陪審に提供されることがないよう、また刑事裁判になった場合には、法廷の陪審に提供されないようにする方法を、わたしはよく心得ているのです。警部補に一つ言っておきましょう。わたしは弁護士の資格を持っている、あなたとちがって。あなたには知り得ないような合法的な裏技をたくさん知っているし、どう使うべきかも承知している。あなたの質問の狙いも手段も不快極まりない。これ以上、この陪審の前であなたの質問に答えることを拒否します」

ポンズ博士は証人席を後にし、尊厳を傷つけられたことをたっぷりと見せつけながら自分の席まで歩いて戻った。

するとバーグマンが言った。「検死官、ミセス・ティモシー死亡に関する捜査について、警察から陪審に申し上げたい声明があります」

「それはまた異例ですね、警部補。この陪審が結成された目的は、宣誓をした証人の証言を聞き、それをもとに適切に導かれる事実を考慮し、その事実から評決を下すことです。警察が呼びたい証人がいるのなら呼んでください。ただでさえ事実に基づかない主張や噂話が持ち込まれているんです。あなたの要求がどういうものか、もう少し明確にしてください」

「警察の捜査活動に関する声明を陪審に伝え、われわれの事件の見解を知っていただきたい。陪審のみなさんには評決について話し合う前にこの情報を知る権利があると思いますが」

「そのような声明は必要――」検死官が言いかけた。

だが、それでは陪審の考えを無視している。ロードたちが警部補に対してどのような感情を抱いていたとしても、バーグマンが陪審員の共感を得ていることは明らかだった。陪審員席から不満そうなつぶやき声や怒号が湧き上がっていた。「ぜひ聞かせて――」「その情報は欲しい」「われわれにも――」

「陪審員は、この声明を聞くか否かを多数決で決めてください」アーリーはしかたなく言った。

陪審員が多数決をとった結果、全員一致で結果が出た。声明を聞くことにしたのだ。

「検死審問陪審のみなさん」バーグマンが話し始めた「ミセス・ヴィクトリア・ティモシーは昨夜この家の中で殺害されました。刺された遺体はご覧いただきましたね。警察はこの犯罪が、この家の中を、建物の構造を熟知している人間の仕業だと考えています。捜査の結果、外部からの侵入者による犯行ではないのは明白です。あらかじめ計画された犯罪であることは、前もって寝室の電話コードを切断していることからもわかります。この家の博物館から持ち出した短剣が凶器として使われたのも、内部の犯行であることを物語っています。

電話のコードは、ミセス・ティモシーの寝室にあった裁縫箱の断ちバサミで切られていました。これもまた、内輪の犯行を示しています。手口は素人によるものです。コードは、刃を何度も不器用に前後させるようにして切られていました。これはやり方をよく知らない人物が大急ぎで切ろうとしたのでしょう。つまりプロの犯罪人の仕業ではないのです。同様に、この部屋にいらっしゃる三人の博士《ドクター》でもなければ、ニューヨーク市の警視でもありません。

それでもなお、われわれは犯人が生前のミセス・ティモシーの親しい友人のひとりだと、彼女の習慣や邸に精通するほど親しい人物だと確信しています。その条件から言えば、今日の午後に話を聞いた証人の誰であってもおかしくないでしょう。彼らは全員、昨夜のコンサートに来ていました。警視とポンズ博士を除いて、全員がミセス・ティモシーの親しい友人でした。だからこそ、事件の発生当時に各自がどこにいたかという点について、みなさんの前で証言を聞き出したわけです。彼らの中で、当時の居場所を第三者によって立証できない人物がひとりだけいました。しかもそのひとりは、殺害の瞬間に少なくとも被害者のすぐそばにいたと自ら認めています。

ハートフォード警察が発見した事実をもう一つご報告しなければなりません。亡くなる一週間前に、ミセス・ティモシーはニューヨークで私立探偵を雇い、ここへ派遣して友人のひとりを調査するよう依頼しました。できれば今日はその探偵にここへ来て証言してもらいたいと思っていたのですが。洪水の混乱により、この短期間では彼をつかまえることはできませんでした。ですが、すでに彼の証言は得ており、依頼されていた調査対象が誰であったかが判明しています。

ミセス・ティモシーが探偵を雇ったのは、チャーミオン・ダニッシュに関する情報収集が目的だったのです。現段階でわたしが提示できる事実はここまでです」バーグマン警部補は手帳を閉じて席に戻った。

ドクター・アーリーがすかさず口を開いたため、まるで警部補の話の続きをしているようだった。「みなさん、わたしは検死官として、みなさんに示された証言をまとめ、結論を出すための手助けをする義務があります。

どのような犯罪が行なわれたかという点について、長く議論をする必要はないでしょう。特にドクター・ブラウナーが宣誓のもとで証言したように、また警察の捜査によって発見された事実からも、本件は自殺という可能性から離れ、他者によってもたらされた死だと示されたことはまちがいないでしょう。この犯罪が故殺なのか謀殺なのかについては、証言からは明確になっていません。しかし、殺害する前に電話のコードを切断したという点は計画的な犯行を示しており、とすると故意だったことになります。どちらの罪状かの決め手になる証拠はほかにありませんが、この一点だけで充分です。ミセス・ティモシーの死は謀殺によるものだったという結論を出さざるを得ないでしょう。

今日お聞きになったほかの推測に関しては、それらに重きを置かないように強く勧告しなければなりません。もう一度申し上げますが、ミスター・ウースターによるコプスタインなる人物に関する発言は、完全に忘れてください。証言として採用するつもりはありませんので、彼はあの発言をしなかったも同然ということになります。一方、彼が見たという家から走って出ていった男については、申し上げたとおり、本件と何らかの関係があるとは認められません。この発言を個別に考慮に入れるのはかまいませんが、あまり深くとらわれないことをお勧めします。

そして、警察による最後の声明についてです。この場で声明を出すこと自体、審問の進行上認めてよいものか疑わしく、この陪審が採用するべきかどうか判断に迷うところです。しかし、みなさんはすでにこの声明を聞いており、わたしにはそれを削除するべきなのかがまだわかりません。ですが、あの声明で何がわかるのでしょうか? 確かに、ほとんどの証人のアリバイは証明できました。が、ミス・ダニッシュだけがアリバイを証明できないからと言って、彼女の有罪を示す証拠ととらえるべきではありません。殺人現場のすぐ近くにいたという事実は、彼女自身が認めているのです。わたしに言わせれば、殺人犯なら決して自らそんなことを告白しません。

警察が提示した電話コード切断の手口についての話も、まるでミス・ダニッシュが切ったと印象づけようとしており、馬鹿げています。みなさんに正直に申し上げますが、もしもわたしがこの犯人だったとしたら、やはりまったく同じことをしたにちがいありません。電話機と同じ部屋に置いてあった道具を使い、わざと切り口が乱れるような不器用な切り方をしたでしょう。つまり、あの電話コードの切り方によって疑いを免れないドクターが、この部屋に少なくともひとりいることになりますね。事実、この証拠によって誰も有利にも不利にもならないわけです。何かがわかるとすれば、素人の下手な手口というより、むしろ頭の切れる人物だと示しています。

この審問が進行する中で、警察にはこれ以外に答えが見つからなかったからでしょうか、ミス・ダニッシュの関与を証明したがっていることがわかりました。個人的な意見ですが、彼らが提示した証拠では、とてもわたしを納得させるには至らなかったとしか言いようがありません。みなさんはここで耳にしたことすべてを考慮に入れて判断していただくべきではあるものの、たった今バーグマン警部補が話した、ほとんど裏付けのない声明を不当に重く受け止めないよう強く勧めます。

陪審のみなさん、今から退室し、評決を話し合ってください」

陪審員は一列になって客間を出ていった。五分も経たないうちに、また一列で戻ってきた。ほかのメンバーが席に着く間、陪審員長は起立したままだった。

「評決は決まりましたか、陪審員長?」検死官が尋ねる。

「決まりました」

「どのような評決ですか?」

「次のとおりです。ミセス・ヴィクトリア・ティモシーはこの家で昨夜十時五十五分ごろに死亡したと認めます。彼女の死はエジプト製の短剣によって喉を刺された謀殺だったと認めます。さらにわれわれの意見では、彼女を刺した人物は、チャーミオン・ダニッシュだと認めます」

「賛成は何人でしたか?」ドクター・アーリーは、ささやくような声で尋ねた。

「投票の結果」陪審員長は言った。「全員一致でした」

バーグマン警部補はチャーミオンのところまで歩いていって、彼女の肩に手をかけた。正式に言い渡す。「チャーミオン・ダニッシュ、ミセス・ヴィクトリア・ティモシーに対する謀殺の容疑で逮捕状が出ている。これからあなたが言うことは、後日法廷であなたに不利な証言として使われる可能性がある。これからわたしと一緒に警察署へご同行いただこう。無駄な抵抗はせずにおとなしくついてきたまえ」

第四の書　討議による試練

けた。
「いったいまた、なんだってバーグマンは彼女を逮捕したのだろう?」ロードが少々無邪気に問いかけた。

椅子の片方の肘掛けに熱いスフレの皿を載せ、もう片方にサンドイッチの皿とコーヒーを載せていた。審問から戻った一行には簡単な夕食すらディナーテーブルでとれそうにないと、いつもながらに鋭く見抜いたガードが、ブッフェ式の夜食を用意したのだ。ロードの質問は、ウースター家のリビングルームに集まった面々の誰へともなく投げかけたものだった。ポンズ博士のかたわらには瓶ビールがあり、ガードはロードと同じくコーヒーを飲んでいたが、アーリーとウースターは濃いめのハイボールをすでにお代わりしていた。ふたりの共通点はそれだけではなかった。どちらも青ざめた顔つきで神経が張りつめ、見るからに険しい表情を浮かべている。

「彼だって馬鹿じゃないはずだ」ロードは続けた。「彼女を起訴できるだけの証拠はない。計画的犯行だと証明するには、彼女がどうやって凶器を入手したか、いつ電話のコードを切断したか、コンサートがまもなく再開するというタイミングにミセス・ティモシーが寝室にいることをどうやって知り得たのかを明らかにしなければならない。それに何よりも、動機が不明だ。重大な犯罪捜査の初期段階でこんな行動に出るなんて、まるで理解できないな」

ガードがきっぱりと言う。「あの男は大嫌いよ。でもね、ミセス・ティモシーとチャーミオンの関係が最近徐々に冷えていた印象は拭えないわ。直接には何も聞いていないけど、まちがいようがなかった。聞かなくてもわかるほどだったもの。それでも、ミセス・ティモシーがニューヨークの探偵を雇ってチャーミオンを調べさせていたなんて信じられない。いくら探ったところで、何も出てくるわけがないのに」

「完全にはめられたんだ」ウースターがうなった。「もちろん、そんなやつは存在しないのさ。だが、あの小さなユダヤ系の警部補なら、自分の言い分を偽証するために自らその探偵を雇うことだろうよ。汚い策士どもめ！」

ポンズ博士はジョッキに注いだビールをぐびぐびと飲み、唇の泡を拭ってから口を開いた。「興奮したところで何も始まらんよ。まずはバーグマンがあの娘を逮捕した理由、次にわれわれがどう対処するかをはっきりさせねば。

ひとつめはそう難しくない。バーグマンの性格は、完全に強い欲求に支配されている。彼の手段は一見〝動〟ではなく〝静〟に見えるが、実は最初から最後まで一貫して己れのためだけに動いている。何よりもまず自分の得になりそうなものを見つけ出す、それも静かなる暴力をもって。わたしの専門分野では裏切り者と呼ぶタイプで、親切そうに見えるときほど信用してはならない。自分が完全な優位に立つまでは、どんな手を使っても対決を避けながら人を欺き続ける。だが、いざその瞬間が来たら、まるで毒ヘビのように一気に襲いかかる。彼の過度に支配的な態度に、敵対する相手は自然な反応として怒りか恐怖のどちらかを表す。が、どちらも有効な反撃ではなく、彼の思うつぼにはまるのだ。人間としては非常に不愉快なタイプだが、冷静で緻密な作戦をもって迎え撃たねばならん相手だ。

野心に満ちているということは、他者を踏み台にしてでも自分を高めたいということだ。ミセス・ティモシーの事件を解決できれば、ずいぶんと箔がつくことだろうし、都市部でも名が知れるだろう。ああいうやつらは、とかく注目を浴びるのが好きだからな。それよりも、きっとマイケルの噂を聞きつけ、捜査で先を越されるのをひどく恐れているのだろう。だからこそ焦ったのだ。ミセス・ティモシーを殺したのは、ごく近い友人のひとりだと睨んだものの、そんな機会があったのはあの娘以外にいない。彼はこの事件の先験的な妥当性を最大限に利用して、彼女を逮捕するに至った。だが、まだ埋められない大きな穴がいくつも残っている。とにかく手元に囚人を確保した今、きっとその穴を埋めることだけに力を注いでくるはずだ。そのために法に則るか背くかはおかまいなしに。彼にこの殺人事件を本当に解決するつもりがないのは明らかだ。唯一のゴールは自分の利益になるような、形だけの犯罪者を形だけ有罪にすることだ。このまま邪魔が入らなければ、あと数日のうちに政治家と警察からの支援を使いたいだけ使って、確固たる証拠を揃えてくるだろう、偽証を含めてな」そう言ってロードのほうを向く。「これから彼らが立証する必要のあるポイントをいくつか挙げていたな、マイケル。やつにはそれができそうかね?」

「偽証するつもりなら、何だってできますよ」ロードが答えた。「だが、わたしには真犯人の正体はわからなくとも、チャーミオン・ダニッシュでないことだけは確信しているのです」

「さすがだな、マイク」ウースターが大きな声で言った。そこへポンズが言葉を添える。「まさかとは思うが、彼女が魅力的な若い女性だから、というわけではなかろうな?」

「そうではありませんよ。ただ単純に、彼女が本当にうがいをしたからです」

「だが、うがいをしているところを目撃した者はいないのだぞ」

「そうですね。ですが、その痕跡なら目撃しました。洗面台とグラスの中に水滴が残っていましたし、薬棚の中でアスピリンの瓶の位置だけがずれていました。それから、彼女が口を拭ったタオルには、かすかに口紅の跡も。誰かがつい最近それらの痕跡を残した。それがチャーミオンでないなら、いったい誰ですか？　グラントの言うとおり、考えるまでもない。チャーミオン自身が残したのです。だが、もし彼女が本当にうがいをしたのなら、ミセス・ティモシーを殺す時間はなかったはずです。そうでなくても、殺人の前にうがいをするなど滑稽過ぎます。実際にうがいをしているのですから」

アーリーが言った。「それなら、彼女を釈放させられますね」明らかにほっとした声だ。

「残念ながら、そうはいかない」ポンズ博士が再び答えた。「わたしが弁護士の資格を持っていると言ったのは本当だ。かつては――ずいぶん昔の話だが――殺人事件の弁護を二件担当したこともある。うがいをしたという線は強力な弁明になるし、精いっぱい押してみるべきだ。だが、向こうがおそらく複数点出してくるであろう証拠に対して、こちらはその一点しかない。重大な殺人事件ともなると政治的な駆け引きが主となる。被告本人が罪を犯したのか無実なのかは、戦いの中ではもはや重要でなくなるのだ。ひどい状況だが、それが現実だ」

突然ロードが話し始めた。「あのタオルは重要な証拠です。すぐにでも弁護側から請求を出すべきです――遅くとも明日の朝までに――そして口紅の跡を分析してチャーミオンのものと一致することを証明しなくては、バーグマンが気づく前に。彼女はバスルームにいた。絶対に証明しなければならないその点が、はっきりするはずです」

「今夜のうちにジョンソンに伝えます」ドクター・アーリーはグラスのウィスキーを飲み干し、音を立てて肘掛けに置いた。「ひとまず暫定的にこの件の弁護を引き受けてもらったんです」

ガードが驚いた声をあげた。「ジョンソンに頼んだの、トム？　でも、彼の弁護料はずいぶん高いはずよ？　どうやって払うつもり？　チャーミオンにはお金なんてないのよ」

「わたしにもわかりませんよ」アーリーはいらいらしていた。「ですが、何がなんでも金は用意します。用意しなきゃならないんです！」

グラント・ウースターが椅子を立った。部屋を横切り、グラスにウィスキーをつぎ足した。くるりと振り向いて一同に向かい、立ったままで言った。「わかった、金はみんなで用意しよう。さてさて諸君、おれの話を聞いてくれ。防御策の相談も結構だが、攻撃はどうした？　汚い喧嘩を売られたんだぞ。おれに言わせりゃ、向こうと同じだけ汚い手で返すべきだ。とりあえず証拠なんかくそ食らえ。おれたちがやらなきゃならないのは、敵の本陣に攻撃を仕掛けることだ。

マイク、頼みがあるんだ。今夜これからコプスタインに会いに行ってくれ。ほかでもない、きみの噂はやつも聞いているだろうからきっと会ってくれると思う。ここらを束ねているやつさ。不誠実で違法ながらしっかりと束ねているものだから、やつの言い分は何でも通ってしまう。正しいとかまちがってるとか、証拠だとかなんとか、そんなのはまったく通じない。やつにはただ、明朝十時にチャーミオンを釈放しろと言ってくれればいい。期限は十時だと、しっかり伝えてくれ」

「だが、絶対に従わないだろう――たとえ彼にそんな権限があったとしても」

「いや、従うはずだ」

「どうして？」

「もし従わなければ、十時五分におれはしかるべき法廷へ出向いて、ミセス・ヴィクトリア・ティモシー殺害の容疑でコプスタイン本人の逮捕状を請求するからさ」

「なんだって、グラント、だがそんな証拠はないぞ！」

「やつがやったに決まってる、ただおそらく証明はできないだろう。どのみち、こっちには証明の必要なんてないのさ。やつは来月選挙キャンペーンを控えている。ミセス・ティモシーはそれに合わせてやつを刑事告訴するつもりだった。彼女の殺人容疑をかけられたままでは、選挙活動はできない、たとえ誤認逮捕だったとしても。逮捕状を請求できるだけの証拠さえジョンソンに渡せれば、それで充分なんだ。この町でコプスタインが金で好き勝手にできない唯一のものは新聞報道だ。法廷に行くときに新聞記者を何人か連れていけば、逮捕状の請求は握りつぶされないだろう。きっと発行されるはずだ」

「ずいぶん厄介なことに巻き込まれるぞ、ウースター」ポンズが諭した。「事前によほどしっかりとした証拠を揃えないと。そううまくはいかないだろう」

「そんなこと、知るものか！」ウースターがかっとなって叫ぶ。「完全に怒り狂う男を見たことがないなら、今のおれをよく見ろ！　下品な政治屋どもが汚い事に手を染めて、毎日のように危ない橋を渡ってるというのに、おれたちはおとなしく安全策ばかり論じている。そんなのはごめんだ！　やられたのと同じだけやり返してやろうと、腹をくくらなければ。勇気を持って立ち上がり、思い知らせてやらなければ。そうやって誰かが後先考えずに突っ込んでいけば、向こうは十中八九吹き飛ぶはずさ。たいていのちんぴらは政治に手を出している。政治に手を出してないやつは、たいていちんぴらじゃない。やつらに必要なのは、誰かが声を上げることなのだ。おれがその声になってやるよ。政治屋どもに広く深く世間の注目をたっぷりと浴びさせてやるよ、やつらにはありがたくない意味でな。そのためにはどんな犠牲も払うさ！……どうだマイク、コプスタインに会いに行ってくれるかい？

それともおれが行こうか？」

マイケル・ロードが言った。「きみの今の精神状態を考えると、わたしが行くべきだろうね、グラント」

＊　＊　＊　＊　＊　＊　＊　＊　＊　＊　＊　＊

ロードが心配するほどには、コプスタインを見つけるのは難しくなかった。ロードは自分の車を慎重に運転して、道を訊きながらどうにかハートフォード最西端管区の警察本部へ向かった。小さな警察署だとわかってほっとした。いくらウースターがマスコミを利用するつもりとは言え、この段階での交渉には人目を引きたくなかったからだ。

ロードが名乗ると、赤毛でアイルランド系の過労気味の巡査部長が快く迎えてくれた。しかも、ライリー巡査部長にはコプスタインの居場所に心当たりがあった。州議会議事堂がすっかり水に囲まれ、ほとんどのビジネス街が冠水している状況にあっては、コプスタインはきっと警察署からほど近い〈フェニックス・クラブ〉という政治団体の本部にいるだろうと言うのだ。愛想のいいライリーはクラブに電話までかけてくれた。ええ、やはりミスター・コプスタインはクラブにいらっしゃいましたが、とても忙しいようですね。ああ、ティモシーの事件でご用ですか？　それでしたら喜んでロード警視にお会いするそうです。すぐに向かわれますか？

巡査部長に教わった道順はわかりやすく、街灯の灯らない道はヘッドライトをつけてもなお闇に閉ざされていたものの、その粗末な家を難なく見つけることができた。車に備えつけてあったサーチライトを向けると、狭い玄関の上の色褪せた〈フェニックス〉という装飾文字が照らし出された。

薄暗い玄関ホールで退屈そうにしていた男が、一見すると殺し屋か私立探偵のどちらかとおぼしき屈強な男と話をしていた。ロードが用件を述べると、退屈していた男がよたよたと狭い階段をきしませてのぼり、姿を消した。やがて戻ってきて、肩越しに指で後方を示す。

「オフィスで会うそうだ。廊下の突き当たり」

入れ替わりにロードが階段をのぼり、家の奥へと進んだ。右手にあるドアの上の小窓が開いており、そこからかすかな灯りが漏れていた。ドアの奥から椅子が床にこすれる音がして、声が聞こえた。

「よし、今回は〝バンプ〟（ポーカーの〝レイズ〟の俗語）してやろう」別の声が答える。「ありがてえ、そのひと言を待ってたんですよ」ロードには、安物の葉巻以外の匂いも嗅ぎとれた。廊下の突き当たりの部屋には灯油ランプが灯っていた。巻き上げ式の蓋を閉じたロールトップデスクと椅子が何脚か見える。壁には下手くそなリトグラフの大きな使い古しのカレンダーが六枚も飾ってあった。ロードの背後の廊下でドアが開く音がして、また閉まったかと思うと、コプスタインが来客に会いにやってきた。

光の届くところまで近づいたコプスタインを、ロードはじっくり観察した。政界に幅を利かせながら、自身は役には就かずに子分たちを公職に送り込み、選挙を動かし、公的資金や個人的な脅迫や裏約束で票を買い、市を支配して州内で権力を握る男。ロードはその種の人物と会ったことはあったが、これほど醜い男は初めてだった。大きな図体にみすぼらしいスーツを着こみ、浅黒い顔と毛むくじゃらの手はポーランド系ユダヤ人かと思わせる。いや、南イタリアとチェコの混血か。いやいや、ギリシャとバルカンか。とにかく、何かしら二つのルーツを持っているらしく、濃い黒髪に分厚い唇、それに過去に骨折したのか生まれつきなのか、低くいびつな鼻をしていた。彼がまとっている雰囲気を、ロードは積極的な下品さと（声には出さずに）呼ぶことにした。

男はじっとり汗ばんだ力強い手を差し出してきた。「ティモシーの件でおれに会いに来たらしいな、情報なら歓迎だ。座ってくれ、警視」それだけ言うとドアを閉めて、デスクの正面に椅子をもう一脚持ってきた。

「葉巻はどうだい、警視？」

「いえ、結構です」ロードは言った。「吸ったことがありませんので。ところで、ここでの会話は外に漏れませんか？　誰かに聞かれる危険性は？」

「どこかで盗み聞きされるとしても、おれのオフィスじゃあり得ねえ」コプスタインは宣言した。「あんたらは裏情報があると、すぐにしゃべっちまうからな。ただ、あの事件についちゃ、裏情報は大歓迎だ。どうにも見通しがよくねえんだ」眉をひそめ、訝しげに首を振った。

「あなたには、市内に大勢の敵がいることはご存じですね、ミスター・コプスタイン？」ロードが切りだした。

「あんたに言われるまでもねえ！　そいつらもまとめてくたばっちまえばよかったのによ。選挙の勝利は確実なんだ、この一件を除けばな。おれだってティモシーのばばあがいなくなりゃいいと思わなかったわけじゃねえ――あちこち嗅ぎまわってるのが目に余ってたからな――だが、このタイミングであのくたばり方はねえだろう。結局、誰がやったんだい、警視？　そこのところは、何か摑んでるのか？」

ロードの頭の中では早急に結論が出た。見かけは粗野でも、コプスタインは頭が切れる。彼自身の利益を考えれば、勝ち目もないのに誰かを起訴するのは、誰も起訴できないよりも分が悪い。そんな誰にでもわかることを、彼はよく理解しているようだ。そしてチャーミオンを訴えたことには、勝ち目がないと感じているはずだ。

ロードはゆっくりと言った。「ミセス・ティモシーを殺したのが誰かはわかりません。わたしはあの場にいたので、こちらの警察よりは有利な立場にいます。それでもなお、わたしにもわからないのです。ただ、警察が知らないことを一つだけ知っています。彼らが逮捕した女性が殺人を犯していないという事実です。それはいずれきちんと証明してみせましょう。今夜あなたに会いに来たのは、まちがった人物を逮捕して裁判にかけることには何のメリットもないと指摘したかったからです。実のところ、わたしの友人たちは彼女が釈放されないなら、あなたにとって深刻な厄介事を起こすと言っています。その計画がどこまで功を奏するのか、それはわたしにもわかりませんが、スキャンダルを巻き起こすことは充分できるでしょう。言っておきますが、わたしはこの件とは無関係です。ここへ来たのは、友人に頼まれたのと同時に、本当にミス・ダニッシュが無罪である証拠を持っているからです」

「その娘には会った。あの子がやったとは、おれも思っちゃいねえ。忌々しいユダヤ人のバーグマンめ」コプスタインが冷たい口調で言う。「あいつがこんな窮地を招きやがったんだ。ティモシーがおれを失脚させようと画策してたのは誰だって知ってるし、彼女を殺した犯人をおれがでっち上げたように見えちゃまずいってことは、どんな馬鹿にもわかるはずだ……真犯人を見つけてけりをつけねえと。だが、警察があそこまで暴走しちまったんじゃ、そう簡単にはいかねえ」

「まずはミス・ダニッシュを釈放することをお勧めします。確かに警察にとっては不名誉でしょうが、早いほうが傷が浅くて済みます。彼女は本当にやっていないんですからね」

「そうだな……だが、おれに何ができる？　あいつら、すでにあの娘を第一級殺人罪で起訴してるんだ。あとは真犯人を見つけるしかねえ。だが、そうすると警察の不手際を洗いざらい晒すことになる……なあ、警視、あんたはいつまでここにいるんだ？」

「週末だけの予定で来たのですが。必要なら延ばしますし、まだいるつもりです。どのみち、ここを出ようとしても召喚されるでしょう」

「オーケー。じゃ、あんた、この事件を調べてみてくれ。必要な権限についてはおれに任せとけ。手柄はここの警察署に譲ってもらわなきゃならねえが、おれには真相を掘り下げるやつが必要だし、あんたは友人を窮地から救いたいんだろう。冗談で言ってるんじゃねえんだ、警視。本当に事件を解決してくれるやつが必要なんだ。あんたに損がねえことは請け合う」

ロードは内心の驚きが顔に出ていないことを祈った。「それだけでは不充分ですね、ミスター・コプスタイン。確かにこの事件の捜査を引き受けてもいいし、あなたの条件に異議はありません。ただし、何の縛りも受けず、邪魔が入らないのならね。どんな邪魔もですよ。そしてミス・ダニッシュの釈放が絶対条件です、早急に」

「邪魔はしねえよ、警視、心配するな」政治活動家は真剣に請け合った。「これは真っ当な約束だ。で、あの娘は出してやりてえとこだが、おれに何ができる？　コネティカット州じゃ、第一級殺人罪の容疑者は保釈できねえんだ」

「そうだろうと思いましたよ。でしたら罪状は、そうだな、第二級殺人罪か、故殺でないといけないでしょうね？」

「そうだ……そうか、あんたの言いたいことがわかったぜ、警視。そうだな」コプスタインは太い指で濃い髪をかき上げた。「その線でなんとかやってみるか。で、保釈金だな?」

ロードが警告する。「高額では困ります。彼女はたいして金は持っていないようですから。彼女の友人たちも」

「それは心配するな、ここには腐るほど金がある。問題は金じゃねえ、面子がつぶれるってことなんだ。警察にずいぶん恥をかかせることになるが、それでも真犯人は見つけなきゃならねえ。あんた、捜査に協力してくれるんだな、警視。何かわかるまで調べてくれるんだな?」

「調べはします」ロードは少々性急に約束した。「手助けをしていただけるなら、おそらく殺人犯も見つけられるでしょう。なんと言っても、それがわたしの仕事ですから」

「必要なものは何でも出そう。ただし、大っぴらにはしないでくれ。うちの警察に手柄をやらなきゃならねえからな」

「手柄はどうでもかまいませんよ。ですが、地元警察とはどういう立場で接すればいいですか? わたしは毛嫌いされるに決まってますよ。対抗しなきゃならないでしょうか?」

「あいつらに対抗なんかさせねえよ、約束する。一、緒に捜査するんだ、わかるか? バーグマンの野郎はすぐに担当を下ろさせるから、あんたはほかの連中と協力してくれ。別口からちがう男を連絡役に寄越す。あんたはそいつらと一緒に動いてくれ、ただし、このことはあくまでも内密でな。報告は直接おれにするんだ、いいか?」

ロードが了承した。「秘密は守ります。チャーミオン・ダニッシュが戻り次第、すぐに取りかかりますよ」フェニックス・クラブを後にしながら、ロードはまだ信じられない思いだった。車でグラント・ウースターの家に向かう間も、その驚きは消えなかった。

＊　＊　＊　＊　＊　＊　＊　＊　＊　＊　＊

ロードが戻ってきたときには、ドクター・アーリーはすでに帰り、ガードは寝室へ引き上げた後だった。ウースターとポンズは押し黙ったままハイボールを飲んでいた。玄関ドアから入ってきたロードを見てウースターが飛び上がり、勢い込んで尋ねた。「どうだった？」

「うまくいったよ」ロードが短く答える。

「そうだろう。おれの言ったとおりじゃないか」家の主が勝ち誇ったようにポンズに視線を送る。「あの臆病者のウジ虫め、どんな目に合うかわかったとたんに引き下がるやつなんだ」

ロードがふたりに報告する。「驚かないでくれよ。彼もチャーミオンがやったとは思っていないんだ。彼女は濡れ衣を着せられていることになり、世間にそう思われるのをかなり恐れている。真犯人を見つけたいが、身動きが取れないと言うんだ。すでに容疑者を確保した警察には、真犯人の捜査をさせられそうにないと。そこでわたしに驚くべき取り引きを持ちかけた。今すぐバーグマンを担当から外し、チャーミオンを保釈させる代わりに、わたしがひそかに捜査して彼に直接報告する。正直に言うと、かなり驚いたよ。だが、引き受けてきた」

ウースターはハイボールのグラスを回してからゆっくりと飲んだ。「それを言うなら、引き受けさせられたんだよ、マイク。もちろん、やつはチャーミオンがやってないことは承知しているだろうさ。ほかでもない自分がやったんだから。あるいは誰かにやらせたか。もしかして彼女が罪をかぶせられるのを見るに忍びないだけの良心が残っているのかもしれない。やつはきみを口実にしてチャーミオンを釈放させたのさ。だが、やつが真犯人だということはきみにも証明できないだろう。あいつは絶対にしっぽを出さない」

「今の意見、博士はどう思いますか?」ロードは心理学者のほうを向いた。

ポンズが言った。「こじつけだな。彼自身の立場が危ういというきみの分析のほうが説得力がある。チャーミオンのような美しい娘が無実の罪で裁判にかけられることがどんな意味を持つか、充分理解できるほどにずる賢いのはまちがいなさそうだ。そんなことになれば、非常にイメージが悪い。彼に別の狙いがあるというのなら、ウースター、たとえば本当はチャーミオンがやったと思っているが、ミセス・ティモシーを排除してくれた感謝のしるしとして釈放してやろうというのはどうだ?」

「はん! それが心理学だというなら、科学のほかの分野同様、ずいぶんと理屈の通らないものなんだな。わからないのか、ヴィク・ティモシーを殺す動機が本当にあるのは、やつひとりなんだ。彼女は今度こそやつの息の根を止めるだけの機会を握っていた。息のかかった一味が公職を放り出されるだけじゃ済まない、やつ自身が州刑務所に収監される可能性が高かった。それをあいつが黙って見過ごすはずがなかったんだ。彼女が殺されて、そんな機会は失われた。そこまでの動機が、ほかの誰にあったと言うんだ?」

「朝になれば、動機についてももう少しわかるかもしれない」ポンズが考えながら言った。「アーリーがな」とロードに説明する。「弁護士に会いに行ったのだ。検認のためにすぐに遺書を提出する可能性があるとのことだ、明日にでも」

「勘弁してくれよ! わずかな遺産と長期の服役刑じゃ、比べるまでもないだろう」

「落ち着けよ、グラント」ロードが声をかけた。「どちらの味方をするわけでもないが、コプスタインもほかのみんなと同じように昨夜はアリバイがあるんだ。彼と別れた後、フェニックス・クラブを出る前にわかったことだ。廊下にいた男が、昨夜七時半から、少なくとも今朝二時半まで彼とポーカーをしていたらしい。わたしがなぜそんなことを訊くのか、探りを入れられていることさえまるでわかっていなかったよ。嘘のアリバイだとは思えない……ところで、審問に証人として呼ばれたメンバーにコプスタインを加えたとしても、殺人犯はこの限られた一団の中にいると決まったわけではないだろう？　もちろん内部の犯行だとは認めるよ、家の造りに精通している人物だと思われるからね。だが同じ立場の人物なら、この何人か以外にもいるはずじゃないか？」

「そう多くはいないんだよ、マイク。ヴィク・ティモシーには何百人という知り合いがいたが、親しい友人はほんのひと握りだ。われわれのほかにはほとんどいない。確かにあの場にはあと六人ほどいたが、どこにいたかはきみもご存じのとおりさ。事件発生時には全員、ずっとコンサート会場に座っていたのだ。あの惨めなバーグマンが観客の供述をとる場にきみはいなかったが、おれは立ち会った。少なくとも十人から。その結果コンサートの休憩時間中に会場から出たのは、ケータリング業者の男たちとラス、それにきみとおれ以外にはいないのだ——ああ、もちろんミセス・ティモシー本人は別だが——それと、その後に子猫ちゃんも。それで？　だからどうだと言うんだ？　コプスタインが雇った暴漢がやったに決まってる、まちがいない」

ロードがため息をつく。「アリバイ、アリバイ。みんなアリバイがあるんだな。もちろん警察の集めた証拠は部分的に受け入れるが、どれもあまりに完璧だ。わたし自身のこれまでの経験の中でも、相当に強固なものばかりだ。どれ、みんなのアリバイをざっとおさらいしておこうか。

まずはコプスタイン。彼がパーケットから何マイルも離れたフェニックス・クラブにひと晩じゅういたという話は立証済みとして認めるつもりだ――〝暴漢を雇った〟という説は、ひとまず保留にするよ。

チャーミオンには、いわゆる一般的なアリバイがないことも異論はない。ただし、彼女がやったなどとは、あの法を無視した男以外に信じる者はいないし、彼も自分の利益のためにそう言っているだけだ。さらに、彼女がやっていないことはわたしが証明できる。一歩進めて、彼女が犯人じゃないというわたしの証言は、言ってみれば彼女のアリバイになるわけだ。

きみに関してだがグラント、ラスと話をしていたんだったね。ラスも事件発生の時間帯にはずっときみと話していた。お互いさまだな。これぞ古典的なアリバイの形と実体というわけだ。

そこで登場するのがミスター・クインシーとミスター・スプリンガーだ。ふたりも見事なまでに互いのアリバイを証明し合っている。だが一方――」

「そのとおり」ポンズが割って入る。「その一方で、ふたりに考えられる動機は一致するのだから、お互いのアリバイを主張していても信用性に欠ける、そういうことだろう？　同じ動機の者同士、共犯関係にあったのではないかという仮説は免れない」

ウースターがわざと棒読みするように言う。「あいつらに動機なんかあるわけがない。少なくとも、警察に疑われるようなものは。どんな動機だというんだ？　いずれ自分たちの手に入るはずの盗品を、少しばかり早く欲しくなったって？　ふたりが駆け出しの墓泥棒だってことはおれ
なら認めるよ。だが、それで警察を納得させられるかい？　あんな古ぼけた物のために人殺しまでするやつなんかいないさ」

「警察がどうこうは置いておこう」ロードがウースターに苦笑いして見せた。「今はわたしたちの話

をしている。正確には、わたしたちの考えについて、と言うべきかな。さて、わたしなら彼らの動機を真剣に受け止めるところだが、残念ながら、もし殺人を犯したのが彼らなら通ったはずの博物館への入口を、ほかでもないわたし自身があの時間帯にずっと見張っていたのだ。確かに博物館につながる狭い通路の先から何かかすかに聞こえた気はしたが、どの方向からであれ博物館に入っていく音ではなかったと確信している。ちょうどチャーミオンが悲鳴をあげる直前だった。そしてミセス・ティモシーが殺された直後だ。その数分後にわたし自身が死体の状態を確認したからわかる。実のところ、もしも彼らが殺したのなら、その直後に博物館へ戻ろうとしていたタイミングだったはずだ。だが、その時刻には絶対に誰も通路を通らなかった。その瞬間には、あのふたりは博物館の椅子に座り、短剣について議論を交わしていたことは確信している。

まとめると、そういうことだ。警察の証拠から見れば、このうちのいくつかのアリバイは比較的弱いのかもしれない。だが、わたし自身が博物館の入口を見張る位置に立っていたのだから、どのアリバイも疑いの余地はないことを知っている……ウィスキーをありがとう、グラント、だがもう寝ることにするよ。明日は捜査が待っているかもしれないからね」

「そうか、おやすみ、マイク。簡単な仕事でよかったな、取りかかる前から休憩とは」

「そのとおりだね、グラント」ロードが言った。「まったくおっしゃるとおり。まだ捜査を始めてもいないんだ。チャーミオンが戻ってくるまでは、始めるつもりもないよ」

＊　＊　＊　＊　＊　＊　＊　＊　＊　＊　＊

三月二十七日の月曜日。その日はさまざまな出来事が起き、ティモシー殺人事件発生から解決までで最も動きの多い二十四時間となった。確かにほかの日も、いくつもの出来事が重なったり、捜査に進展があったり、こちらで小さな点、あちらで別の点がぽつぽつと明らかになったりはした。だがこの日は、早朝から真夜中過ぎまで連続して何かが起きたということ、それらの多くが結果として最後には事件解決につながったことで、記憶に残る一日となった。

その日の朝九時前に、泥だらけの古ぼけたタクシーがウースター家の正面玄関でチャーミオン・ダニッシュを降ろしていった。彼女にかけられていた容疑は第二級殺人罪に引き下げられ、疑わしい目つきの判事がかなり高額の保釈金を定めたが、その高額の保釈金はただちに納められた上に、彼女を乗せてきたタクシーの料金もすでに支払われていた。短時間のうちにこれほど効率的に行き届いた買収効果を目撃するのも珍しいだろう。

午前十時に、ウースターの一団はミセス・ティモシーの弁護士事務所に集まって、遺書が読み上げられるのを待っていた。クインシーとスプリンガーも同席し、ラスもふたりのメイドと一緒に来ていたが、ドクター・アーリーはいなかった。受け持っている患者の診察や病院の救急救命室の仕事で、まったく時間が取れないらしい。アーリーがチャーミオンの弁護を依頼した弁護士のジョンソンが彼女の代理人として出席しており、ポンズとロードはグラント・ウースターの要請で同席を認められていた。遺書は全部でリーガルサイズの用紙に十枚もなく、読み終わるのにたいして時間はかからなかった。十時四十五分には、遺書を検認のために裁判所へ提出する準備が整った。

と同時に、束の間集まった人々は、再び散っていった。ふたりのエジプト学者はティモシー家の博物館に戻ると宣言し、ウースター夫妻とチャーミオンは八ブロックか十ブロックほど離れたところに駐めた車に向かって歩き出し、ティモシー家の使用人たちは目立たないように立ち去った。ポンズ博士はビジネス街の端に立って洪水がもたらした異常事態を目の当たりにし、せっかく民兵の立ち入り規制区域内に入れたのだから、ついでにちょっと見て回ろうと言いだした。マイケル・ロードは泥に覆われてぬかるんだ道路をポンズ博士に付き添って歩いた。

そう遠くまでは進めなかった。数ブロック後方では各交差点に州兵が立ち、しかるべき理由を提示できる者だけを区域内に通していた。数ブロック先は線路と川に向かって急な下り坂になっていて、こちらの道路では深さ五センチほどだった水面が、一本先の道ではもう商業用ビルの二階の窓にまで押し寄せていた。

早朝に雪が降り、灰色がかった茶色い残雪のせいで、泥と濡れた石壁が放つじめじめした匂いがさらに強まっていた。空は暗く重苦しいものの、痛いほど凍えた空気には今は雨も雪も降っていない。普段なら人の行き交うはずの通りだが、今日は丘の細い斜面のどちらを向いても陰鬱な景色が広がるばかりだ。ときおり巡回中の民兵たちが通り過ぎ、そのたびにリーダーがポンズやロードに鋭い視線を向けていくものの、裕福そうな身なりを見て呼び止めるのを思いとどまるようだ。

だが、いくら洪水に興味があったとは言え、じきにポンズは今しがた後にしてきた弁護士事務所での一件についてしゃべらずにはいられなくなっていた。水に浸かったビルに囲まれ、すっかり水没した大きな広場に向かい、ふたりはあふれ返った水際まで近寄った。ゆったりと流れる水面の向こうに、土手の上に建っているはずの駅舎の上半分が洪水の中から突き出しているのが見える。その左手奥の操車場に、連なった貨物車の屋根が水面を割るように波紋を広げながら頭を出している。

ふたりがもと来た道を戻りかけたところで、心理学者が口を開いた。「どうだね、マイケル、今いやというほど動機を見せつけられたわけだが。まあ、一見しただけではどれも充分な動機とは呼べないだろうがね」

「もっとつまらないもののために、何人もの人間が殺されてきたんですよ」ロードが短く答える。

「それはそうだろう。だがおそらくは、それは頭の良くない者の犯行ばかりだ。たとえば、クインシーとスプリンガーはどうだ。遺書によれば、ふたりは土曜日に話していたよりもずっと多くの遺品を受け取ることになる。もちろん、譲られるのは博物館にある展示物だけだが、コレクターであるふたりにとっては単に現金をもらうよりも、ああいう品物のほうがはるかに価値があると感じているにちがいない。ところで、そういう意味では、クインシーよりもスプリンガーのほうが得をしているように思うね。彼に遺されたものはすべて初期の王朝のもので、クインシーはより新しい時代のものばかりだ。古いもののほうがきっと価値は高いだろうに」

　ロードが同意した。「わたしもそう思います。ですが、重要なのはわたしの意見じゃない、クインシーがどう思うかです。そしてクインシーは博士とはちがう考えなのです。覚えておいでしょうが、あのふたりはエジプトの歴史についての解釈がまったく異なります。クインシーのほうは、わたしの知る限りでは通常の、学問上伝統的な意見を採り、初期エジプト人は石器時代の文明から抜け出しきれないような原始的で粗野な民族だったというものです。そこから彼らの文明ははるかな高みにまで発達した。結果として滅亡したのはまちがいないのですが、全体的に見れば、彼らの歴史は野蛮な状態から文明的な社会へと発展していった。一方のスプリンガーは正反対の、そしてまちがいなくより独創的な意見を持っていて、それは古代エジプトの歴史は初めから終わりまですべてが衰退の道をたどったというもの、つまり、文明の最高点は彼らが王朝を築くよりもずっと前にあったというものです。この説を信じるなら、スプリンガーが古い遺物に、クインシーはより新しいものに価値を見出していることになります。おそらくふたりは、どちらも相手より価値の高い物を手に入れたと思っているることでしょう。そして博士のおっしゃるとおり、ハートフォード警察からは評価されなくても、コレクターの目に映る価値こそが強い動機となり得るのでしょうね」

「いや、そうじゃない。そこはちがうと思うぞ、マイケル。コレクターの欲望は窃盗の強い動機にはなり得るが、殺人となるとよほど特殊な状況でない限りはないだろう。確かに今回の状況は特殊と呼べるかも知れないが、事実、あのふたりが殺人などという過激な行動を起こさないように、綿密に予防策が講じられていたのだ。考えてもみたまえ、彼らが犯罪に手を染めてまで手に入れたいと願う可能性のある品物は、今でこそ法的に彼らの所有物となったわけだが、これまでもすでに彼らのもの同然だったのだ。非公開となっていた遺物を、彼らはいつでも自由に調べることができた。あの遺物には、彼らが調査して熟考を重ねる以外まるで価値はない。さらに彼らが手に入れた品々は、より多くの遺物を集めたコレクションの一部でしかなく、そのコレクション自体は解体されてほとんどが遠くへ運び出されることになってしまった。遺物の所有権を自分に移すのと引き換えに、ティモシー・コレクションそのものを分散させる、そんな大きな不利益を被ってまで得るものは、あのふたりのどちらにもないはずだ。さらに、若くはなかったミセス・ティモシーが、そう遠くない将来に遺すはずの遺物の行き先を公けにしていた中で、そこそこ頭の良いふたりの紳士が単に法的な所有者となることを動機に殺人を犯すとはとうてい思えない。合点がいかないね。個人的には、この時点で誰よりも動機が弱いと考えているところだ。それよりも親愛なるアーリーによほど強い動機ができたじゃないか……ああ、ここから右に上がってみよう、マイケル。もう少し高いところからの景色を見てみたい」

ロードはおとなしく友人に従って、マンホールから逆流した下水があふれてできた大きな水たまりの中をじゃぶじゃぶと歩いた。「例の残余遺産の管理のことですか？　どうやらミセス・ティモシーには近い親族がひとりもいなかったようですね。あれはかなりの高額、おそらくは数百万ドルになるでしょう」

「いや、そのことを言ったのではない。その理由は後で説明しよう。わたしが言いたかったのは、直接相続する一万ドルのことだ」

「それはどうでしょうね」ロードがゆっくりと言った。「まとまった金というのはたびたび殺人の動機にはなりますが、あくまでもまとまった金額の話であって、何をもって〝まとまった〟と呼ぶかはそれぞれのケースによってちがいます。ハートフォードのような街で成功している内科医にとって、一万ドルは結構な金額とは言え、それでもひと財産というほどではないでしょう。一方、あの残余遺産のほうは正真正銘の大金で、アーリーはその単独管理人に指名されたのです。財産分与を殺人の動機と考えるなら、どうしてそれを無視できるんですか？」

「漠然とした理由からだよ、マイケル、だが重要かつ実質的だ。金額だけを聞いて、大金だと簡単に言いきってしまうのはいかがなものだろう。誰が、何の目的で受け取る金なのかということも同時に考慮しなければならない。アーリーはあんな残余遺産など欲しくないと思っているんじゃないだろうか。というより、その管理を任されるのは彼の本望ではないと思うのだ」

「そんなふうに思われるんですか？」ロードの口調はあからさまな驚きに満ちていた。「自分の仕事のために数百万ドルを自由に管理できるのを喜ばない人間など、ほとんどお目にかかったことがありませんよ」

ポンズが静かな声で言う。「それなら、そのうちのひとりにお目にかかったわけだ。アーリーが初めてウースターの家に入ってきたときから、わたしは興味を惹かれていた。機会は少なかったが、じっくり観察したところ、彼は自分の仕事に満足しきっている数少ない恵まれた人間だと思った。仕事から純粋に喜びを得て、世界じゅうの何にも代えがたいと感じているという意味でな。つまり、彼は生まれついての医者で、それは最も困難を強いられる職業の一つであるにもかかわらず、彼は自分の仕事を愛しているのだよ。

要するに、こういうことだ。一週間のほとんどを昼夜問わず、休みなしに働きづめで、時間を見つけてこま切れに睡眠と食事をとっている。初めて会ったときにそう言っていた彼の話に嘘はないと思う。そんな中でコンサートの夜を迎えた。彼はかなり音楽好きで、ピアノ演奏を披露するほど音楽を真剣に愛しているらしい。息抜きにもなる有意義な趣味なのだろう。それがどうだ？　彼の進言に従わない患者の容体が気になるからと、不平ひとつこぼすでもなく、悔しさをにじませるでもなく、羽を伸ばせるほんのわずかな時間すら抜け出して様子を見に行くと言う。きみやわたしだって同じ立場ならそうしただろうが、それはそうしなければならないと思うからだ。だがアーリーは、そうしなければならないなどとは考えもしない。心からそうしたいと思い、見せかけではなく本心から喜びを感じてそうしたのだ。あれほど仕事を愛する人間なら、現状を変えたくないと強く願うはずだ。それはまた彼が、単に欲求が強いという一般的な意味での〝野心家〟ではないことを意味する。

それが今、数百万ドルの管理人に指名され、まずは病院に新しく〈ヴィクトリア・ティモシー棟〉を建てて、その運営までも任されるとわかった。だが、彼は生まれついての医者であって、財産の管理人ではない。きっとこの新しい仕事を嫌うだろう。そのことは、彼自身がよくわかっているはずだ、彼もまた頭のいい男だからな。わたしでもきっと同じ気持ちになるだろうよ、マイケル。わたしが興味を持っている学問研究のためにと誰かが多額の遺産を遺してくれればうれしいが、興味のない単純な組織を運営しろと寄贈されるのはごめんだね。そんなもののために、殺人などというリスクを冒すつもりはさらさらないだろう」

ロードは考えながら言った。「そういう見方をするなら、直接受け取れるはずの一万ドルも動機ではなくなりますね。財産の管理人になれば、これから先に何万ドルも受け取れるでしょうから」

「普通ならその金に意味があるとは思えないな。管理を任された財産とちがって、その一万ドルはまったく自分の自由になるというぐらいで。彼には使い道などほとんどないだろうし、一般的な意味で金はあまり必要ないだろう。そもそも彼が金を欲しがるとは思えない。だが特殊な条件は起こり得る。たとえば、彼はチャーミオンを深く愛しているようだが、昨日は彼女の弁護に金が必要になった。金なら用意する、用意しなきゃならないと言ったときの彼の表情をきみも見ていただろう。そんな状況に置かれたときには、金のためというより、金さえあれば実現できることのために、彼は何だってするだろうし、大きなリスクをも冒すだろう。もちろん、殺人が起きる前には、チャーミオンの弁護を依頼する必要はなかったわけだが――犯罪の結果を動機にねじ曲げるわけにはいかないな――だが、ピンチの際に現金が用意できない現状を示したわけで、同様に金が必要となるような危機的場面が持ち上がっていなかったとは言いきれない、そうだろう?」

「もちろん、そのとおりです。ですが、そんなことが起きていたのなら調べられますよ。アーリーの収入と財力について問い合わせてみましょう。ついでに、この事件に関わりのある人物全員についても。ガードとチャーミオンそれぞれに遺された五百ドルはたいした意味を持たないでしょう。邸のメイドふたりへの数百ドルも。だが、ラスが受け取る二万ドルとなると、話は別ですね。えらく気前のいい話だし、人に仕えることに人生を捧げてきた男にとっては、かなりの誘惑になるでしょうから」

「それだけの遺産をもらえることを彼が事前に知っていたのならな」ポンズが勢い込んで言った。「それに加えて、彼女が死んでしまえば職を失うのだ。遺書の中には、彼が二十年にわたって仕えてくれたと書いてあったから、彼にとっても非常に満足できる仕事だっただろうに。だが一方で、彼も歳を重ねているし、あれだけの金が手に入れば質素な隠居生活ならまかなえるだろう。ラスのような男には考えにくい気もするが、まあ、彼のことはまだよく知らないからな。これから調べなきゃならないことが実に多いな。ところで、正面の丘の上の建物は何だろう？」

その辺りまで来ると建物のほとんどは古い住宅らしく、それぞれゆったりと間隔を空けて建っており、その奥で一面の泥沼と化した、かつては芝生だったらしい広い土地をロードは見やった。そこを横切るように砂利道が二本、コンクリートの低い建物に向かって伸びている。ふたりは建物に近づき、ロードが目を細めて正面に彫られた文字を読むと声をあげた。「なんという幸運でしょうね、博士。ここは病院ですよ。まあ、遅かれ早かれ来ることにはなったでしょうが、そう大きくない町ですから。せっかく来たんです、すぐにでも捜査を始めましょう」

「どうやって？」

「そうですね、アーリーについての事実確認を、つまり土曜日の夜は実際にどこにいたのかを調べましょう。実を言うと、あの夜、患者の家を訪問していた彼がそこから電話をかけてきたことに微塵の疑いも持ってはいないのですが。それでも第三者に確認をとってみて損はないでしょう」

「ふむ」そうなったポンズは友人の後について砂利敷きの車寄せを曲がった。背後から水を跳ね上げる音とやかましいほどの低いサイレンの音が響いてきた。ふたりは救急車のために道を空けたものの、飛んでくる泥はねから逃れることはできなかった。だが、救急車を見てロードは何かひらめいた。車の後について病院の裏庭に回ると、救急搬入口に救急車が止まっていた。ふたりが追いつくころには患者は病院の中に運び込まれていたが、制服が乱れ、全身くたびれきった様子の運転手が救急車にもたれて煙草に火をつけるところだった。

ロードは彼の隣に立ってマッチを借りた。「このところ、相当こき使われてるようだね？」彼は声をかけてみた。

「そのとおりさ。先週の水曜から昼夜ぶっ通しで働いてる」運転手は、裏庭の片側を占める、救急車がもう二台バックで駐車してある車庫のほうへ、油まみれの親指を突き出して見せた。「おれたち全員、ここで食って寝て、呼び出しに待機してるのさ。たぶんほかのやつらは今頃、車の中でひと眠りしてるんだろう。おれも今週はかみさんの顔をほとんど見てないや」

ロードは気さくに会話を進めた。「道路がこんな状態じゃ、運転するのも楽じゃないだろうね。ところで、ウェスト・ハートフォードに出動要請があったのを覚えてないかい？　確か、先週の土曜日の夜だったかな？」

「そうなんだよ、こんなの道路なんて呼べるかって。下水の本管が破裂したり、ヘッドライトまで水に浸かったりしてさ」運転手は車のフェンダーにもたれかかって、反射的に唾を吐いた。「ああ、そうだな」彼は機嫌よく答えた。「ウェスト・ハートフォードからほかにも呼び出しがあったのかは知らないけどさ、土曜の夜ならおれが車を出したぜ。あれは真夜中ごろだったかな。確かそのぐらいか、もう少し前だったかもな。あそこはよく覚えてるんだ、なんせ最近出動した中じゃ運転が一番楽だったからな。あっちのほうまで行きゃ、洪水もたいしたことないんだ。ただし、目的の家を見つけるのにはえらく苦労したな。なんだかずっと脇道を走らなきゃならなくてさ」

「何という患者を乗せたか、覚えてないかな？　と言うのも、あの辺りの被害状況が知りたくてね。その患者の名前がわかれば、場所の見当がつくかもしれない」

「悪いが、そいつは無理だな。ドク・アーリーの担当だったけど、名前はわからないや、なんせ運んだのは死体でさ。死体って言っても、硬直なんかはもう解けてたけどな。家まで行ってみたらドクが待ってて、一緒に病院まで戻ってきた。ドクに聞きゃ名前がわかるだろうけど、捕まえられるかな。確かウェスト・ハートフォード・センターの南側のどこかだったが、道路の状態は悪くなかったぜ。洪水もやっと少しは引き始めたらしいから、今ならもっと平気かもな、あっちへ行く分には問題ないはずさ」

ロードは運転手に礼を言って離れた。「今のはラッキーでしたね」ふたりは車寄せを歩いて町の中心に向かって戻り始めた。「われわれが嗅ぎまわっていると知られて、アーリーを怒らせたくありませんからね。どのみち彼の証言どおりでした。とにかく大事なのは、彼がティモシー家から遠く離れていたことです。わたしが彼の電話を受けたのですから。そもそも、彼が居場所を偽る必要などないのですが。嘘をつかないでくれて助かりましたね。ますます事態は混乱したでしょう」

再び規制線の外に出て、幸運にもすぐにタクシーを捕まえることができ、ふたりは行き先にウースターの家を指示した。目的地に着いてロードが運転手に運賃を払っていると、家の前の階段に座っていた男が立ち上がって近づいてきた。ロードが鋭い視線を向ける。どこかで見覚えがあるような気がしたからだ。しばらくして、それがフェニックス・クラブの廊下で見かけた屈強な男だと思い出した。

「よお、あんたがロード警視だろう？」男が尋ねた。「おれはシュルツ、検察局の捜査官だ。あんたの手伝いをしろって言われてきたんだ、ティモシー殺しの件で人手が要るだろうってな」

ロードが驚いた声で言った。「本当か？ その話は聞いてないな。誰に頼まれたんだ？」

「知らねえな」突然、男はあからさまにロードと目を合わせるのを避けた。「この手の事件じゃ、詳しく訊かねえもんなんだ。誰の差し金かはおれも知らねえ。ただあんたのとこに行けと言われたから来ただけだ。ほら、おれのバッジだ、嘘じゃねえってわかるだろう」そう言って上着を開け、検察局の徽章を見せた。

「わかった」ロードが言った。「誰の命令かは気にしないことにしよう。実を言うと、調べてもらいたいことがいくつかあるんだ。ちょっと待っててくれ」ポケットから小さな手帳を取り出してページを一枚破り取り、アーリー、ラス、ふたりのメイド、それにエジプト学者たちの名前を書き留めた。少し迷ってから、そこにチャーミオンの名も加える。「この人たちの財務状況をできるだけ調べ出してほしいんだ。おそらくほとんどは地元の銀行へ問い合わせるだけで済むだろうが、アーリーは信用機関にも訊いたほうがいいかもしれない。何か見つからないか調べてみてくれ。もちろん、ほかの情報もあれば助かるが、一番知りたいのは金銭状況だ。わたしへの連絡はここ、ミスター・ウースターの家にくれればいい。進展があったら知らせてくれ。何か浮かび上がったところで、落ち合って相談しよう」

「オーケー、また連絡する」シュルツは紙切れを受け取ってうなずくと、紙をじっと見つめたまま歩いていった。どうやら書いてある名前を頭に刻みつけているらしい。ポンズ博士とロードは彼に背を向け、玄関に続く階段をのぼっていった。

家に入ると、リビングルームでガードとチャーミオンがウースターと楽しそうに話していた。グラント・ウースターはこの上なく上機嫌そうだ。カクテル・シェイカーの中身を乱暴にかき回しながら声をかけてきた。「ちょうどいいところへ帰ってきた。きみの成功を祝して乾杯しようとしていたんだ、マイク。午前中はあまりに忙しくて、そんな些細なことは見落としてしまっていたのでね」

「まだまだ成功からはほど遠いよ」ロードはコートと帽子を片づけに廊下へ出た。戻ってきて付け加える。「チャーミオンはまだ重大な罪で起訴されていることをお忘れなく。今は保釈されているに過ぎない。殺人事件の真犯人を見つけなくてはならないんだよ。無事に事件を解決して成功と呼ぶには、それしか方法がないのだ」

「ははん！　そんな仏頂面はやめろよ、マイク、きみの本性は知ってるんだぞ。地方検事のウォルター・フェナーさえハードフォードに戻ってきてくれれば、子猫ちゃんは不起訴になるよ。告訴を握りつぶすんだか、却下するんだか、何と呼ぶのかよくわからないが。初めからまちがいだったことは誰もが知っている。だが、この事件をきちんと解決するなどというのは、おれはやっぱり無理だと思う。この事件でコプスタインを逮捕できるチャンスはゼロに等しいからな」

ロードは腰を下ろしてマティーニを受け取ったが、今度はポンズが深刻な顔で言った。「きみはずっと独自の説を唱え続けているがね、ウースター。それでも、遺書ではコプスタインに何も遺されていなかったし、反対に彼の立場を脅かすようなことも書かれていなかった。そういうケースもこれまで一度か二度遭遇したことがあったのだが。きみの理論の後ろ盾となっているのは、ミセス・ティモシーが政治面で彼と対立していた点だけだ。それ以上具体的にはまだ何も聞いていないが、きみの考えではふたりはどんな関係だったと思うんだね？」

「言っただろう、おれにはやつが殺人犯だとは証明できなかったし、今もまだできていない」グラントが答えた。「ただ、自分の中ではそうだと確信している。ミセス・Tは市民道徳の活動家だった、婦人クラブの活動から始まってね。おれたち夫婦はもう何年も彼女と付き合ってきたし、おそらく誰よりも親しかった。とは言え、おれはそれほど彼女に関心はなかった。個人的な好みとしては、男勝り過ぎたからな。だが彼女はいわゆる〝現実的な政治〟に積極的で、その手始めにコプスタインと親交を結んだ。やつのことを、肝の据わった親分肌だと言ってた。四年前に彼の一派の活動を応援し、やつらを当選させるのに貢献した。そうだな、ガード？」

「そうよ」グラントの妻が答えた。「彼らが当選するのにヴィクトリアの後押しがあったのはまちがいないわ。選挙活動でも資金面でも貢献していたもの。ただ彼女は、どういうわけか個人的な友だち付き合いをしにくい人だったわ、本人にその気があってもね。これだけ長い間交流させてもらいながら、彼女が亡くなって、しかもあんな悲惨な亡くなり方だったと知っても、ほとんど何も感じないことに自分でもびっくりしているの。とても厳しい人だったからかしらね。かなり冷酷なところがあったのよ」

グラントが話を引き継いだ。「とにかく、やつらがちゃっかりと納まるところへ納まった後、彼女は一派と決別した。あいつらはやり過ぎたんだな。〝現実的な政治〟までなら、まあ、おれもわからないではないが、露骨な汚職となると話は別だ。それが彼女には許せなかった。現実世界で物事がどう動いているのか、彼女は今度は組織の内側から見ることになった。なにしろ選挙が終わってみると、そこが彼女の居場所になったのだから。やがて、やつらがやっていることのいくつかに異論を唱えるようになったが、もちろんあいつらは聞く耳など持たず、ただ笑って済ませた。あいつら、ここらじゃ笑って聞き流すのが得意なんでね。そこへ二年ほど前に、下水処理事業にまつわるスキャンダルが持ち上がった。まったく恥知らずな話だよ。結局仕事を受注した二つのギャング以外は誰もがだまされていたわけだが、そのギャングの片方がコプスタイン一派だったのさ。やつらはその一件も笑って済ませようとした。もはや隠そうともせずに。だが、一つだけ見誤っていた。今度ばかりはミセス・Tも笑ってごまかせないことに、あいつらもやっと気づいたのさ。やつらと手を切った彼女は、自分が公職に就く手助けをしてやった者たちを、次の選挙で必ず落選させると宣言した。

彼女はすぐに行動を起こし、やつらの鈍いおつむじゃ彼女が本気で相手になるつもりだとまだ理解できないうちに、まんまと出し抜いてみせた。中間選挙で地方検事にウォルター・フェナーを当選させたのだ。フェナーは敵対候補だっただけに、それが一派のボス、コプスタインに対する最初の反撃となった。普通ならとてもそんなのは成功しなかっただろうが、やつらはそのときまで彼女が本気だとは思わずに油断していたのだな。だがそれをきっかけにこれが真剣な戦いだとわかって、流れは面白くなっていったわけだ。

一番の見せ場は、来月の選挙中に訪れるはずだった。それまではあえて隠しておいた充分な証拠を、それも管理不行き届きじゃ済まされない、刑事罰に相当する汚職の確証を彼女は集めていて、ここぞというタイミングで暴露するつもりだった。具体的にどんな証拠かは聞かされていないのでわからないが、その証拠は確実に存在し、ほかの誰にできなくても、彼女なら必ず手に入れただろうとおれは信じて疑わない」

ガードがカクテルのお代わりを要求するようにグラスを差し出してから、夫の主張を援護した。

「確かに彼女はそう言っていたのよ、ポンズ博士。今グラントが話したとおりのことを。残念ながら、そこまでしかわからないけど。その証拠がどんなもので、何に関連するものかは聞かずじまいなの」

「だが、そんな証拠があるのなら――」ポンズが言いかけた。「どこに保管していたのだろう？」

「そこなんだよ」ウースターが中身の減ったカクテル・シェイカーをテーブルに戻して言った。「彼女がどこに保管していたのか、おれにもわからない。そこまでは親しくなかったというわけだな。だが、もしもあの家に保管していたとしたら、永久に目にすることはないとあきらめるしかない。彼女を殺した暴漢が持ち去らなかったとしても、今頃は警察に押収されているはずだが、結局は同じことだろう？　どっちであれ、今頃はコプスタインが燃やしているだろうさ。そうして殺人の真の動機を示す物的証拠が消され、おれの話のような伝聞しか残らないわけだ。だからこそ、この事件はまともにやったところで解決できるわけがないと言ってるんだ」

ロードがゆっくりと尋ねた。「だが、その地方検事のフェナーという男はどうなんだ？　きみの言うような重要な証拠なら、きっと彼が持っているんじゃないか？」

「そのとおりだ！　彼なら持っているはずだ、まちがいない。フェナーが戻ってくるまでおとなしくしていればいいんだよ、マイク――明日か明後日には戻るだろう――それから調べれば何かわかるかもしれない。ひょっとすると動機が明らかになる可能性もあるが、それでもコプスタインを今回の殺人と結びつけるものは、フェナーも持っていないだろう」グラントはポンズのほうを向いた。「そうなれば、あんたも認めざるを得ないだろう、ミスター心理学。遺書に書かれていた内容よりも、はるかに強い殺人の動機があるということを」

「それがよほど信頼を傷つけるものならば、だ」ポンズは頑固に言い張った。「信用が失墜するのを恐れるあまり、世論や法廷で負うリスクよりも、人を殺すリスクのほうが小さく思えるほどの。彼の立場なら、地裁でのリスクは低いだろうに」

「だが、選挙の後ならどうだ？　攻撃的な地方検事が相手だぞ？　しかも選挙次第じゃ、判事までが何人も入れ替わってるかもしれないじゃないか？」

「まあ、確かに動機にはなり得るな。もちろん、そうだろう。わたしもその案に目をつぶるべきだとは言っていない。ただ、その可能性があるからと言って、ほかの案に目をつぶるべきではないと言っているのだ。ほかの案と言えば、ミス・ダニッシュの調査をしていたと警察が主張している私立探偵のほうは何かわかったのか？」ポンズは部屋の反対側にいる娘に目を向けた。「警察の証言は本当だったのかね？」

「そうは思えないわ」チャーミオンが答える。「もし尾行されていたのなら、わたしも気づいたと思うもの。ただ、最近のミセス・ティモシーの態度にはずいぶんおかしなところがあったわね。たぶん、わたしとトムの関係のせいじゃないかと睨んでいたんだけど、そんなのは大きなお世話だわ。あの人ったら厚かましくもわたしに面と向かって、彼と出かけるのはやめなさいと言ったこともあったし、この夏にヨーロッパへ何カ月か音楽の勉強をしに行くなら、その費用を全額負担してもいいと三週間前に持ちかけてきたのよ。今になって考えてみれば、きっとわたしをトムから遠ざけるのが目的だったと思うし、そのときだって気分が悪かったから、直接彼女にそう言ってやったのよ」

「まあ、なんてこと！」ガードはすっかり驚いたようだった。「そんな話、ひと言も言わなかったじゃないの。それじゃヴィクトリアは、あなたとトム・アーリーの関係に嫉妬していたっていうの？　そりゃトムはもう何年も彼女のかかりつけ医をしていたし、肺炎から命を救ってくれた恩人だとも言っていたわ。仕事上のお付き合いを抜きにしても、ふたりがとても仲が良かったことは誰もが知っているけど。それでも、彼のことで嫉妬ですって？　少なくとも二十五歳は年上なのよ！」

「ああ、ちがうの、そういうのじゃないわ」チャーミオンが無邪気に言った。「わたしだって、そんなことならちっとも気にしなかったわよ。でも、あのふたりの関係はあなたもよく知っているでしょう？　トムは心から彼女を尊敬していたの、あの風変りな行動のすべてを。トムの目にはとても活動的な女性として映っていたのね――まあ、そのとおりの人ではあったけど。だから彼女と親しくできるのが、それは誇らしかったようなの。彼女のほうもトムの能力を高く買っていたし、彼の代わりに野心を燃やしていたわ。ハートフォードで一番の医者にしたいとか、いずれは病院の院長になってもらいたいとか、そういったことを。たぶんわたしを敵視していたのは仕事面でのことだと思うの。わたしとの噂が広まれば、彼のキャリアを傷つけることになるって。彼のための野心が嫉妬を起こさせたのよ。それがわたしには不快だったし、今も嫌な気分だわ。わたしと一緒にいるのを見られたらトムの信用に傷がつくだなんて、どうしてヴィクトリアはそんなふうに考えたのかが知りたいのよ」

「まったくだな！」そう漏らしたウースターこそ、二日前の夜に同じような批判を口にしたばかりだった。「きみと同意見だよ、子猫ちゃん。そんなのはミセス・Tのお節介に過ぎない。女より仕事を大事にする男には、どちらを得る資格もない」

ガードが考えながら言った。「ヴィクトリア・ティモシーは、男女のことについては厳しい一面があったものね。社交界にデビューするお嬢さんたちのお披露目パーティーで、主役の娘さんたちが客に酒を配るのはいかがなものか、って大騒ぎしたことがあったでしょう？　トムが女の子を夢中にさせることで、仕事に悪影響を及ぼすんじゃないかと心配しても不思議じゃないわ。そしてもしそんな心配をしていたのなら、きっと何か手は打ったでしょうね、まちがいなく。だとしても、ばかばかしい話だわ――本当に！　確かに狭い町だけど、そこまでは狭くないはずよ、ありがたいことにね」
「とにかく、わたしはそう思っているの」チャーミオンが空になったグラスを置いた途端、ドア口に使用人が現れた。「ああ、ちょうどよかった！」チャーミオンがころっと態度を変えて叫ぶ。「〝ヒッコリー・ディッコリー・ドック、ネズミが時計を駆けのぼる、一時の鐘だ〟（「マザーグース」より）――昼食の時間ね！」

＊　＊　＊　＊　＊　＊　＊　＊　＊　＊　＊

　午前中は比較的ゆっくりと過ごしたが、午後はひたすら地道な捜査が目白押しとなった。二時になると、ロードはパーケットへ向かった。その朝ミセス・ティモシーの弁護士を訪ねたときに、午後またパーケットで会う約束をし、彼女が自宅に保管していた個人的な書類や所有物の中から何か重要なものが見つからないか、一緒に調べることにしたのだ。ロードが徒歩でいくと伝えると、グラントは不思議そうな顔を返した。「その歳で腹が出る心配でもしているのか、マイク？　今朝も散歩に行ったんだろう？」

「ああ、ぼくら若者にとって一日に十五マイルや二十マイル、どうということはないのでね。元気いっぱいなんだ、放っておいてくれ。だが、よかったら六時ごろ迎えに来てくれるとありがたいな。そのころにきみの、スローガンは何だっけ、〝世界を保険で救う〟仕事が終わっていたらだが。たぶんきみがカクテルと呼ぶ代物を飲む時間を含めて、夕食に間に合うようにここへ帰って来られるんじゃないかな。まちがってるかい？」

「いつもの当てずっぽうだろうが、正解だな」ウースターが請け合った。

西へダンバリー方面に向かう広い大通りに出ると、荒れ狂った天候の爪痕がいくつも見られた。コンクリートの路面は泥だらけで、排水口から噴き上がる茶色い水が濡れた路面に広がり、幹線道路を歩いて丘の挟間の窪みにさしかかると、淀んだ水が一インチほど溜まって、車が走り過ぎるたびに危険な渦を巻く。また小雨が降りだした。まばらな家々の向こうには、陰鬱な荒地が広がるばかりだ。ロードはレインコートの襟元のボタンをかけて霧雨を避けるようにこうべを垂れ、ポケットに両手を深く突っ込んで歩を進めた。

歩くうちにゴムのレインコートに包まれた体が温まってきて、パーケットの入口へ続く道を曲がるころには、すっかり濡れていても寒さは感じなくなっていた。坂の上の邸まで裸の木々が震えながら道沿いに並んでいる。ノッカーを鳴らすと、制服姿の警察官が玄関のドアを開けた。

二階へ続く階段をのぼりながら、その予想外の出迎えについて考えた。なるほど、チャーミオンの逮捕とともに引き上げたはずの警察が、彼女を保釈したとたん、再びここを占拠しているわけか。一般人から見ればさほどの意味はなく、公務員の理解不能な行動の一つに過ぎないかもしれないが、ロードにとってこれは大きな意味を持っていた。チャーミオンを有罪にできるだけの証拠は揃っていない、そして警察もそれを充分認識しているという証しなのだ。そうでなければ、新しい突破口を見つけるために、少なくとも貴重な人員の一部をここへ割くだろうか？　ロードは「ふむ」と言って、管理下に置いたこの家で、今度こそ警察が本当に何か見つけてくれることを祈った。

弁護士は大きな寝室でこちらに背を向け、窓の外の濡れた景色を眺めながら待っていた。口の端から突き出た葉巻の紫色の煙が渦を巻きながら立ちのぼり、頭上にとどまっている。ロードが入っていくと、弁護士は振り向いた。

「わたしもさっき来たばかりで、作業にとりかかる前にあなたを待っていたところです。あなたの同席が公式な捜査の一環だという連絡を受けましたよ、ミスター・ロード。それと、警察から一報があって、わたしの依頼人の私物の調査はすでに終了したが、重要な発見は何もなかったため書類を含めて何も押収しなかったとのことでした。つまり、ここにあったものはそっくりそのまま、警察が調べたときと同じ状態で残っているそうです」

「あなたは確か、生前のミセス・ティモシーの顧問弁護士であり、今は遺言の執行人でもあるのですね？」ロードが尋ねた。

「ええ、どちらもそのとおりですよ」

「なるほど、ではきっと彼女に厚く信頼されていたのでしょうね、わたしとは大ちがいで。わたしなど一度しかお目にかかっていないので、彼女に関する情報はすべて第三者からの又聞きに基づいているのですから。もしもこの殺人に関連する情報を生前の被害者本人が持っていたとしたら、きっとあなたのような特殊な立場の方に真っ先に打ち明けていたでしょうね。たとえば、何かに怯えていたとか、誰かに憎まれていたとか？」

「彼女は、誰にも恐怖を打ち明けたりはしません。なぜなら、怖いものなど何ひとつなかったからです」弁護士は窓から離れて、部屋の角にある大きなデスクへ向かった。デスクだけがほかの家具と調和が取れていなかったが、重厚という点だけは同じだった。弁護士はデスクの蓋を開け、その前の椅子をくるりと回してロードのほうへ向けた。椅子に座り、まるで裁判官のようにあごの下で指先同士を合わせた。

「殺人とは」彼は主張を始めた。「最も深刻かつ忌むべき犯罪です。わたしの依頼人は頑固で強情な女性でした――ええ、実に強情でしたね。彼女を嫌う人間は確かにいました。そうですね、心の底から嫌っていたと言って差し支えないでしょう。ですが、このような暴力行為を起こすような特定の人物や状況について、わたしは何も存じ上げないと断言しましょう。彼女が亡くなってからわたしも真剣に思い返してみましたが、報告すべきようなことは何も知りません」

「ミセス・ティモシーはこの地域の政治に興味を持っておられたようですね。ハートフォードでは現在、醜い政権争いが繰り広げられていると聞きましたが？」

「ええ。そのとおりです。人間が求めるのは、必ずしも政治権力だけとは限りませんからね」弁護士がきっぱりと言う。「人は時として、嘆かわしくも道徳から外れてしまいがちです。それでも、ミスター・ロード、この国の政治家が政策上でいかに醜くいがみ合ったとしても、お互いを殺したりはしません。そういうお話でしたら、まったく考えられませんよ」

ロードは折れることにした。「もちろん、そんなことは異常です。わかりました、事件解決の役に立ちそうなことは何もご存じないというあなたの広義の主張は受け入れましょう。ですが、遺書に関してはカを貸していただけるでしょうね。ミセス・ティモシーが亡くなる前から遺書の中身を知っていた人物は、何人いましたか？」

「申し訳ないが、それもまた残念な答えしかできませんね。わたしの知る限りでは、ひとりもいません。もちろん、ミスター・クインシーとミスター・スプリンガーは、先に亡くなったご主人の遺書にあった条件を夫人がそのまま引き継いでくれると思ってはいたでしょうが。わたしが思うに、ミセス・ティモシーは生前に遺書の中身を公開するような人物ではなかったし、少なくとも相続人には知らせなかったでしょう。これはあくまでもわたし個人の考えに過ぎませんよ。彼女が相続人となる誰か、あるいは何人かに自分の計画を個別に話していたかまでは、わたしには知りようがありませんから」

「それでも、たぶん誰にも言っていないだろうと思われるのですね？」

「そうです。その可能性はとても低いと思います」

「ミセス・ティモシーは最近遺書の内容を変えましたか？　身近に親族のいない裕福な方がよくやるように、財産分与についてころころと気が変わって、しょっちゅう遺書を書き換えるような方でしたか？」

「いいえ、まったくちがいます。依頼人は考えがぶれる方ではありませんでした。遺書はおおむね同じ内容のままですよ、もう何年も前から。ご存じのように、亡くなったご主人は、自分の集めた骨董品のコレクションを奥様の死後にどのように分配するかという条項を遺しておられましたからね。ご主人が亡くなったとき、その遺志にできるだけ沿うために、ご自分の遺書にもそっくり同じ文言を入れるようにと、わたしが彼女に進言したのです。ですから、そのタイミングで遺言補足書は加えましたが、それ以来いかなる変更もしておりません」

「つまり、あなたの知る範囲内では、彼女は亡くなる寸前に遺書を書き換える考えはなかったと？」

「ふむ、そうですね」弁護士が言った。椅子に座ってから初めて両手を膝に下ろし、また片手を上げてためらうように耳の後ろを指で掻いた。「残念ながら、その質問にはイエスともノーともお答えしがたいですね。あなたに訊かれるまですっかり忘れていたのですが、実は二週間ほど前でしたか、彼女からそれとなくそんなことを言われたように思うのです。記憶に残っている限り、確かこう言われました。〝ギルバート、近いうちに遺書のことで話したいことがあるの〟そのような言葉だったかと。ですから、何か考えが変わったのかもしれません。ただ、それほど重要な変更ではなかったと思いますね。でなければ、殺されるまでに考えがまとまりきらなかったのか、いずれにしてもそれきりわたしは何も聞いていないのです。あれ以来わたしの事務所に来られることも、わたしを呼び出すこともありませんでした。なにせ彼女の言葉も言い方もさりげない感じでしたので、さっき申し上げたように、わたし自身すっかり忘れていたぐらいです」

ロードは、些細とは言え、唯一興味を惹かれた点に食いついた。「それにしても、その言葉はどこで聞いたのですか？　どこか公衆の場所でしたか、たとえば遺書を書き換えられるのを恐れていた人物の耳に入ってしまい、その不安が確信に変わったというような可能性は？　あるいは、これは非常に重要なことですが、相続人の中でその会話を聞くことのできた人はいませんでしたか？　慎重に思い出してください、とても意味のあることかもしれません」

「ちょっと考えさせてください。あれは確か、いつだったかの夜に美術協会の絵画展で会ったときだったと思います。いや、ちがう、ただし会場を出た後だったな。ミセス・ティモシーの車が迎えに来ていて、ご親切にもわたしを自宅まで送るとおっしゃって。さっきの言葉はリムジンに乗っているときに言われたのです。わたしたちのほかに話を聞く可能性があったのは運転手だけです、通話装置のスイッチが入っていたとしても」

「ほほう、運転手ですか？　その人は土曜日の夜以降、どこにいるのですか？　運転手の姿は一度も見たことがありませんが。どういう人物でしょう？　あなたはご存じですか？」

「彼が盗み聞きをして誰かに伝えたのではないかと疑っているのなら、それはまちがいですよ、ミスター・ロード。ほかの使用人同様、彼も長年ミセス・ティモシーのもとで働いてきたのですから。既婚者で、家族とともにイースト・ハートフォードに住んでいます。洪水に襲われてからというもの、彼は川のこちら側へ来る手段がないのです。先週から姿を見せないのは、きっとそのためでしょう。彼のことならよく知っていますよ。名前はピーター・グレイディで、彼ほど忠実な男も滅多にいません。わたしが彼の名を出したのは、あくまでもすべての可能性を挙げるためであって、彼ほどミセス・ティモシーに尽くしていた男が情報を誰かに漏らすはずがありません」

「それで、彼女が遺書のどこを変更しようと考えていたのか、あなたには見当もつかないわけですね?」

「そうですね」弁護士が言った。「勝手な見当をつけることなら誰にもできますよ。ですが、わたしはそういう不確かなことはしない主義です」

「そこをなんとか、あえて推測を聞かせてもらえませんか?」ロードが頼み込んだ。「これ以上捜査を進める手がかりが実に乏しい、いえほとんど何もないのです」

「そうですね……まあ、でもこれは単なる推測に過ぎませんよ……かれこれ一年以上前から、エジプト好きの――ああ、エジプト学者というべきですね――さて、ふたりのうちのどっちだったかな? 確かミイラのほう、そうそう、ミイラを相続する予定の人です。ミスター・エリーシャ・スプリンガーでしたね。そのミスター・スプリンガーが一年も前から、ミイラを譲渡してほしいと依頼人に懇願していたそうなのです。奇妙なことに、彼が望んでいたのはそのミイラだけでした。相続するはずのほかの品々については、時が来るまで待つことで異論はなかったようです。初めはミセス・ティモシーも軽くあしらってきっぱりと断りました。が、しつこく頼まれるうちに、叶えてやろうかという思いが湧いたのかもしれません。彼女はそのミイラには何の興味もなかったし、ついでに言うならコレクション全体も同様です。法律上の障害があったとしても、近いうちに彼にミイラを譲るつもりになっていたのかもしれませんね。法的な手順を踏んで、その部分について遺書を書き換えようとしたのかもしれない。おぼろげながら、確かにあの車の中で、財産分与の条項について何かおっしゃっていたような記憶があります。ですが、これは単なる推測に過ぎません。どのみちあなたの捜査の手助けになるとも思えません。ミスター・スプリンガーが、自分の望みどおりに遺書が書き換えられようとしていると知ったところで、彼女を恨むはずがないからです。たとえその段階で確実に遺書を変更するかまでわからなかったとしても」

「では、ご自分以外には誰もミセス・ティモシーの遺書変更の可能性について知る者はいなかったと、そうおっしゃるのですね？」

「そのとおりです。グレイディに話を聞かれた可能性はほとんどありませんが、そうだったとしてもそこから漏れることはありません。ミセス・ティモシー本人はと言えば、仮に遺書を書き換えた場合でも、それを誰かに知らせるとは思えませんし、ましてや、まだどうしようかと考えている段階だったわけですから……さて、これ以上ご質問がないようでしたら、作業にとりかかりましょうか」

ロードも賛同し、ふたりは調査を始めた。デスクは単に大きいだけではなかった。分類棚や引き出しいっぱいに手紙や領収書、未払いの請求書、委員会の会議の連絡書、プログラム、それに故人のさまざまな活動資料がぎっしりと詰め込まれていた。促されるまま、ロードはまず資料と手紙から調べることにした。その手の書類を詳細に調べるのに、刑事の自分よりも弁護士のほうが時間がかかるからだ。しばらくして弁護士が下のほうの引き出しから依頼人の最新の小切手帳を発見し、それぞれの金額を精査し始めた。おそらく銀行から提供された情報なのだろう、ポケットから取り出した一覧表の数字と見比べているようだ。ロードは彼にも証人の名前を書きだした例のリストを渡し、その人たち宛てに小切手が切られていたり、あるいは何か変わったものを見つけたりしたら教えてほしいと頼んだ。

ロード自身は目の前の大量の書類に着手した。まずは左上の整理棚からだ。そこにあるのは比較的古い領収書だった。次の棚も似たような内容だが、もう少し日付が新しい。興味を惹かれるものは何も見つからず、ロードはさっさと目を通していく。三番めの棚の中身を調べている途中でしばらく手を止め、新しい考えが頭に広がっていった。その棚にはミセス・ティモシーが定期的に支払っていた生命保険料の領収書の束が入っていた。彼女にかけられた保険金はあまりに高額で、ロードは驚きを隠せなかった。何百万ドルという資産のある女性が、どうして十万ドルもの保険に入っていたのだろう？　しかも、財産を遺すような近い親族が誰もいないというのに。不動産税を回避するためではないだろう。それならはるかに高い金額でなければ。それより、この高額の生命保険金の受取人は誰だろう？　あの遺書によって誰かが受け取る財産よりも、かなり高額なプレゼントになるはずだ。そして、ほかの遺産と同じく、彼女の死によってのみ手に入る金なのだ。ロードが領収書の束を繰っていくと、彼女が保険料を三カ月ごとに払っていたことに気づいた。それもまた裕福な女性には珍しかったが、ずっと前に入った保険なのかもしれない。結局、毎年の詳細な情報がわかるのは会計年度末である七月の領収書だけのようだ。その束を見つけ、最新である昨年七月の分を探し当てて、内容に変化がなかったかを確認しようとした。思わず不満の声が漏れる。その保険金の受取人は、特定の個人ではなかった。支払先は、彼女の不動産だったのだ。なるほど、やはり節税対策だったか。この保険金は、不動産税を回避するためでなく、相続税に充てる金を確保するためのもので、その結果、ほかの財産は売却せずに維持できるわけだ。だが、それでも足りないはずだ……ロードは書類を元通りに片づけて次の棚に手を伸ばした。

十五分か二十分ほど収穫のないまま資料を読んだり調べたりしていたが、すぐに興味深いものに行き当たった。昨年の日付で出されたアーリーからの手紙で、仕事関係の手紙の束の中に隠してあった。ロードはそれをゆっくりと、何度か読み返した。ニューヨーク市のレキシントン・アヴェニューにあるホテルの便箋に書いてある。

愛するヴィッキー——先週の火曜日にご提案いただいた件ですが、こちらへ来る電車の中でも、到着してからも、じっくりと真剣に考えてみました。もちろん、あなたがそんなことを計画していたなんて思ってもみませんでした。あなたのご親切にはなんとお礼を言えばいいか、言葉もありません。すばらしいプロジェクトですね。病院にとっては今すぐに役立つし、将来的になくてはならないものとなるでしょう。わたしでお役に立つことがあれば何でもやらせていただきたい。あなたの賢明で寛大なるお申し出の恩返しとして。

ただし、新棟の運営者には就任できません。正直に言いますが、それはまったく問題外です。わたしにはそんな能力も経験もありません。わたしよりも立派に務められる人はいくらでもいます（たとえばセイヤー。その話はまた後で）。が、もっと重要なのは、それがわたしの仕事ではないということです。わたしはただの医者であって、経営者ではありません。医者こそがわたしの天職であり、すべてを捧げられる仕事です。両方はとても務まりませんし、せっかくあなたが寄贈されるものをわたしが台無しにしてしまうような責任は負いきれません。どうか信じてくださいヴィッキー、これはわたし個人のためではなく、すべての人のために大真面目に言っているのです。

それからクインシーの件ですが、わたしは反対です。あの男は確かに正直者なのでしょうが、要求はこれだけで収まらないだろうと心配です。きっとこれからもあなたを利用しながら、あの男のことだからそれを当然だと思うでしょう。

どうかわたしを恩知らずだとは思われませんように。その正反対です。

あなたのトムより

追伸
この手紙を読み返してみました。妙に気取っていて、とてもわたしの言いたいことは伝わりそうにありませんね。それでも、必要となる変更手続きをされるのに間に合うよう投函することにします。水曜日に――午後遅くに――そちらへ戻ったら、すぐにこの続きを相談しに伺います。
――T

仕事上の手紙とはとても呼べそうにないが、これでポンズの説に一ポイント加点だな。アーリーの署名の入った手書きの手紙には、はっきりと病院経営を拒否する意思が書いてあるのだ。ふたりの深い友情関係もよく表われている。ミセス・ティモシーの頑固さも。なぜなら、その手紙とそれに続いたであろう相談を経てもなお、彼女は遺書の内容を変えなかったのだから。アーリーは結局しぶしぶ折れて就任を認めたのか、それとも彼女が遺書を変えてくれたものと信じていたのか？　どちらにしても殺人の動機とはほど遠い。

それと、手紙の三段めのクインシーについてのくだりは何だろう。あまりにもぼんやりとした表現だ――。

「過去十二カ月分の小切手帳を調べ終わりましたよ」弁護士が声をかけてきた。「特別に変わったことはありませんでしたね。と言っても、毎年所得税の申告を手伝ってきましたので、ミセス・ティモシーの財務状況については多少なりともわかっているつもりですが。それでも、あなたのリストにある名前が二回出てきた以外に、お知らせしたほうがいい事案が一つ見つかりましたよ」

「本当ですか？　まずは出てきた名前のほうから伺いましょう、誰ですか？」

「一つめは、九十二ドルの小切手です」弁護士が乾いた声で言う。「これはドクター・アーリー宛てに切られていました。控えには〝医療サービス代として〟とメモ書きがあります。今年はほかにドクター宛ての小切手はありませんので、ある程度の期間分をこの一枚でまとめて払ったと思われます。二つめは、昨年の九月二十六日付でエベニーザー・クインシー宛ての二千五百ドルの小切手です。こちらは控えに記録がありませんので、どのような用途かはわかりません。この金額はもちろん、依頼人の立場を考えれば大金とは言えませんが」

「ちょっと待ってください」そう言ってロードはデスクの通信ファイルからアーリーの手紙を取り出した。手紙の日付を調べると、昨年の九月十五日となっている。ということは、クインシーに支払われたその小切手は、手紙に出てくる一件とつながっているにちがいない。彼に貸したのだろうか？それとも、ほかに何らかの取り引きがあったのか？　とにかく調べてみなければ。ここでもまた、亡くなった女性がドクターのアドバイスを無視していたことがわかった。

「その二件めの小切手について、どういう理由で支払われたかまったくわからないというのは確かですか？　彼女にとってはたいした額ではないかもしれないが、結構な大金ですよ」

「ええ、まったくわかりませんね、ミスター・ロード。ですが、ご覧のように控えを残してあるところを見ると、ごくありふれた支払いだったのではないでしょうか。重要だと思われるのでしたら、ミスター・クインシーに尋ねれば当然わかるでしょう。あなたのリストにあった名前で出てきたのは、その二件だけです。ただし、これ以外にお知らせしたほうがいいことがあります。殺人とは無関係だとは思いますがね」

「何ですか？」

「昨年、依頼人はおよそ一万八千ドルを引き出しています。小切手を〝現金化〟しているのです。通常の生活費は別途、すべて小切手で決済していますから、この追加分はけっこうな大金ですね」

「一万八千ドルですって！　生活費のほかに？　おっしゃるとおり、まちがいなく大金だ。彼女はそれをいったい何に使ったのでしょう？」

「さあ、わかりませんね。ですが、脅迫とかそのたぐいのことをお考えでしたら、それはありませんよ。依頼人からは五セントたりとも脅し取ることはできなかったでしょう。何千ドルもだなんて無理ですよ。彼女はどんな脅しであれ、決して屈する人ではなかった。それに現金の引き出しと殺人を結びつけることもできませんよ。彼女にはよくあることだったからです。彼女はもう何年も、帳簿に記録をつけずに多額の現金を引き出す習慣を続けてきたのです。わたしがずっとやめるように言っても、聞き入れてもらえなかった。ときには合計額が三万ドルに膨らむことも知っていました。しかし昨年は一度も旅行にも出かけず、まる十二カ月間をハートフォードで過ごしていたはずですし、金額もいつもに比べれば少ないぐらいです」彼はあきらめたように肩をすくめた。「彼女は裕福で、好きなように金を使う権利はあるはずですからね。あくまでも個人的なやり取りに、あまりわたしが口出しするのを嫌がっていました……そういうわけですから、一応あなたに知らせる義務があると思ってお伝えはしたものの、彼女がこの一年のうちにその金を何に使ったかを調べるのは時間の無駄だと思うのです」

「うーむ」ロードが言った。

「うーむ」弁護士も何かを疑うように繰り返した。「実は、つい先月の小切手の中に、一度しか出てこない名前のものがありました。ほとんどの小切手の宛先は、個人であれ団体であれ、何度か繰り返し出てくるものなのですがね。わたしの気にし過ぎかもしれませんが、この名前には覚えがないので。宛先は〈イークィノックス〉で、金額は五百ドル。用途についてはメモされていません。どこかよその町にある店か企業かもしれない。そうだ、きっとそうでしょう」

「そうかもしれません」そう言ったきり黙り込んだロードの頭の中では、とりとめのないイメージが暗がりから飛び出してはまた暗がりへと消えていく。クリーニング屋の名前だろうか？　いや、五百ドルというきりのいい金額をクリーニング屋に払う人などいない。「あなたは聞いたことがないのですか？　この辺りの店なのでは？」

「知りませんね」彼は言いきった。「まったくわかりません。だからこそ気になったのです。ですが、彼女が小切手を切る可能性のある相手をわたしがすべて把握していなくても不思議はありませんから」

刑事はうなずいて、デスクの上の大きな電動時計を見た。針は四時少し過ぎを指している。「わかりました。わたしのここでの調査は、一旦中断します。下の博物館にミスター・クインシーがいるらしいので、今のうちに小切手の件をはっきりさせたほうがいいと思うのです。時間があればまた戻ってきます。今夜はここにいらっしゃいますか?」

「それは、その――」一瞬否定するかと思えたが、弁護士は咳払いをした。「はっきりとお約束はできませんが、戻ってくるかもしれません。断言はできませんよ、明日の朝になるかもしれない。今夜じゅうに戻ってこられないようなら、このデスクを施錠して、鍵は下にいる警察官に預けておきましょう。もしあなたが今夜また調べたいのでしたら、その鍵を使って、帰るときにまた施錠して警察官に預けてください。それでかまいませんか?」

「結構です」ロードが言った。「それでは失礼します、ミスター・ラッセル」

「失礼しますよ、ミスター・ロード」弁護士はロードが座っていた椅子に腰を下ろし、刑事が調べ終わった書類に手を伸ばした。

＊　＊　＊　＊　＊　＊　＊　＊　＊　＊　＊　＊

電気は復旧していたが、廊下の電灯はどれも消えたままだった。曇天の屋外から早くも夕闇が忍び込んできたかのようだ。ロードが階段を降りていくと、踏板がわびしくきしみ、先ほど玄関ドアを開けた警察官の姿はどこにもなかった。建物の正面に窓がいくつもあるにもかかわらず、家の中は陽気さとはほど遠い。小さな露の粒がガラスに水の筋や玉を作りながら貼りつき、曇った窓の向こう側の霧を想像させる。家じゅうを死んだような静けさが重く包んでいる。ロードは思わず寄木細工の床の上をつま先立ちで歩きそうになった。

エントランス・ホールの端から手探りで狭い通路を進んでいくと、思いがけず博物館のドアが開いていることに気づいた。博物館自体は何らかの間接照明に照らされており、その光がアーチから漏れて手前の部屋の中が見えた。そのときロードは初めて、そこが図書館と美術品のギャラリーを合わせたような部屋だと知った。壁には十数点もの大きな絵画が飾られ、そのほとんどがひどく装飾的で重厚な金メッキの古めかしい額縁に納まっている。その隙間を埋め尽くすように壁の三面に何段もの本棚が積み重なり、ずらりときれいに並んだケース入りの本は、読まずにただ飾ってあるわけではないようだった。本棚はロードの身長より高く積み上がり、上方の棚に手が届くように、三面の壁それぞれにレールつきの可動式の梯子が掛けてある。入口の壁に掛かった梯子がドアのすぐ近くにあるのを見つけ、ロードはふと思いついて手を伸ばし、軽く押してみた。梯子はすんなりと音もたてずになめらかに四、五インチほど横へ滑っていった。

ロードは図書館を突っ切って博物館の中を覗き込んだが、そこは初めて見たときと何ら変わらないように見えた。一方の端にある大型展示ケースに、かなり大きな〈大ピラミッド〉の復元模型が、内部の通路がわかるように切断されて収められているのが今日はよく見える。クインシーは小型の展示ケースにのしかかるようにして、ガラスの中の写本を夢中で読んでいた。初めはスプリンガーにはまったく気づかなかったが、やがて部屋の奥にあるミイラ棺のそばでひざまずいている彼の痩せた体が見えた。

そのままロードが数分間立ち尽くしているうちに、死んだように無音で静止したままのふたりのエジプト学者を包んでいた部屋独特の不思議な空気が、前回と同じようにロードの気分を圧迫しだした。クインシーが肩越しに相棒のほうを見てつぶやいた。「ほら、ここだ。これほど明白に書かれているものを、どうしてきみは否定するのかね――」それだけ言うと、またガラスの中を覗き込んだ。ロードは黙ってその様子を眺めているだけで、その言葉の意味すら理解できなかったにもかかわらず、なぜかすでに鼓動が速くなっている。この奇妙な香水だかお香だかのせいだろうか。確かめなくてはならないな。必要なら単刀直入に訊いてみよう。このふたりにも、わたしと同じように何らかの影響が現れているのだろうか？　空気中に麻薬か何かが放出されているのか？　だとすれば、どんな目的で？　注意を向けてみれば、明らかに空気がおかしいのは誰にでもわかるはずだ。ロードがアーチの下から声をかけた。「こんにちは」

クインシーが飛び上がって振り向いたが、スプリンガーは顔を上げて曖昧な会釈をしただけですぐに元の体勢をとり、何であれそれまでと同じ無言の作業に戻った。クインシーがロードのほうへ歩いてきた。と思う間もなく、驚くほどの力でロードの二の腕を摑み、並んでいる展示ケースのほうへと連れていった。「ちょうどいいところへ来てくれた、ミスター・ロード。最高のタイミングだな。きみに見てもらいたいものがあるのだよ」

「何です？」ケースを覗き込んだロードが尋ねる。それはクインシーが貼りついていたケースではなく、中にはさまざまな長さの亜麻布か上質紙に似た材質の巻物がきちんと平行に並べられていた。

クインシーはキャビネットの脇の扉を開け、その中から閉じたままの巻物を一本選び出してケースの上に広げた。「これは〈リー・パピルス〉の模写だ」得意げに言う。「オリジナルはパリのフランス国立図書館に収蔵されている。見てわかるとおり、二段のうちの下段しかない。上段は破れて欠損している。きみは学のある男だろう、ロード。記録を直接見ることで、エジプトの魔術を軽視してはならないことを知ってもらいたいのだ。

これらは第二十王朝のパピルスで、ラムセス三世の統治時代末期に起きた、いわゆる〝ハーレムの陰謀〟事件で使われた魔術の秘技の数々が記録されている。かの有名な陰謀では、一貫して魔術が実践されたのだ。このことは知っているかね、ロード?」

「いいえ、知りません」博物館に来た本来の目的から離れるものの、ロードは本気で古代の魔術を信じているクインシーに対してだけでなく、文書そのものにも興味を惹かれている自分に気づいた。その巻物には美しく描かれた象形文字が奇妙に並んで、今は滅亡した古代文明の息吹を鮮明に甦らせ、遠い昔に実際に生きていた人間たちが争った結果、陰謀が明るみに出て処刑される物語が詰まっているのだ。「是非教えてください」エジプト学者に誘いかけた。

クインシーは巻物をもう一本取り出してきたが、それは先ほどのものよりも大きく、描かれた文字はどれも一インチほどもあって美しかった。「これは偉大な〈トリノの法のパピルス〉の模写で、ハーレムの陰謀事件の裁判記録が収められている。すべては読み上げないがね。裁判官に任命された高官の名前、当時の〝ペル・アア〟であるラムセス三世からの指令、それぞれ別の罪人を裁いた少なくとも四つの裁判、それに彼らの有罪判決と処罰について書いてある。初めの三つの裁判はハーレムの陰謀を企てた張本人たちに関するものだが、最後の一つは初めの裁判の過程で買収された警察官や裁判官を裁いたものだ……ところで、ロード、きみは確かヒエログリフは読めないんだったな。わたしの解読が正しいことは請け合う。疑うなら、向こうの図書館で調べてみるといい。ブレステッド（ジェームズ・ヘンリー・ブレステッド、一八六五～一九三五。アメリカのエジプト考古学者）が編纂した『エジプト古記録』というシリーズの第四巻に、これらの記録の解読文が収められている」

ロードは微笑んで肩をすくめた。「あなたの知識を疑ってなどいませんよ、ミスター・クインシー」

「そうか。事件の全貌は〈法のパピルス〉で明らかにされている。ティイという名の王妃、おそらくラムセス三世の継母が首謀者と考えられている。目的は明らかにラムセス三世を亡き者にし、今はペンタウアーという仮りの名しか記録に残っていない男を王座に就かせようというものだ。ハーレムと宮廷の高官が何人も加担していた。彼らは〝ペル・アア〟つまり〝ファラオ〟の側近でもあったから、この陰謀はいっそう深刻だったのだ。どうやって発覚したのかはわかっていない。魔術を使っていた者たちの正体が見破られる原因は、魔術とは無関係なこともあるからな。

とにかく、この陰謀そのものが魔術と深く関わっているのだよ、ロード。外部との接触を完全に断たれていたハーレム内の者たちは、ハーレムの警備兵や高官たちに魔術を施すことで外の協力者と連絡を取り合っていたのだ。ここを見てみろ、〈リー・パピルス〉の初めの段だ。ちょうどいい例がある。

『〝我に力と魔力を与える巻物を授けたまえ〟彼はウセルマー・メリアメン（ラムセス三世）、生命、力、健康、偉大なる神、彼の主人、生命、力、健康の魔法の巻物を授かり、その魔力を人々に用い始めた。彼はハーレムの近くに来た……彼は蠟で人間を作り、文字を彫った……兵士の一隊を妨害し、他の隊に魔法をかけた。いくつかの言葉を取り込み、いくつかを吐き出した』

彼らは人形を使ったのだよ、わかるかね。これこそが彫像による古代魔術で、連絡のために定期的に警備兵に呪術をかけたのだ。この場合は、おそらくごく簡単な催眠現象だったのだろう。だが本当に重要な魔術、強力な呪術は警備兵ではなく、ペル・アア本人に向けられた。これは特異なケースだ。

こう記されている」

クインシーの声は甲高くなり、ほとんど金切り声に近い。彼が〈法のパピルス〉の中から示したい部分を探そうと、はやる気持ちからもつれる指で巻物を伸ばしては巻き直している様子を、ロードは驚きとともに熱心に見守っていた。

「あった——ここだ、ほら、ここにペル・アア本人から裁判官たちに向けて出した指示がある。少し読み上げてみよう。

『……彼らを尋問せよ。彼らを連れ出して尋問するとき、死ぬべき者たちは自ら命を絶たせるがよい、我《われ》の知らぬうちに。他の者には処罰を与えるがよい、同様に我《われ》の知らぬうちに……彼らの行ないの結果が、彼ら自身の頭上に落ちるよう。我《われ》が永遠に守られているうちに。我《われ》が神々の王アメン・ラーの前にいる正当なる王たちとともにいて、永遠の支配者オシリスの前にいるうちに』

ほら、わかるか？　この奇妙な部分〝我《われ》の知らぬうちに〟という言葉は、ほかのどの記録にも出てこないのだ。今読んだ最後の行でさらに説明されている。〝正当なる王たちとともにいる……永遠の支配者オシリスの前にいる〟これは自分の死後ということだ。つまり、犯罪者たちを捕えたにもかかわらず、ペル・アア本人は自分にかけられた高度な呪術から逃れられないことを知っていたのだ。自分を襲おうとした者たちが裁かれる前に——おそらくはほんの数日か、遅くとも数週間とかからなかっただろうが——自分は死ぬことになると。裁判官を任命する宣言書に自身の言葉ではっきりと書いてあるのだ、自分を殺そうとする者たちを裁け、彼らに自らその代償を払わせろと。

この記録には、別の証拠もある」クインシーが早口で続ける。「わたしがさっき解読した部分だ。『彼はウセルマー・メリアメン、生命、力、健康、偉大なる神、彼の主人、生命、力、健康の魔法の巻物を授かり……』

〝偉大なる神〟というのは、当時は死者にのみ与えた称号だ。古代エジプト人は言葉を省略していたから、これらの記録を読み解くには、この象形文字だけで意味していたものに言葉を足さなければならないのだ。この一文を読み解くと、こうなる。

『彼はウセルマー・メリアメン、生命、力、健康、今では偉大なる神（つまり、この記録が記されているときにはすでに死んでいるということだ）、かつては彼の主人（つまり、その巻物を授かったときにはまだ生きていた）、生命、力、健康の魔法の巻物を授かり……』」

ロードはここへ来た本来の目的を切りだす前に、相手に話を合わせて会話を続けることにした。

「あなたのおっしゃることはこうですか？　陰謀を企てた者たちはファラオを殺そうとしたが、その犯行中に取り押さえられたか、別の形で裏切られて捕えられた。だが、ファラオが死ぬ前に陰謀が明るみに出て犯人たちは逮捕されたにもかかわらず、ファラオにはすでに強力な呪いがかけられていたため、それを打ち消す術《すべ》はなかったと。そういうことですか？」

「まさしく、そのとおりだよ。自分に魔術がかけられたとわかっても、必ずそれを阻止できるとは限らない。わたし自身、陰謀の首謀者たちの中には古代魔術の記録を読み解ける者が少なくともひとりいて、宮廷に忠実な専門家たちを煙に巻いたと考えている。ほら、ここを見てみろ」――クインシーは先ほどまで覗き込んでいたケースのほうへロードを追い立てた――「これがその証拠だ。これはオリジナルのパピルスだ。ほかのものとちがって模写ではない。遺書によってわたしに譲られた遺品の一つだ。保存状態は悪く、まだ完全に解読できていないが、第二十王朝のものだということまではわかった。わたしはこれも同じく、ハーレムの陰謀にまつわる記録だと考えている。ほら、ここに――そう、こう書いてある。

『……拘束された。ペル・アア、生命、力、健康に対して悪を企てた者たちに、ラーは成功を与えなかった。彼らは発見され、罰を与えられ、誰ひとり逃れることはできなかった。(だが)彼らが悪のために使った偉大な魔法は失敗することはなかった。ラー自身に、ラーの偉大な魔法を(覆す?)ことはできなかった……』

ほら、はっきりと書いてあるじゃないか。ちくしょう、エリーシャめ」彼は腹を立てたように仲間のほうを向いた。「魔術の信憑性について、いったいどれほど明白な証拠があればいいと言うんだ?」

スプリンガーはまだミイラ棺の横で膝をついたまま、側面に彫られた消えそうな文字を懐中電灯と虫眼鏡を使って丹念に調べていた。姿勢を変えることも、首を動かすこともないまま、ひと言だけ声を発した。「ふん!」単に馬鹿にしているのではない。そのひと言がすべての答えだと言いたげだった。

ロードはしばらく待っていたが、スプリンガーのひと言から受けた印象にまちがいはなかった。彼は議論に参加するつもりはさらさらないようだ。代わりにロードがクインシーのほうを向いて静かに言った。「過去から現在に話を戻しましょう、ミスター・クインシー。あなたのファラオも暗殺されたのかもしれませんが、われわれにもっと関係の深い殺人が最近起きたのですよ。ご存じでしょうが、警察はミセス・ティモシーの交流関係を詳しく調べる必要がありました。今日伺ったのは、わたしからお訊きしたいことがあったからです。秘密は厳守しますし、相手がハートフォード警察ではなくわたしのほうが、あなたも話がしやすいのではないかと思いますよ。昨年の秋、ミセス・ティモシーは摘要欄に何も記さないまま、あなたに二千五百ドルの小切手を渡しましたね。かなりの大金です。おかしな金ではないのでしょうが、遺言の執行人もわたしもそれに関する情報を何も見つけられなかったのです。どういう事情だったか、お話しいただけますか?」

「何も話すつもりはない」徐々に顔を赤く染めながらクインシーが答えた。「私的なやりとりだ。失礼な質問じゃないか」

「しかし、それは賢明ではありませんね、ミスター・クインシー。警察はきっと説明を求めますよ。こういうことはすべて確認しなくてはならないのですから」

クインシーは鋭く繰り返した。「あんたにも警察にも、わたしの私的なやりとりに関する情報を明かすつもりはない。話はそれだけだ、ミスター・ロード」ロードは彼からも話を打ち切りたがっている印象を感じ取った。

時間稼ぎをすることにして、スプリンガーに声をかけてみた。「ミスター・スプリンガー、先ほどのひと言から察するに、あなたはミスター・クインシーが話していたファラオの死にまつわる説には賛成ではないようですね?」

ひざまずいているスプリンガーの低い位置から、くぐもってはいるもののひと言ずつはっきりと発音された返事が聞こえてきた。「まったく、ロード、いい加減に〝ファラオ〟と呼ぶのはやめてください。正しい称号は〝ペル・アア〟です。〝ファラオ〟は単なるヘブライ人の訛りに過ぎないし、ギリシャ人やスカンジナビア人や、ほかのどんな訛りにも負けずひどいものです。〝ジェフティメス〟のことを〝トトメス〟、〝ラーメス〟のことを〝ラムセス〟などと呼ぶのと同じぐらい罪深い。〝ペル・アア〟は〈大きな家〉を意味します。〈白い南の家〉と〈赤い北の家〉を合わせた〈大きな二重の家〉のことです。〝ケム〟の国、または〈二重の王国〉の支配者の正式かつ最古の呼称です。ちなみに、この家が〝ペル・ケテト〟つまり〈小さな家〉と呼ばれているのには、同様の充分な理由があるのです……それから、あなた方が話していた、くだらない黒魔術についてですが、わたしには興味がありませんね」

「では、あなたの興味の対象は何です?」ロードが楽しそうに尋ねた。

「白魔術だけです。作り話には興味がありませんので」断固とした答えが返ってきた。

ロードはしばらくじっと考えてから言った。「それなら、この部屋をいつも薄暗く陰気にしているのはなぜですか? いくらなんでも暗すぎるでしょう。今だって懐中電灯がなければ作業もできないじゃありませんか。それに外の通路など、穴の中で蓋をかぶせられたほどに真っ暗だ」

ひざまずいていたスプリンガーが立ち上がって膝の埃を払ったが、それはどうせ邪魔されるのであれば、優雅に受け入れようとしているかのようだった。「廊下には充分な照明がありますよ。つけたければ、どうぞつけてください。この部屋のすぐ外です。われわれにはもうこの部屋のどこに何があるかがすっかり頭に入っているので、灯りなど気にしたこともありません。ちなみに、この部屋ですが」彼は付け加えた。「故シメオン・ティモシーとわたしが設計したものです。非常に古い文献をふたりで読み解ける限り参考にして。実を言うと、第五王朝のものです。部屋の比率は、中にいる人間にとってある影響を与えるように設計されており、照明の位置も――細心の工夫を凝らしたものですが――その文献にできる限り近づけるように推測しました。お気づきかもしれないが、空気中にある香りをつけるような仕組みまで作ったのです。発生装置はそこの大ピラミッドの模型の奥の壁の中にあります。また、ここの空気は人間をある種の精神状態、瞑想と呼べるような状態へ促すように計算されています。ですから、この部屋はいい加減に作られたものではないし、陰鬱とは正反対だと感じる者もいるのですよ」

眉をひそめた刑事の表情は、心の底から戸惑って見えた。「ですが、そういったさまざまな工夫は、あなたがあれほど反論する呪術と、どこがちがうのですか?」

スプリンガーが辛抱強く答える。「黒魔術とは、有効ながら正しく理解されていない特殊な知識を、誤って解釈してしまったものに過ぎません。そのような誤った解釈は、エジプトの歴史の後半においてよく見られました。正しい知識は第六王朝ごろまでは続いたものの、第七から第十王朝と呼ばれる時期に、ほぼ復元不可能なまでに途絶えてしまいました。それ以降は、もはやほとんどが単なる推測なのです。現在のエジプト学の真摯な研究にとって最大の障害は、エジプト学者たち、高名で権力を握っているこの分野の〝権威〟たちにほかなりません。古代のエジプト人は、有史以来最も正確で事実に基づいた暦を持っていました。すべてが天体の実際の動きと地球の自然現象をもとにして作られ、春分・秋分点《イークィノックス》歳差の正確な知識まで含まれていました。ちなみにこの知識が再び発見されるのは何千年も後のことで、それも不正確なものに過ぎなかったのですがね。そこへブレステッド[原注1]のような男が、傲慢にもこの彼らの暦が〝人工的に作られた〟ものだと言いだしたのです。

また、ガーディナーも秀でた言語学者であったし、彼によるヒエログリフのアルファベット表記への変換は、個人的には現在にいたるまで最高だと評価しています。が、人名となると、彼はおしゃべりなギリシャ訛りを起用しました。原注2 たとえばオシリスやイシス、ホルスなどは長年の呼びまちがいのために、今さら変えようがないほど定着してしまったと言ってあきらめたのです。なんとも怠惰で問題回避型の方法であり、無知は克服できる、知識は追求すべきだ、という考えを否定していると思われませんか。原注3 さらにひどいことに、原本の記録の中に正しく表記された名前を見つけたときでも、彼はあくまでもギリシャ式の呼び名に執着し、その正しい表記を使ってほかの名前も読み解こうとか、将来新たにほかの正しい表記が発見できるように利用しようなどとは決してしなかった。たとえるなら、ここに辞書の一ページだけをちぎって持っていたとして、今はそれ以外のページが見つかっていないという理由で、そこに書いてある正しい発音を全部無視するようなものです。幸運なことに、シャンポリオン（ジャン＝フランソワ・シャンポリオン。一七九〇〜一八三二。フランスのエジプト学者。ロゼッタストーンの解読で知られる）は、そのような珍妙な態度はとらなかった。でなければ、今のわれわれはヒエログリフについてまったく何もわからなかったことでしょう。もちろんこの学者たちの知識は申し分ないものです。が、エジプト学を真に研究するには、知識だけでは不充分なのです。想像力や、かの文明が目指していたもの、その姿勢までを自分の中で理解する力が必要で、それは〝応用科学〟という名のくだらない直接的実用主義よりも、ずっと高みにあるのです……つまり〝権威〟などと呼ばれる人々の言うことをまともに聞いていたら――まさにそれを真剣に受け止めているのが、そこにいるベンなのですが――〈黒魔術〉などというナンセンスを信じてしまうのも不思議ではない。むしろ、信じないほうがおかしいぐらいです」

スプリンガーが話を区切ったところで、クインシーが口を挟む。「ふん！」それは先にスプリンガーが発したひと言を見事に再現していた。

「ですが、このお香と言い、照明と言い」ロードが言いかけた。「まだ説明いただいていませんよ、黒魔術とどこがちが――」

「黒魔術と白魔術のちがいは、とても簡単なことです」スプリンガーがかぶせるように言う。「片方は嘘、もう片方は本物。黒魔術は常に他人に対して何かを仕掛けるか、他人の状態に影響を与えようとするものです。成功したところで、それは石を投げるとか、機械のスイッチを押すといった行為以上に何ら魔法を秘めてはいない。言い換えれば、常に何らかの〝応用科学〟の知識が伴うのです。一方、白魔術は本物の魔術です。常に自分自身に向けられ、物理的な仕掛けなどは一切使わない。自分自身の意識を必要なレベルまで発達させ、引き上げる過程や結果において、その意識の中の純粋に精神的な活動と関わるものなのです。このような活動にはもちろん生理学上の影響が現れることもあるでしょうが、それはあくまでも自分自身の体に限られます。つまり何よりも大事なのは、白魔術が、誰しもが苦しみを抱える受動的な異常状態から、自分の意識を発達させるものだということです。事実、われわれはみな異常な惑星に生まれてしまった存在ですからね。

古代エジプト人はこのことを深く理解していました。彼らの宗教的、哲学的、そして政治的な組織のすべては、この知恵と知識を市民に示すことを目的に作り上げられました。自然な流れとして、下層階級の者たちへは寓話を使って示されました――ちなみに、現代のエジプト学者たちが発見できたのは、あくまでもこの部分だけです。しかし、より有望な者たちはペル・アア自身を頂点とした高位の神官として迎えられ、そこで学んだ知識はより実践的かつ直接的なもの、われわれが〝科学的〟と呼ぶのに近いものでした。何千年間も失われ、今日《こんにち》に至るまで近代のほとんどのエジプト研究者が推測することさえできないこの知識こそ、わたしがどうにかかき集めたわずかな痕跡から再構築しようと心血を注いでいるものなのですよ。それもすべて、わたし個人のためにです、ミスター・ロード——誰かの利益のためじゃない」

スプリンガーの態度は信念に満ちており、少なくともその発言にこめられた誠意に、今度はロードも感嘆せずにいられなかった。先のクインシーの主張以上に深く感銘を受けた。クインシーにしても、自説を信じているのだろう。ロードはそれまでにも変わった信念を持った人々を見てきたからわかる。だがスプリンガーはまさに、自分自身の見解に確信を持っているのだ。

そのとき初めてロードの中で、今自分が立っている場所が単なる舞台装置としての演出を超越した目的で作られたのではないかという疑念が湧いてきた。人間を現在という時代や、そこに関わる心配事から完全に切り離す目的で、この部屋の環境は意図的に作り上げられたにちがいない。その手段とは、照明か、奇妙な香水か、計算された空間設計か、あるいはスプリンガーが言ったように、その三つの組み合わせなのか。

ハートフォードから、アメリカから、現在の文明との関わりのすべてから引き離される不思議な感覚と、ここの空気にある軽い静寂のようなものにぼんやりと浸る喜びに、ロードは再び包まれていく。ほとんど意識しないまま口から挑むような言葉が漏れた。「しかし、ずいぶんとまた無謀な挑戦を始めたものですね。古い文字をただじっと眺めるだけで、いや観察すると言うべきでしょうか、あなたがおっしゃるような壮大なシステムが取り戻せると、本当にそんな希望を抱いているのですか？　こんなちっぽけなかけらから？」

「ちっぽけなものばかりではありませんよ」スプリンガーの声はやわらかいままだった。「それに、ただ観察する以外の実践的な調査法を用いることもあるのです……さっきわたしが調べていたミイラ棺が見えるでしょう？　所有権がわたしに移るまでは待たなければなりませんでした。が、正式にわたしのものになった、あるいは間もなくなるはずの今、詳細な調査を開始するつもりです。あの棺にはメルエン・ラーのミイラが収められています。第六王朝の王子のひとりで、実はあの二本の短剣の所有者でもあります。だがもっと重要なのは、彼のミイラは切断されていない点です。つまり、完全な形で残っているということです。迷信にとらわれ、真の意味もわからないまま形骸的な手順だけを継承した後の時代のように、内臓を取り出してそれぞれの葬祭用の壺に保管されていないのです。第六王朝では、単に富や地位を得ただけの者はミイラにされなかった、たとえ王族の血を引いていてもです。肉体を保存された、あるいは保存を許されたのは、特定の意識の発達を遂げた人物だけでした。すでにレントゲン検査によって、このミイラが完全な姿だということは確認されています。近いうちにドクター・アーリーに解剖してもらうつもりです。何かの手がかりが、もしかしたらミイラを作ることの本当の、本来の目的が解明されるかもしれません。後の数々の無知な王朝によって、すっかり歪曲され、誤用された儀式が！」

なるほど、スプリンガーが今すぐミイラだけを譲ってほしいという異例な要求を繰り返していたのは、そういう理由だったのか！　ロードが言った。「では、ミイラ製作は単なる儀式ではないと？　本来はまったく別の、何か重大な目的が隠されていたとお考えなのですね？」

「そう確信していますよ」

「ですが、本気でそう信じているのなら、あなたが提案されている過激な調査手段は、その重大な目的を侵害するおそれはないのですか?」ロードは再び自分の意思とは無関係に口から質問がこぼれ出るのを聞いていた。

「そんなことはまったくありませんよ」スプリンガーが落ち着いた声で言う。「わたし自身の目的が何で、なぜこんなことに没頭しているのかお忘れのようですね。さらに、わたしの計画がもしもうまく遂行できたなら、本来の目的そのものの最終段階を完成させることも不可能ではないでしょう。手順を踏んで意識を高めた結果、ごく普通の人間の体にどのような物理的な変化が起きるのか、直接的な証拠が得られるかもしれないのですよ」

驚いたロードがその発言について考えているうちに、どんどん頭がはっきりしてきた。エジプト学者を鋭く睨みつける。人の心を強く惹き込むと同時に、いくぶん荒唐無稽な推論を展開して、この男は意図的に自分を迷路の奥深くへと誘い込んだのだとロードは振り返った。だが、彼の話は真剣そのものだった。今一番有効な手段は、彼に急激なショックを与えることだ。何かしら事件解決に役立つ反応が得られるかもしれない。

だが、何を言えば一番効果的だろうかと頭を高速回転させているところに、逆に相手からショックを食らわされた。

スプリンガーが表情をがらりと変えて短く言い放ったのだ。「今からする話は警察に言うつもりはないし、あなたが伝えたとしても後から否定します。あなただけに打ち明けますが、ミセス・ティモシーが殺された夜、われわれはこの部屋を短時間空けていたのです。別々に、若い作家がよく使う表現を使えば〝化粧直しをしに〟行ったわけです。こんなことまで証言台で話して恥ずかしい思いをするのはまっぴらでしたし、今だってこの情報がなくとも警察の捜査に影響はないと考えています。ただ、あなたには正確に伝えたほうがいいと思いましてね。どのみち調べればわかってしまうでしょうし」

「別々にこの部屋を出ていたのですか?」ロードがかろうじて訊き返した。「それは夜の何時ごろです?」

「そうですね、たぶんどちらも十一時少し前でしたか。あなたがここに入ってくるより、それほど前ではなかったと思います。念のために言っておきますが、ふたりとも二階へは上がりませんでしたよ。行く必要がありませんでしたのでね」

「ええ、ええ、何でも念のためにおっしゃってください。それで、それぞれ博物館にいなかったのはどのぐらいの時間でしたか、念のために聞きますが」

スプリンガーは礼儀正しく答えた。「われわれは適切と思われる時間だけ部屋を空けていましたよ、目的に見合うだけのね。今から実際に時間を測ってみましょうか。そう難しいことじゃありませんから」

(原注1・『Ancient Records of Egypt』J・H・ブレステッド著、シカゴ大学出版、イリノイ州シカゴ、一九二七年、第三版、第一巻、二五ページ参照)

(原注2・前出『Egyptian Grammar』A・H・ガーディナー著、四二九ページ参照)

(原注3・同、四三〇ページ参照)

＊　＊　＊　＊　＊　＊　＊　＊　＊　＊　＊

ロードを車で迎えに来たグラント・ウースターは、思いのほかスピードを上げてパーケットを後にした。「どうしてこんなに急ぐんだ？」ロードがやんわりと尋ねる間にも、ウースターはブレーキを踏み込んで急旋回するように角を曲がった。

「今夜は帰りが遅くなってしまった。仕事が立て込んで、もう六時を過ぎてるじゃないか。見ればわかるだろう、マイク、もうとっくに飲み始めていたはずなのだ。今夜はアーリーと子猫ちゃんが夕食に来ているはずだが、今ごろは鳥のエサみたいに喉が渇ききっていることだろう。家にはアルコールが一滴もないのでね」そう言ってのんきに付け加える。「酒は、車の後ろに積んであるんだ」

「そうか」ロードはシートにもたれて、その午後の捜査を振り返った。ふたりのエジプト学者については、だんだんとわかってきた気がする。変わり者だな、ふたりとも。だが、個人的にはそこまでおかしいとは思わない。ふたりが一般人から際立っているのは、おそらくあの特異な好奇心の一点だけだ。ふたりのうち、スプリンガーのほうが誠実な気がした。魔術の話となると、クインシーの口調には聞き手を無理にでも説き伏せようとする押しつけがましさが、ややもすると無意識に働いていて、やたらと強調したり、力をこめすぎたりするからだ。彼にとっては、ミセス・ティモシーを短剣で刺したのは人間ではなく、何かしら謎めいた力でなければ気が済まないかのようだ。いや、それは言い過ぎかもしれない。何かに熱中し過ぎている人間の態度は、つい誤解してしまいそうになる。注意しなければ。そう言えば、あの家の名前を〝ペルケテト〟だと言い張って、シメオン・ティモシーと口論した男というのは、スプリンガーじゃないだろうか。確か、後から〝和解〟したとか。それぞれの研究分野に没頭し過ぎるうちに正反対の観点をとる者が現れ、やがて理論上の口論や論争が起きるものだということを、ロードはこれまでにも興味深く見てきた。それは古代エジプトという広大で未開な分野においても同じようだ。

だんだんはっきりしてきたぞ。あのふたりはどちらにも、パトロンの未亡人を殺す動機はあったのだ。

なんにせよ、ふたりのおかげである点がわかった、いや、わかりかけてきた。スプリンガーが口にした〝春分・秋分点歳差《イークィノックス》〟の話から、頭のどこかにあった〝イークィノックス〟の心当たりがはっきりと呼び覚まされたのだ。朝になったら地方検事局の男、シュルツに調べさせよう。あの郡検察の捜査官に任せたい件がもう一つある——姿を見せない運転手のことだ。もっとも、出勤してこないのは、おそらく弁護士のラッセルの推測どおりにちがいないだろうが。あれこれ考えたついでに、あの弁護士本人について調べるのも悪くないかもしれない。

ロードたちはウースターの自宅に着き、賑やかなリビングルームに入っていった。暗い中を走ってきたふたりには、より暖かく、明るく感じられる。ガード、チャーミオン、ポンズ、それにドクター・アーリーが顔を揃えており、グラントが小脇に抱えた瓶を目ざとく見つけたガードとアーリーが歓迎した。小さなカクテル・テーブルに着くなり、主人であるウースターが腕前を披露し始める。

「収穫はあったのかね、マイケル？」ポンズが尋ねる。

「新聞の見出しになるようなものは何も見つかりませんでしたよ、博士。ミセス・ティモシーの書類を調べて、手がかりになりそうなものはいくつか見つけたし、博物館のふたりともじっくり話をしました。夕食後にまた書類を調べに戻らねばなりません」

「わたしも行こう」心理学者が宣言した。「午後はガードと楽しく過ごさせてもらったが、またしてもこんな事件に巻き込まれた以上、いっそ中に入り込んだほうがいい。もちろん、きみに異存がなければだがね、マイケル？」

「もちろんありませんよ。よかったら是非来てください、博士。ただし、面白くはありませんよ。古い書類を調べるのは無味乾燥なものです」

「それなら」とウースターが言いだした。「今のうちに潤しておかないとな」そう言ってグラスを配り、カクテルを注いで回った。

ドクター・アーリーは騎士の真似事をして女性ふたりにお辞儀をした。「べっぴんの娘さんたち、おふたりの健康を祈念して」と乾杯をする。ひと口飲んでから、今度は深刻な表情を浮かべてロードのほうを向いた。「書類を調べに行くのは少し待ってもらえませんか。まずは、チャーミオンが私立探偵に尾行されていたという馬鹿げた噂をどうにかしたいのです。わたしはそんな話は信じないが、はっきりさせなければ――それが先決です」

ロードが答えた。「実を言うと、午後にそのことで手がかりを見つけたのです。ミセス・ティモシーは少し前に五百ドルの小切手を切り、控えに〝イークィノックス〟とだけメモを残しました。弁護士は、そんな名前の企業に心当たりはないと言っていますが、実はニューヨークに〈イークィノックス調査会社〉という私立探偵事務所があるのを思い出したのです。小切手がそこに支払われたのかはまだわかりませんが。もしそうなら、チャーミオンが尾行されていたという話も嘘ではないかもしれない。その手の調査をする事務所なのです。近いうちに問い合わせておきましょう」

「今夜のうちにできませんか？」アーリーが頼み込んだ。「書類は後回しでかまわないでしょう？その探偵の一件をはっきりさせたい、これも同じくらいに重要だと思うのです」

「とは言っても、ほかと比べればさほど重要ではないでしょう。いえ、今夜はパーケットへ戻ります。その件は明日シュルツに調べさせます。型どおりの問い合わせで済みますよ。問題はないはずです。〈イークィノックス〉側も警察に協力するのには慣れていますし」

「そういうものですか？　では、わたしが代わりに問い合わせてもかまいませんか？　夕食後に電話をかけてみますよ、今夜あなたが時間を割けないようでしたら。是非そうさせてください。〈イークィノックス調査〉でしたっけ？」

ロードが微笑む。「ええ、どうぞ、そうまでおっしゃるのなら。わたしの代理で電話をしているのだと、忘れずに伝えてください」

「あなたは今夜ずっとパーケットにいらっしゃるんですね？　では、こうしましょう。遅くとも今夜十一時半には問い合わせた結果がわかるはずですから、その時間にパーケットに電話を差し上げます。もし二階かどこか、電話のそばを離れるのであれば、呼び出し音に注意しておいてください」

「わかりました」ロードは請け合ったが、この件にドクター・アーリーほどの重要性は感じていなかった。「では、十一時半に病院から電話をかけてくださるのですね」

「いえ、それはどうでしょう。時刻についてはお約束できます。が、病院へ行ってから、また往診に出たり、自分の診療所へ寄ったりしますからね。何にせよ、途中でどうにかニューヨークへ連絡してみます」

「わかりました」ロードが言った。するとガードが声をかける。「さて、小難しい議論が終わったところで、簡単な夕食はいかが？」カクテルを飲み干して「それとも、みんな小食なのかしら」と言い足すと、部屋を出てディナー・テーブルへ向かう。

一同は彼女の後に続いた。いつもその言葉を合図にガードについていき、すばらしい食事にありつくのだ。食事中に一度だけ邪魔が入った。ロード宛ての電話だった。

「Kだ」ロードはその声にすぐにはぴんと来なかった。「わかるだろう」少し間を置いて声が言う。「フェニックスの」

「ああ、ミスター・コプスタインでしたか」

「何かわかったか、警視？」

「残念ながら、まだ何も。今日はずっと調べものに追われ、この後またその続きに行ってきます。少しばかり進歩はありましたが、まだ大きく前進したわけではありません。明日そちらへ伺いますよ――正午頃はいかがです？――あのクラブにいらっしゃるのなら」

「オーケー、警視、わかった。今から車でボストンへ向かうところだが、明日の正午には戻ってくる。必要な協力を得られないときには、遠慮なく言ってくれ」

「ええ、そうしますよ」ロードは楽しそうに言って電話を切り、テーブルに戻ってきた。

夕食が終わって、揃ってリビングルームでコーヒーを飲んでいたときに電話が鳴った。ドクター・アーリーはすでに帰っていた。電話はまたもやロード宛てだった。

今度の電話の声が言う。「ロード警視か？　シュルツだ。まだあんたのくれたリストを全部当たったわけじゃねえんだが、実はいくつか知らせておきたいことがあってな。あのドクターは結構うまくやってるようだ。最終確認はまだだが、事情をよく知るふたりの情報屋から推測を訊き出した。ドクターの年収について、ひとりは八千ドル、もうひとりは一万から一万一千ドルだと言ってる。ただな、あんたのリストの中でうまくねえのがひとり見つかった。今日の午後、郡裁判所でハートフォード在住のエベニーザー・クインシーの破産が債権者により申し立てられた。今夜のうちにあんたに知らせとこうと思ってな」

＊　＊　＊　＊　＊　＊　＊　＊　＊　＊　＊　＊

ロードとポンズはロードの車でパーケットへ向かったが、着いたときには午後九時をだいぶ回っていた。地下のキッチンと、二階のミセス・ティモシーの部屋には灯りがついていたが、それ以外は家じゅう真っ暗だった。ポンズが浮かない口調で言う。「なんだっていつもこんなに暗くするのだろうな、これだけ広い邸だというのに。やたらと曲がり角やクローゼットの多い家だ」

「怖いんですか?」ロードが面白がって尋ねた。「確かに、この家は不気味にちがいないですね。博士もきっと何度もそう感じられたのでしょう。でも、今夜は大丈夫ですよ。昨夜コプスタインに、跳ね返りが強めの四十五口径の自動拳銃を貸してもらったので、われわれの前に立ちはだかるものは何だって仕留められますよ。と言っても、何も出てきやしないでしょうが――今はまだね。裏へ回って、ラスに地下から入れてもらいましょう」

ふたりは濡れた草の上を歩いて家の反対側へ回り、キッチンの窓を軽く叩いた。顔を上げた執事はぎょっとしたようだったが、すぐに地下のダイニングルームのドアのほうを指し示した。裏口に回ると、ラスがふたりを出迎えようと食料庫を通ってくるところで、暗いダイニングルームに彼の背後から光が差し込んでいた。ロードが裏口のドアノブを試してみたところ簡単に回り、押すとドアが開いた。

「こんばんは、ラス。今夜は誰か来てるのかい?」

「いらっしゃいませ、ミスター・ロード。警察官の方がちょうど二階へ上がられたところです。今までここで三十分ほどわたしとコーヒーを飲んでいたのですが。それから、ミスター・クインシーがしばらく前から博物館にいらっしゃると思います。もしかするとミスター・スプリンガーも後から来るかもしれないとおっしゃっていました。わたしとしたことが、こちらでミスター・クインシーをお出迎えした後、鍵をかけ忘れたようですね」執事はふたりの横を通り過ぎて地下の入口ドアを施錠した。

「警察から、当分の間は家の戸締りを欠かさぬよう注意されているのです」

「それは用心深いな」ニューヨークから来ているロードが言う。「ずいぶん灯りを絞っているようだね、ラス。二階へ行く途中で、いくつかつけてもかまわないかい?」

「結構ですとも。わたしがつけてまいりましょうか?」

「いや、大丈夫だ。わかると思うよ」

一階へ上がったところで、ロードと心理学者は予想以上に明るいのに気づいた。窓にはカーテンがかかって電球がいくつか灯っており、足元が充分見えた。それでもさらに二階へ向かおうとしてロードがスイッチをいくつか押すと、階段の上下で廊下の電気が明るく灯った。ミセス・ティモシーの寝室のドアが開いており、そのすぐ外の廊下の端にマーティロ巡査が座っている。椅子を傾けて背中を壁にもたせかけ、夕刊のスポーツ欄を目の前に広げている。明らかに任務に飽きていて、幾分不機嫌そうにふたりを迎えた。

ロードが尋ねた。「弁護士からわたしに鍵を預かっていないか、巡査?」

「ありますよ。鍵穴に挿しっぱなしになってます。家じゅう鍵がかかってるんで、デスクまでかけることもないでしょう」

部屋に入って、また電気のスイッチをいくつか押してから、刑事は大きなデスクの前に座った。巻き上げ蓋は閉まっているものの、マーティロの言うとおり鍵は蓋に挿してあり、留め金も外れていた。ロードは蓋を押し上げて正面の上方にある最後の棚を調べ始めた。

書類の束を引っ張り出すと一枚ずつ確認してひっくり返す。目の前の山を減らしては、裏向けにした書類の新しい山を隣に築いていく様子を、ポンズ博士はロードの背後に立って眺めていた。覚書、さまざまな団体からの会員証の添付された領収書、文芸クラブと思われる団体から一連の会議の議事録。やがて博士はその実りのない作業に退屈し、何気なく部屋の中を歩きだして、隣接する化粧室とバスルームを覗き、またぶらぶらと戻ってきた。しまいにはロードの隣に椅子を持ってきて、自分も調べてみようと下方の引き出しを開けた。

そこには書類が詰め込まれていた。何やら不動産契約書に似た法律関係の書類も何枚か混ざっている。それらを丁寧に調べていくうちに、ポンズは細長い筒状に巻いてある資料を引っぱり出し、膝の上に広げてしげしげと眺めた。それはこの家の見取図で、博物館が加えられているところを見ると、改築するときに設計士が描いたものにちがいなかった。何分かしてから口を開いた。「この階の分だけがない、おかしいと思わないか?」

「何です?」三年前の灯油の購入契約書を下に置きながらロードが言った。「いったい何のことですか?」

「家の見取図だよ。一階と、この上の分はあるが、この階だけがない。そうだ、まちがいない、破り取られているぞ。ホッチキス留めされている角に、破れた紙の切れ端が残っている。これは妙だ。最近破られたように見える」

「もしかしたらこの階に新たに手を加えようとして、ミセスが外したのかもしれませんよ」ロードが手を伸ばして見取図を受け取った。「そもそも顕微鏡で調べもせずに、どうして破られたのが最近だと判断できるのか、わたしには謎ですね、博士」

「そう見えるからだ」ポンズが不満そうに言う。「この家はどうにも気にくわない。ひどく――ひどく居心地が悪い。来るたびに不快になっていく。あの増築された博物館に、秘密の引き戸がこっそり作ってあっても驚かないところだが、見取図を見る限りそんなものはないようだ。それにしても、一枚だけ破り取られているのはおかしいと思うがね」

マイケル・ロードは相手を不思議そうに見つめた。「こんな話しぶりは初めて聞きましたよ、博士。突然幽霊の存在でも信じ始めたのですか？　確かに今夜ここに着いてからというもの、ずいぶんと居心地が悪そうですね」

ポンズがぶつぶつと言う。「悪いものでも食べたのかもしれんな」ベッドの足元のカーペットについた染みを嫌悪の目で眺めた。明るい電灯にさらされて、これまでになくくっきりと浮かび上がっている。「実を言うとなマイケル、もう殺人は嫌なのだ、辟易している。殺人とは、異常な支配欲と、さらに異常な偽装行為を合わせた結果で、時々どうにも気分が悪くなるのだ。きみと同じ職業に就かなくてよかったよ。それに――」彼は繰り返した。「どうにもこの家は気にくわない。ちょっとその辺りを見回ってくるとしよう」

「どうぞ。ご一緒できなくて申し訳ないのですが、この書類の調査を進めなければならないので」心理学者の足音が部屋から出ていき、通路を左に曲がってゆっくりと遠ざかっていくのが聞こえる。積極的というよりも、意を決したような足音だった。やがて静寂の中から、どこか遠くで電気のスイッチをつける音が聞こえてきた。マーティロが廊下で新聞のページをめくる音がする。ロードは作業に戻った。

その退屈な課題にどのぐらい時間をかけていたのかはわからない。ある時点で巡査が堅木張りのホールを階段に向かい、また戻ってくる靴音が聞こえた。ロードはそのまま作業を続けた。苦労が実ってちょうど重大な発見をした直後、ドアの外から声が聞こえてきた。

ポンズが戻ってきていて、外で見張りをしている男に話しかけている。「これほど通路で細かく仕切られた建物は見たことがない。あっちにもこっちにも部屋がある。まるでばらばらになったジグソーパズルのようだ」

「この家は、なんとなくぞっとするんですよね」マーティロの声がした。「ぼくはもう二晩もここにいるんですがね。夜遅くになると、ギギーッとか、バキッとか、とにかくいろんな音が聞こえるんですよ。誰もいないし、どこもかしこも鍵がかかってるっていうのに。さっきも下の階でバンって音が聞こえたでしょう?」

ポンズが同意した。「ああ、聞こえたとも。誰かが思い切りドアを閉めた音だった。だが、今この家には何人かの人間がいるからな。ラスは下にいるし、クインシーもだ。もしかするとミスター・スプリンガーももう来ているのかもしれないな」そう言って巡査と別れ、ロードのいる部屋に入ってきた。「さてとマイケル、この階をくまなく調べてきたが、われわれ三人以外には誰もいなかったぞ。

ここを設計した人間は頭がねじ曲がっていたのかもしれんな。図面で見るよりも実際に歩いたほうが、やたらと曲がり角や通路が目につくのだ」

「かけてください、博士。もしかしたら重要なものを見つけたかもしれません……博士、エベニーザー・クインシーという男をどう思われますか?」

「ふーむ。ずいぶん大ざっぱな質問だな。どうだろう。当然、彼にとって不利益な面に気づかなかったかと尋ねているのだろうね。まあ一つには、圧倒的に自己中心的だな。自己中心と言えば、きみの友人のスプリンガーも厚かましさでは引けを取らない。だがクインシーの場合、しばしば心の弱さの表れを示すような頬と顎の筋肉の動きが見られる。きっと自己目的達成の強行ではなく、偽装を行使している証しなのだろう。偽装と言えば、彼の言う〝魔術〟を本人がどこまで信じているのか、なかなか見極められずにいるのだ。すべてを心から信じきっている可能性もあるが、どうも疑わしい気がしてならない」

「彼が自分の言っていることすべてを信じているとは思えませんね」

「奇術師のトリックと同じだよ」ポンズが言った。「やっている本人まで、トリック以上の技だと信じるぐらいに入れ込んでしまうのだな。だが彼の場合、自分自身が魔術の知識で混乱しているというよりも、それでわれわれを混乱させようとしていると見たほうがいいだろう。機会さえあれば、幻覚を使ったまやかしを仕掛けてきても驚かないよ」

「興味をそそられましたね、博士?」

「ああ、そそられているとも。だとしても、全部ひっくるめて考えれば、彼が何らかの罪を犯すとしても殺人犯のタイプではないと言うべきだろう……殺人、特に綿密に計画された殺人というのは、心の弱い人間にとってあまりにも過酷だからだ。特にミセス・ティモシーの遺書によって、実質的にはすでに自分の所有物同然だったもの以外には何も受け取れないとわかったしな」

「ああ、それですが、その構図をすっかり変えてしまうようなものを見つけたのですよ。殺人という犯罪は、ある状況を獲得する目的でも起きますが、またある状況を回避する目的でも起きるのです。今日の午後、弁護士がミセス・ティモシーの小切手帳を調べたとき、さまざまな発見とともに、昨秋、正確には九月二十六日にクインシー宛てに二千五百ドルの小切手が切られていたことがわかりました。その目的については特に記されておらず、わたしがクインシー本人に説明を求めると、彼は説明も追加情報もすべて断固拒否しました。そこへ、今これを見つけたのです」ロードは普通の小切手ほどの大きさの紙切れを友人に渡した。「見ておわかりのように、ヴィクトリア・ティモシーを受取人とする六カ月の約束手形で、振出人としてエベニーザー・クインシーの署名があります。振出日、いや、振り出されるはずだった日付は今年の三月二十六日。彼女が殺された翌日がその期日だったわけです。彼女の人柄について聞いた限りでは、きっと支払いを厳しく迫るなり、支払いができない理由を問い詰めるなりしたでしょうね」

「ふむ、そうかもしれないが、つまりクインシーが彼女を殺したいと思うほどの強い動機がそれだと言うのかね？　いくら約束を果たしたくなかったとしても、たかが二千五百ドルのためにそんな危険を冒すとは思えないが。当然、しぶしぶながら約束通りに振り出すことを選ぶだろう」

「ところが、彼にはそんなことはできなかったのです。本日付で彼に対して債権者による破産申し立てがあったそうです。きっとクインシーはそれを回避したくて、どうにかすり抜けようとしていたのでしょうが、二十六日までに手形の振り出しを求められればそれも無理です。破産は確定的になったでしょう。彼の財務状況がはっきりした今、この手形は振り出せるはずがなかったのです。地域社会において著名人とされてきた人物が破産と名誉失墜に直面するとき、ときには危険な猛獣に姿を変えるものです」

「ふーむ」ポンズがうなる。考え込むように片手で顔をさすった。「だが、あの男のタイプが問題だ、マイク。彼がこの犯罪を計画し、冷酷無比に実行したとは想像できないのだよ。それにもちろん、アリバイもある」

「計画的ではなかったのかもしれません。ああ、なんてことだ！」ロードは突然とりつかれたように大声を出した。「だんだんつながってきましたよ。ぴたりとはまるじゃないですか！　まず、彼のアリバイは崩れました。クインシーもスプリンガーもあの夜それぞれ博物館を離れていたらしいのです、大きな声で言いたくない理由でね。わたしから見ればずいぶん上品ぶっていると思いますが――別々に手洗いに立ったそうなのですよ――隠しきれずにそう告白したスプリンガーは、本当に手洗いに行ったのでしょう。

構図がすっかり変わるついでに、こんな筋書きはどうです？　クインシーは博物館を離れた――まずは本人の言うとおりの理由だったと仮定しましょう――それはちょうどコンサートの休憩時間で、ミセス・ティモシーが二階へ上がっていくタイミングだった。正確な時刻はスプリンガーの証言から割り出せます。クインシーは手形の振り出し相手が階段を上がるのを見かけ、ついて行って期日延長を訴えた。彼女は拒否する。彼は反論して懇願したが、聞き入れられない。彼女が頑固な性格だったのは誰もが知るところですし、きっと怒声が飛び交ったことでしょう。そう長くは続かなかったはずです。ついに失望と憤怒に駆られたクインシーが、突如として短剣を取り出して彼女を刺した。自分の犯したことのショックに直面し、気持ちを立て直して博物館へ戻る。ショックのせいでかえってしばらくは落ち着いて行動できたのかもしれませんね、あなたの見立てどおりのタイプだとすれば。その後の行動は〝魔術〟がどうこうという話も含めて、なんとか目くらましをしようと下手な屁理屈を重ねているに過ぎません」

「確かに」ポンズがゆっくりと言う。「彼のようなタイプの人間がショック状態にあるときには、きみが仮定するような行動に出ることはあり得る。だが、きみの筋書きにはほかにも証拠を要する点が多々あるな」

「それはそうです」ロードが肩をすくめる。「ですが、一番大事なポイントに気づかれましたか？どんな陪審員でも信じるにちがいない、動かぬ証拠になり得るポイントに。短剣ですよ、あの短剣！あの夜エジプト学者はふたりとも博物館から出ていますが、それぞれ別の機会でした。もうひとりは必ず残っていたわけです。つまり短剣は、ふたりのどちらかにしかミセス・ティモシーの部屋へ持ち出せなかった。クインシーがもしも彼女を見かけたのだとしたら、ついていくのに充分な理由がありました。彼女を襲う目的で短剣を隠し持っていたとは言いませんが、ほかに短剣を所持できた者はいないのです。

もう一本を調べようとケースから出したときに、凶器の短剣をポケットに忍ばせることは可能です。そんな目的でなくとも、無意識にでも。事実、彼には計画的な犯罪は考えられないという博士の意見とも一致します。もしも事前に計画していたのなら、あれを凶器に使うはずがないからです。無我夢中で、絶望の淵に立たされて思いがけず襲いかかり、短剣を持ち去ることさえ忘れてしまった。そんな彼には〝黒魔術〟の作り話をする以外、どんな手が残されていたでしょう」

刑事が息継ぎをしようと言葉を切ったとき、どこか遠くで、だが静寂の中にまちがいようのない電話のベルの音が聞こえてきた。すぐには理解できずにぼんやり聞いていたロードが、デスクの電動時計に目をやった。「大変だ、もうこんな時間か、気づかなかった。十一時半を過ぎていたとは。すぐに戻ります、博士。あれはきっとアーリーです。〈イークィノックス〉の件で電話をかけてきたのでしょう」

ロードは立ち上がって部屋を出ていった。廊下ではマーティロが相変わらず椅子に座ったまま、目を閉じて葉巻をくすぶらせていた。ロードは二階の廊下を通り、階段を降りていった。どこも電灯が明るく灯っている。下のホールも同じだ。強烈な照明にさらされて、むき出しの床とまばらな家具が妙にまぶしい。探そうと思えば、このだだっ広い家の中に満ちている不自然な静寂をひと言で言い表すような言葉が見つかりそうな気がした。それまで気づくことのなかった、気づく機会に恵まれなかった、広大な空間の中の完全な沈黙が人間にもたらす強い印象――そして不安感。何ひとつとして微動だにしない。空気を震わせる音ひとつ聞こえない。ただ自分の鋭い足音だけだ。ロードは電話台の前に走り込んで立ち止まった。すると、死んだような空気は死んだような静寂に包まれた。

ロードはその印象を振り払うように身震いし、はっきりと言った。「もしもし、こちらはパーケット。ロード警視です」

「もしもし、ロード。アーリーです。ニューヨークの調査会社と連絡が取れたのですが、チャーミオンに関する依頼は受けていないそうです。ああ、安心しました」

「つまり、ミセス・ティモシーは彼らを雇っていなかったと？　あの小切手は別のところに宛てたものだったということですか？　申し訳ないが、もう少し大きな声で話してもらえませんか？　ほとんど聞き取れない」

接続が悪いらしく、ロードが耳を澄ませるとどうにか次の言葉が聞こえた。「いや、支払いはあったそうです。ミセスに頼まれて調査はしたのだと。ただそれが、ハートフォードという地域や住民とは無関係の依頼だという以外、なかなか教えてもらえなかったのです。さらに食い下がり、あなたの名前を出したところ、ようやくニューヨークに住む株式仲買人の男に関する調査で、ミセスがどこかの金山にまつわる大口の株を買わないかと持ちかけられていた件だと教えてくれました。あの事務所には、仲買人が詐欺師かどうかを調査する投資専門のような部署もあるそうで。今回の件では、調査対象の名前は教えられないが本物の仲買人だと判明したので依頼人にもそう報告したと言っていました。チャーミオンとはまったく無関係だとわかって、心底ほっとしましたよ」

ロードが言った。「そうですね。殺人事件にとってはどのみち、そう重要な話ではないと思っていました、たとえ噂が本当だったとしても。今日、まったく新しい手がかりが見つかったんですよ」

「それはよかった」医者の心からの言葉が受話器から伝わってきた。「今、ひどく立て込んでいてね、ロード。明日お目にかかれたら、是非その話を聞かせてください。おやすみなさい」受話器がカチリと音を立て、通話が切れた。

ロードは受話器を戻して立ったまま考えにふけっていた。今の情報を伝えてきたアーリーの声は満足げだったが、なるほど無理もない。彼はまちがいなくチャーミオンに恋しているか、限りなくそれに近い心情なのだ。ロードにはその気持ちが理解できた。チャーミオンは、まったく素敵な女性だ。博物館のドアへ続く暗い通路のせいで、ロードの注目は事件に関するまったく別の人物に向けられた。チャーミオンとは性別も、気性も、性格も正反対の人物、破産したエジプト学者のクインシーだ。魔術や謎にまつわる話、それに常に中に人がいた密室から移動した短剣。ロードが二千五百ドルの手形という証拠を入手した今、クインシーにとって形勢は不利に見えた。もう一度クインシーに話を聞くべきかもしれない。

そう思った途端、再び電話のベルが鳴った。ロードは受話器を上げた。

「もしもし」

「もしもし、スプリンガーです。その声はロードですか？」今回も電話の声は小さく、言葉を聞き取るのに苦労した。

「ええ、ロードです」

「すみませんが、ベン・クインシーを電話口にお願いできませんか？……ええ、ありがとうございます」

ロードは受話器を台の脇に置いて博物館のほうを向いた。自分のいる明るいホールと比べて、通路は今まで以上に暗く感じられた。そのとき初めて、廊下の壁にボタンがふたつ並んだスイッチがあるのに気づいた。通路には充分明るい照明があると誰かが言っていたな。試しにつけてみようか？彼はエントランスを横切って、白いボタンを押した。

一斉に光があふれて充分過ぎるほど明るくなり、狭い通路がくっきりと照らし出された。彼の立っている位置からでも博物館のドアがしっかりと閉まっているのが見えたが、なんとなく腑に落ちなかった。すると突然何かに気づき、ロードは通路を駆け出した。閉まっているドアの下から、淡い色の堅木張りの床と対照的な黒い液体が、二本の細い筋を作っている。しかも静止していない。ロードが廊下を進む間にも伸びていいるのだ。ロードはしゃがんで近いほうの筋に指を伸ばした。赤みがかったどす黒い色だけでも明白だったが、その指を鼻に近づけてみる。真新しい、温かい血の匂いが鼻孔に広がった。

驚愕していたのはほんの数秒だけだった。ロードはドアに近寄って開けようとしたが、まったく開かない。大きな声ではっきりと呼びかける。「このドアを開けろ。わたしはロード警視だ……ドアを開けるんだ！　今すぐ開けなければ、ドアを破るぞ」

返事は、重く決定的な沈黙だけだった。これ以上の呼びかけは無駄だとロードは判断した。ドアに肩から体当たりしてみたが、歯が立たないと思い知らされた。巨大な防壁はぴくりとも動かないのだ。ロードの手には、コプスタインから預かった重厚な自動拳銃が握られていた。ロックを外し、ドアの蝶番を見つけて狙う。バーン！――バン、バン！……バーン！――バン、バン！

木材が砕け散る。狭い空間に轟く銃声の陰で、蝶番の金属に鉄製の弾丸が食い込む甲高い音が響く。片方の蝶番に三発ずつ。これで六発使った。最後の二発はドアの向こうで待ち受けているもののためにとっておかねば。ロードが再び肩からぶつかっていくと、ドアは勢いよく開き、いびつな弧を描いて入口の脇へ音を立てて転がった。

ロードは体勢を立て直して銃を構えた。ギャラリーにも博物館にも灯りがついているが、こちらを危険にさらすような人影はない。誰かが屈んだりしている様子もない。鼻につく火薬の煙が渦巻く入口の内側、ロードの足元近くに誰かが倒れている。運よく、ドアが転がっていったのとは反対側だ。クインシーだった。左側の脇の下あたりから、短剣の鍔が突き出ている。ミセス・ティモシーの命を奪った短剣と対になっていたものだ。凶器は刺した後でひねったらしく、心臓の最後の鼓動に合わせてまだ小さな血しぶきが上がっている。

内部の様子をざっと目視で確認し終えると、ロードは膝をついた。血を流しているクインシーの唇が、弱々しく動いているのだ。彼の見開いた目を覗き込みながら、ロードが優しく、だがはっきりと語りかける。「ロードだ、ここにいるぞ。何が言いたいんだ？」

　血の混じった泡がこぼれたが、何を言っているのかはわからない。

「ロードだ。ここにいる。何が言いたい？」

　さらに身をかがめ、泡だらけの唇に耳を寄せる。どうにか聞こえたのは無意味なつぶやきだけで、「ズーズワワワ、ズーズワワワ」と言ったようだった。クインシーの喉がゴロゴロと音を立て、体が震えて硬直した途端、力が抜けていった。と同時に、廊下を重い足音が近づいてきた。ロードが体を起こすと、マーティロが部屋に走り込んできて、銃を持って身構えた。

「なんてこった！」マーティロが呆然と床を見下ろす。

「急げ」ロードが鋭く言う。「ドアの内側の鍵穴に鍵が挿さっている。犯人は今度こそ逃げられないはずだ。奥の部屋を見てきてくれ。わたしはこの入口を見張っておく。犯人がここから逃げ出さないようにな。すぐに行くんだ、巡査！」

　一瞬の躊躇もなく、警察官は死体をまたいで博物館に入っていった。アーチをくぐりながら銃の撃鉄を上げるカチッという音がロードの耳に届いた。ニューヨーク市警の刑事は一戦に備えて身構えた。

　だが、何も起きなかった。あっという間に巡査が戻ってきた。「中には誰もいませんよ、警視。ネズミ一匹隠れるところもないというのに。例の古い棺がいくつかありますが、どれも外からテープを貼って閉じてあります」

「ここにいろ、わたしが見てくる」ロード自ら博物館に踏み入ったものの、巡査と同じようにすぐに戻ってきた。どちらの部屋にも椅子とキャビネット、絵画、それに本しかない。ミイラ棺はどれも複数カ所をテープで封印してある。しかもテープは古いものだった。クインシーを襲った犯人が身を隠せるような場所など、まったくどこにもないのだ。どちらの部屋にも窓は一つもなく、天窓も、見取図で見たとおり引き戸や跳ね上げ戸もついていない。

ハートフォード警察の大柄な警察官は、狐につままれたようにうつろな目をロードに向けていたが、やがてその目に不気味な憶測が浮かぶのを、ロードは立ったままじっと見つめていた。

SFDW DIW　シェフェドゥ・ディウ

第五の書　暗闇の中の真実

博物館の入口で、マーティロ巡査と並んでクインシーの死体を見下ろしながら、ロードの頭の中では二つのことがはっきりとしてきた。一つめは、二件の殺人のからくりさえわかれば、おのずと犯人がわかるということ。二つめは、このまま自分の手でクインシー殺害の捜査を続け、この家の構造を徹底的に調べるべきだということ。なぜなら、この邸にこそ殺人のからくりの根幹があるはずだからだ。

そう確信したロードは、巡査に厳しい口調で命じた。「ここを動くな、マーティロ、裏の階段から目を離すなよ」そう言うなり通路を通って広いエントランス・ホールへ向かった。「ラス！」大声で呼ぶ。「ラス！　どこにいる？」受話器を電話台の上に置いたままだったことに気づいて、電話機に戻した。スプリンガーは後回しだ。クインシーは二度と誰とも話すことはない。

「ミスター・ロード？」どこかロードの前方から、そう大きくない執事の声が聞こえてきた。「今、地下の階段におります。あの大きな音は何だったんですか？」

「上に来てくれ、ラス。ミスター・クインシーが殺された」単刀直入に言う。「この階段の脇、中廊下の真ん中に立っていてもらいたい。ここからあのアーチの奥に裏口が見えるだろう。それから玄関のドアと、この階段の上も下も見えるはずだ。もしもわたし以外の誰かが目に入ったら、大声で叫べ。

二秒で駆けつける。わたしはこの階を調べてくる。戻ってくるまでここを動かないでくれ。でないと、きみが危険にさらされる」

ロードは、最初の殺人の後で自分が見張りに立っていた戦略的な位置に執事を残していった。ラスは心底おびえているようで、コンサートの夜に初めて会ったときに比べると、老いが如実に表れているように思えた。

ロードは大急ぎで一階の部屋を見て回ったが、六部屋だけなので、そう時間はかからなかった――客間、寝室とバスルーム、化粧室、トイレ、それにコート用のクローゼットだ。各部屋を調べながら、一階のすべての窓が施錠されており、玄関のドアも裏口のドアも内側から万全に戸締りされていることを確認した。持ち場を守っているマーティロの様子を見にいってから主階段のラスの元へ戻り、そのまま地下へ降りていった。

地下も一階と同様にすべての窓が施錠されていたが、外へつながるダイニングルームの片方のドア、ロードとポンズが先ほど入ってきたのとは反対側のドアの鍵が開いていた。ただし、地下貯蔵庫のドアはどれもロックされていたので、その中を通ってダイニングルームのドアから外へ出ることはできなかったはずだ。貯蔵庫のドアは三つある。洗濯室につながるドア、食料庫へのドア、それとメイン・ダイニングルームの横にあるカクテルやコーヒーを飲む小部屋へ出るドアだ。どのドアにもフックの掛け金と閂の両方が、貯蔵庫の外側からしっかりとかかっていた。

だがやはり、ダイニングルームのドアは気になる。ポンズと一緒に入ってきたときには――しまった！　ポンズはどうしている？　ロードは階段を駆け上がり、ラスの横を通り過ぎてさらに二階へと急いだ。「博士！　ポンズ！　どこです、ポンズ？」

「ここだ」心理学者のしっかりとした声が聞こえ、ロードはミセス・ティモシーの部屋へ駆け込んだ。

「下の階で銃声が何度か聞こえたが、こういう事態に立ち向かうにはわたしは歳をとり過ぎているし、どのみちあの警察官がオリンピックの短距離選手のごとく飛び出していったのでな。ひょっとして、銃声を聞いた途端にみんなが慌てて駆けつけ、この部屋が無人になることこそ、ミセス・ティモシーを殺した犯人の狙いかもしれないと考えたのだ。あの見取図は盗まれたにちがいないし、ここにはやつが狙っているものがほかにもあるのかもしれない。そう思ってここに残っていたのだ。気持ちのいいものじゃなかったぞ、マイケル。身の安全を考えてドアの陰に隠れ、かなり頑丈な椅子を手に持ってはいたが、それでも……さっきも言ったとおり、この家は居心地が悪い。今度は何があった？」

「いやなに、また人が殺されただけですよ、博士」

「何だって？　いったい誰が――」

「エベニーザー・クインシーです。博物館の中で魚のように死んでいますよ。いや、正確には美術ギャラリーのドアの内側ですね。それが実質的には博物館の入口ですから。内側から鍵がかかり、中には彼しかおらず、あの忌々しい短剣の片割れが刺さっていました」

「最有力容疑者だった」ポンズが重々しく言う。

ロードが悲しそうに肩をすくめる。「最有力容疑者でしたね。だがそれよりも重要なのは、合理的に疑わしい人物は、彼を置いてほかにいなかったことです。犯人はまだこの家に潜んでいる可能性があります。この階か上の階に。きちんと調べるまで、もうしばらくここにいてくださいますか、博士。わたし以外の人物を見たら、思いきり叫んでください。たぶんそれだけで安全でしょう」

「叫ぶとも」ポンズは心の底から同意した。「ニューヨークまで聞こえるような声でな」

「それから、もしも——今のはいったい何です？」ロードが話を止めると、どこかでベルの音が鳴っていた。電話の呼び出し音よりも深く響く音だ。「きっと玄関の呼び鈴でしょう。今度はいったい——ラス！　今いる場所から動かずに、しっかり見張っていてくれ。ドアはわたしが開けにいく。きみはじっとしていてくれ」

ロードは階段を降りながら、もしもマーティロが命令に背いて持ち場を離れ、殺人課に応援を頼んでいたのだとしたら、言ってやりたい言葉がいくつか頭に浮かんでいた。だが大きなドアの向こうにはハートフォード署の警察官は立っていなかった。二フィートしか離れていないところでこちらを向いて立っていたのはスプリンガーだった。「こんばんは、ロード。ご苦労さま」それだけ言って家の中へ入ってきた。

ロードはドアを閉めてロックすると、すでに博物館に向かっていた新参者を慌てて止めた。

「ちょっと待ってくれ、スプリンガー。この家を出たのは何時だった？　どこから出た？」

「また何か企んでいるのですね？」エジプト学者が陽気に尋ねる。「そんな見えすいた質問をして。まあ、お答えしましょう。今日の午後、ここを出ましたよ、あなたが帰られた少し後でした。出たのは正面のドアからです、いつもどおりに。さあ、わたしの番です。どうして電話を切ったんです？」

「戻ってくるにしてはずいぶん遅くないか？　もうすぐ真夜中だ」

「そのとおりです。もう戻って来ないつもりだったのですが、サルコファガス（彫刻や装飾のついた石棺）に彫られた文字で確かめたいことがありましてね。メモしてきた記録がどうもまちがっていたらしい。それでベンと話がしたかったのですよ。もう一度聞きますが、どうして電話を切ったんです？」

「ここで殺人が起きたからです」

「またですか？　なんとまあ、警視。なんと、なんと！」

「あまり興味がないようですね、ミスター・スプリンガー？」

「残念ながら、そうですね」相手が落ち着いた口調で白状した。「だが、礼儀上一応お訊きしましょう――今度は誰です？」

「あなたのご友人。クインシーです」

「何ですって！」そのとき初めてスプリンガーが驚きに近い感情を表に出した。「ベン・クインシーが！　ご冗談が過ぎますよ、ミスター・ロード。その上まさか彼が〈二重の短剣〉の片割れで刺されたなんて言わないでくださいよ」彼が懇願する。「いくら何でも、それではあまりにでき過ぎです」

ロードは静かに質問で返した。「では、彼はどうやって殺されたとお考えですか、ミスター・スプリンガー？」

「どうやって殺されたかなんて、わたしにわかるわけがないでしょう？　だが、もし仮に〈二重の短剣〉だったとすれば――」彼は口ごもった。

「もしそうなら、何です？」

「まれに見る偶然の賜物《たまもの》でしょうね」スプリンガーがやわらかな声で言った。

ロードは、これ以上この男と言葉を交わしても時間の無駄だと判断した。口調を変えて言った。「家を調べる間、わたしについてきてもらいますよ。殺人犯がまだ上の階に潜んでいるかもしれない。あなたが犯人なら話は別ですがね。いずれにせよ、捜査が終わるまでわたしから離れないように」

エジプト学者は完全に従うことにして、後に続いた。ロードはまず通路の奥へ向かい、そこからマーティロに声をかけて、裏階段を上がった途中で待機するようにと言った。これで家の裏から犯人が逃亡するのは防げるはずだ。それからミセス・ティモシーの寝室にいるポンズに指示して、二階の主階段の前に伸びる中央の通路を遮断させ、自分はスプリンガーとともに二階の各部屋を丁寧に調べて回った。だがそこでも、さらに上の階にある小さめの屋根裏部屋でも、何も見つからなかった。

ロードの指示で巡査が博物館の見張りへ戻ったほかは、全員で裏の階段を地下の貯蔵庫まで降りて、その中を奥から手前に向かってくまなく調べたが成果はなかった。家に備え付けの灯油の暖房炉は静かな音をたてて燃えており、中に誰かが隠れることはできない。ほかにも広い地下貯蔵庫の中で隠れられそうなところを徹底的に調べ尽くしたが、侵入者の痕跡は見つからなかった。その一画には窓が一つもなく、貯蔵庫内をすべて確認し終えたロードは、カクテル用の小部屋に続くドアを叩きながら、ラスが気づいてくれるまで大声で呼び続けた。やがて執事が一階の持ち場から降りてきて彼らを中に入れた。

彼らはその小さな控え室の中でしばらく立ち尽くし、ロードは頭の中で捜査の結果をまとめてみた。建物の窓はすべて内側から施錠されている。正面玄関のドアはロックされている。一階の裏口のドアも同様だ。建物から出られるのは唯一、この小部屋の真向いにあるダイニングルームの無施錠のドアだけで、そこは食料庫とキッチンから一番離れた出口だ。とは言え、この一画と地下の貯蔵庫の間のドアはどれもしっかりとロックされており、無施錠のダイニングルームのドアまで行くためには、どうしても正面の主階段を降りるしかない。殺人犯が犯行の数分以内に姿をくらますのは、これで二度めだ。ロードは完全に閉め切られた博物館を思い出し、自分自身が銃で壊さなければ中へ入ることもできなかったことを考えると、一番の謎は犯人が家を出た道筋ではないことに気づいた。

ロードが突如ラスのほうを向く。「今夜ポンズ博士とわたしがここへ到着した後、入ってきたダイニングルームのドアはきみがロックしたんだったね？　だが今、もう片方のドアの鍵が開いているぞ」

「本当ですか？」執事は滑稽なほどに驚き、すぐにダイニングルームを横切ってドアを確認しに行った。「おっしゃるとおりです。どういうことだかわかりません。最後に確認したときには、確かにロックされていたのです」

「しかもそのドアは」ロードが思い出しながら言う。「確かグラントの証言に出てきたのと同じものだ。ミセス・ティモシーが殺された時間帯に誰かが家から出ていくのを見たと言っていた。どうやら犯人は前回と同じ手口を繰り返したようだね」

「あるいは、そう思わせようと仕向けたのかもしれん」ポンズが口を出した。「こんなにあからさまな証拠は疑ってかかるべきだ。もしも殺人犯が――」と言いながら、横目でスプリンガーのほうへ視線を向ける。「犯人が犯行現場にとどまることにした場合、すでにどこかへ逃げたと思わせたいにちがいない」

　ポンズの推量が当たっていたとしても、目立った効果は得られなかった。スプリンガーは唇を歪めて、いつもどおり人を寄せつけない冷たい笑みを浮かべながら気楽な調子で言った。「そのように不充分かつ曖昧な仄めかしには異論を申し上げますよ。わたしが突如として憐れなベンを襲うと考える人がいるなど、理解に苦しむ限りですが、そのような疑いには早急に終止符を打つべきでしょう」彼は刑事のほうを向いた。「わたしはここから歩いて十分とかからない、この丘のふもとに住んでいるのです、ミスター・ロード。わたしがいつここへ着いたのかは、あなたがご存じでしょう。あなたご自身の話によれば、わたしが到着したときにはすでに犯行の後だったはずです。今夜はうちの家政婦が友人を何人か呼んでいたようでしたから、お手数ですが、彼女に電話をかけて、わたしが何時に家を出たか確認していただけませんか。出てくるときに、帰宅が深夜になるかもしれないから家の玄関に閂をかけないでくれと声をかけたので、覚えているはずです……ここから彼女に電話をしてみればいいじゃありませんか。すぐそこにも電話機がありますよ、コーヒー部屋の角に」

ロードが目をやると、スプリンガーの言うとおりだった。小部屋の隅の、ダイニングルームとの短い仕切り壁の近くに小さなテーブルがあり、その上に電話機があった。エジプト学者の進言に従って電話をかけてみても損はないだろう。自宅の番号を尋ねると電話機に近づいてダイヤルを回した。受話器の向こうに呼び出し音が聞こえ、思いがけない声が聞こえた。

「はい、交換台です」

「警察署のロード警視です。二―四九九一番をお願いします」

短い間に続いて、また呼び出し音が聞こえ、やがて中年女性の落ち着いた声が受話器に流れてきた。

「はい、ミスター・スプリンガーの自宅です」

「ミスター・スプリンガーと話したいのですが」

「すみません、ミスターは留守です。パーケットという、亡くなったミセス・ティモシーのご自宅にかけ直してくだされば、きっとお話しできますよ」

「どうもありがとう。ところで、彼は何時ごろ家を出られたかわかりませんか？」

「ちょっと前でしたけどね、時間で言うなら十一時十五分かしら……ええ、今頃はパーケットだと思います……ええ、失礼します」

「なるほど」とロードは受話器を下ろしながら言った。「だが、これがどうしてあなたの役に立つのかわかりませんね、スプリンガー。家政婦はあなたが十一時十五分に家を出たと言っている。それから今まで何をしていたか、教えていただけませんか」

スプリンガーの眉が飛び上がった。「言ったでしょう、坂道をのぼってくるのに十分ほどかかると。あなたと一緒に家の中を調べて回るのに、さらに十分はかかったでしょう。そして――」と重そうな金色の懐中時計を引っ張り出す。「現在の時刻は十一時三十一分です」

「いいや、そんなはずはない。真夜中の零時か、それより遅いはずです」

「あなたのまちがいですよ、絶対に。ご自分の時計を見てごらんなさい、ミスター・ロード」スプリンガーが勧める。

ロードは手首を目の前に上げた。腕時計の針が十一時三十二分を指しているのを見て驚愕する。

「そんな――あなたの時計では何時です、ポンズ？」

「真夜中まであと二十八分ぐらいじゃないかな」ポンズが答える。「わたしの時計は三、四分進んでいるんだが、針は十一時三十五分を指している」

執事が付け足すように言った。「みなさん、キッチンにある電動時計は正確なはずです」

その時計もほかの時刻と一致するのを見て、ロードはじっと思い返した。ミセス・ティモシーのデスクにあったのも電動時計だったが、アーリーの電話に出るために一階へ降りる直前、十一時三十五分を指していた。なのに、今が十一時三十五分だという。あの時計が三十分近くも進んでいたことになる。だが電動時計は電流の周期で動くから、速くなったり遅くなったりしないはずだ。ただし、故意に針を進めておくことはできる。声に出して言った。「なるほど、誰かが偽のアリバイを作ろうとしていたようですね。十一時三十五分に。つまり、殺人が起きたのはその時刻だとわれわれに思い込ませようとしたのです」

スプリンガーは鼻を引っ張って、不思議そうな顔をした。「十一時三十五分に、ですか？」彼は尋ねた。「ですが、わたしが玄関ドアに到着する前にすでに殺されていたとすれば、殺人は十一時三十五分よりも前に、おそらくは十一時十五分よりも前に起きたはずです。あなたは家に入ったわたしを止めて、殺人があったとおっしゃったじゃないですか」

「そうです。あなたからの電話を受けたときか、正確に言うなら、そのほんの数分前に起きました。あの電話の直後にわたしが駆けつけたとき、クインシーにはまだ息があったのです。わたしはそれを十一時三十五分だと信じ込んでいた。だが今思えば――」

思いがけずラスが口を挟む。「それでしたらわたしがお力になれるかもしれません。食料庫にいるときに、キッチンの時計を見たのです。電話に出ようと思ったら、あなたが出てくださったのが聞こえました」

「電話のベルが聞こえたのか？」

「電話のベルも、あなたが出てくださったのも聞こえました」ラスが繰り返す。「でなければ、わたし自身が電話に出ていましたから。そのときにずいぶん遅い時分だと思って時計を見たのですが、十一時十分を少し回ったところでした」

「またしてもアリバイが問題になってくるわけですね？」スプリンガーが考え込むように言った。

「それで、ほかの役者のみなさんは今夜どこで何をしているのでしょう、ミスター・ロード？」

「わたしがウースター家を出るときには、夫妻とミス・ダニッシュはコントラクト・ブリッジの四人めのメンバーが来るのを家で待っていました。コプスタインは車でボストンに向かっている最中でしょう。その話が嘘でなければですが、おそらく本当だと思います。ミスター・クインシーは死んでいます。あなたとラスとポンズとわたしは、ここにいるというわけです」

「あとは、われらの検死官ですね。彼はどこにいるんです?」

「わかりません。まちがいなく病院か、自分の診療所でしょう。あなたの電話の前に、彼からも電話がかかってきたのです」

エジプト学者が提案した。「確かめてみて損はありませんよね……彼の居場所を」

「得もありませんよ。殺人の数分前に電話をかけてきたのは、彼には本当に幸運でした。外線からかけてきたのですよ。つまり、どこか別の電話のある場所にいたことになります。それがどこかは、そう重要ではないでしょう?」

「わたしが訊きたかったのは、現在どこにいるかということです」スプリンガーはしつこくロードに尋ねた。

ロードは突然、関係者全員が揃いも揃って完璧なアリバイを持っているという難題に、再び直面しているのだと気づいた。腹立ちまぎれにうなり声をたてた。「ああ、わかりましたよ」ぴしゃりと言うと、さっき使ったばかりの電話機に手を伸ばした。

一同はロードがダイヤルを回し、交換手にアーリーの診療所の番号を伝える間、聞き耳をたてていた。長く待たされた末、ロードが送話口に向かって話しかけた。「もしもし、アーリー?　ロードです……ええ。ところで、さっき電話をくれたのが何時だったか覚えていますか?　そう、今夜……わからないんですね?　ああ、十一時から十一時半の間。十一時十五分ごろだと思うと……理由ですか?　また殺人があったのですよ。クインシーです。刺されていました……いらっしゃりたいならどうぞ。これから警察に連絡するところです、では」

電話を切り、続けてウェスト・ハートフォード警察本部にかけた。ロードが振り向いて一堂に報告した。「アーリーは自分の診療所にいました、思ったとおりです。時刻もごまかしていません。電話がかかってきた状況についてのラスの証言を、おおむね裏付けています。今から来ると言っていました。警察もあと十五分ほどで到着するでしょう。その前に博物館を調べておきたいのです。ところでラス、ほかの使用人たちはどうしているんだい？」

「コックと、二階担当のメイドはそれぞれ帰宅しました。こんな事件があった後ですから、この家に長くいたくないそうです。わたしに言わせれば、あのふたりはすっかりおびえているんですよ」ラスはそう言いながらも、揃って地下を出るときには、ほかの使用人たちと行動をともにしておけばよかったという後悔の表情が顔に表ていた。

博物館へ向かう前に、ロードはミセス・ティモシーの寝室に上がり、デスクの上の時計をじっと観察した。自分の腕時計よりも三十分か三十一分早い。つまり、電話がかかってきたときに十一時三十五分を指していたのは、正確には十一時十分に近かったはずなのだ。それはつまり、やはりラスの証言が正しかったことになる。ラスは電話の音を聞き、本当のことを言ったのだ。まあ、それはそうだろう。疑う理由はない。だが、関わっている人間が少ない上に、またしても全員に完璧に近いアリバイがあるとなると、どんなことも疑ってかからねばならないのだ。

クインシーの死体を覆うためにベッドの足元にあった毛布を一枚取って、ロードは博物館へ向かった。スプリンガーとポンズ博士が入口に立っている。マーティロに中に入れてもらえなかったらしく、ポンズは死んだ学者のほうを見ないように懸命に目をそらしている。一方のスプリンガーは、まるで珍種の昆虫の標本でも観察するように、死体を注意深く見つめていた。この場にはなんとも不釣合いなことだが、このふたりは実は親しい友人同士だったはずだと、ロードは思い出さずにはいられなかった。

ロードに促され、一行は彼に続いて壊れたドアを慎重に踏み越えて中に入った。「何も触らないでください」ロードが忠告する。「現場写真と指紋の採取がまだ済んでいませんので。わたしは中を調べてきますが、一緒に来たい方はわたしから離れないようについて来てください」

そうやって二部屋を見て回った。図書館兼美術ギャラリーには、特に荒らされた跡はなかった。何脚かの椅子と本棚の梯子、それに世界地図の収納棚の上に備え付けた大型の地球儀が、きちんと配置してある。もちろん、部屋の中には争うことのできそうな空間は充分にあったが、死体の最終位置を除いて、そんな痕跡は一切残っていなかった。ロードは博物館のほうにより時間をかけ、ゆっくりと歩き回りながら、展示ケースを覗いたり、ミイラ棺を確認し直したり、小さなテーブルを囲むように置かれたままの二脚の椅子を特に念入りに調べたりした。ようやくスプリンガーに顔を向けた。

「この部屋の中に、何か不自然なものはありませんか？　たとえば、見覚えのないものとか、今日の午後にはなかったはずのものとか？」

「見当たりませんね」ひどく冷静な答えだった。「わたしも今、そういったものがないか探していたのです。もちろん、この部屋には多くの遺物がありますから、目録と照らし合わせなければ正確には言えませんが。それでも何かが動かされた様子すら見られませんね。鉛筆の下にはわたしが書きかけたメモも、午後に出たときのまま残っています」

「床にも何も落ちていませんね」ロードが腰をかがめ、奇妙な作りの屑籠を覗き込むと、中には神官文字や象形文字が書かれた紙屑がいくつか捨ててあった。

「あなたが駆けつけたときには、まだベンは生きていたとおっしゃいませんでしたか?」生き残ったほうのエジプト学者が尋ねた。「何か聞き出すことはできなかったのですか?」

「何やらつぶやいてはいました」ロードが立ち上がった。「意味のない言葉でしたが。ほんの一分ほどで亡くなりました」

「そうでしたか」スプリンガーの口調はこれまでにないほど優しかった。「ですが、そのつぶやきは何かを意味していたのかもしれませんよ。どんなものだったか、少しでも思い出せませんか?」

「よく覚えていますよ。うまく真似できるかどうかわかりませんが、こんな感じでした。〝ズーズワワワ〟それだけです――〝ズーズワワワ〟」

「ひょっとすると〝セル・ワー〟だったのでは?」

「いいえ、〝セル・ワー〟ではありません」ロードはきっぱりと言った。「ただの無意味なつぶやきですよ。ズーズワワワ」

「いいえ」スプリンガーが諭す。「無意味な言葉でないことは確かですが、彼が何を言いたかったのかはわかりません。それはきっと〝セレスー・ワー・ワー・ワー〟でしょう。意味は、そのままだと〈六・一・一・一・一〉となります。〈十〉という意味ではないのでしょう、でなければ十を意味する〝メジュー〟という言葉を使ったはずですから。もしも〈六万一千百十一〉を指しているとすれば、わたしにはまったく心当たりがありません。どのみち、正しい読み方ではありませんし。〝セレスー・ワー〟が〈六十一〉ではないのと同じです。〈六十一〉は〝セル・ワー〟ですから」

「しかし、彼が言いたかった言葉はそれでまちがいないと言いきれるのですか?」

「もちろん、まちがいありません。あなたが正確に再現したと仮定すればですが」

「正確だと思います」

「でしたら、疑いの余地はありません。ただし、瀕死だったわけですからね。半狂乱だったかもしれないし、意識が薄れていたかもしれない。声帯をうまく操れなくなっていた可能性もあります。彼が夢中になっていた例の魔術の組織〈セル・ワー〉にこれだけ近い言葉ですから、わたしにはそれ以外のことを指していたとは思えません」

ロードは友人の心理学の大御所に目を向けた。ポンズ博士は静まり返った部屋の空気を、普段よりも速く呼吸していた。ロードも同じだった。例の空気中を漂う香りが影響を及ぼしているのだ。エジプト学者の話が終わったことで、部屋の中の死んだような静寂がいつものように揺らぎ始めた。

スプリンガーが歪んだ微笑みを浮かべる。「死ぬ間際の人間の訴えをどう解釈するのが正しいのか、わたしにはわかりません。が、ベン・クインシーはきっと最後の息で、自分の死は魔術によってもたらされたのだと言いたかったのでしょう」

重苦しい沈黙が彼の言葉を包み、やがて呑み込んだ。

＊　＊　＊　＊　＊　＊　＊　＊　＊　＊　＊

滑走路の上の暗い空で、飛行機のプロペラが巨大な翼を素早くはばたかせるような音を立てて空気を拍動させていた。地上では、その音に呼応するかのように照明が灯った。滑走路の端の境界線に並ぶ照明と、サーチライトが二筋。一本めのライトは滑走路を照らしたまま動かず、二本めは風向計を射したかと思うと方向を変え、寒風の中を水平に横切って断続的に初めの一本と重なっていく。管制塔の屋根の上では、誘導灯が猛烈な点滅を繰り返す。〝着陸不可。泥土堆積中。着陸不可〟

轟音をさらに響かせて、飛行機が急降下してくる。管制塔の上を、サーチライトのまぶしい光の中を、地表からわずか五十フィートをかすめるように滑走路へ突き進む。旧式のオープンコックピットの二人乗り軽飛行機で、パイロットはシートから外へ身を乗り出すように濡れた地面の様子を素早く目で確認している。うなりを上げながら弧を描いて再び上昇し、やがてモーターを切ったらしく、けたたましい音がやんだ。

悪条件を考慮すれば、素晴らしい着陸だった。アイドリング状態のプロペラや機体の支柱の隙間を抜ける風がヒューっと音をたてながら管制塔の横を通り過ぎ、飛行機は再びサーチライトの中を、さっきよりはるかにスピードを落として飛んでいく。地上数フィートまで落ち、そのまま五、六秒維持してから、地面に触れて一度だけ軽くバウンドした。しかしそれ以上バウンドすることはなかった。二度めに地面に接したとき、車輪が泥に埋まったのだ。割けるような音を立てて片方の車輪と着陸装置の一部が折れ、機体は旋回しだした。その〇・五秒後に左翼が崩れ落ち、機体は完全に静止した。

最初に乗客が自力で降りてきて、前方の席からパイロットが這い出てくるのに手を貸した。先に口を開いたのも乗客のほうだった。短気で皮肉のこもった声だ。

「そんなしかめっ面をするな。タクシー代なら郡で払ってやるから」

＊　＊　＊　＊　＊　＊　＊　＊　＊　＊　＊

次の朝一番に——次の朝というのは二十八日の火曜日だ——ロードはシュルツ捜査官から電話を受けた。報告がある。あと一時間もすればさらに新しい情報も入るが、実は地方検事が戻ってきていて、できるだけ早くロードに会いたがっている。すぐに検事のオフィスへ来てもらえないか。そう言って、シュルツは住所と道順を伝えた。

そこでロードは大急ぎでオレンジジュースとトーストとコーヒーを胃に流し込んで、車に飛び乗った。ハートフォード郡の地方検事は、線路の西側の、洪水が届かなかった高台にあるオフィスビルの数部屋に急ごしらえの仕事スペースを構えていた。ロードは迷うことなくたどり着き、オフィスの外で郡書記官の助手に出迎えられた。ロードがその若い女性に訪問の目的を説明すると隣のオフィスに通され、しばらく座って待つようにと言われた。中の上といったところの葉巻も勧められた。それが済むと、若い女性はさらに奥のオフィスへ続くドアの向こうへ姿を消した。

ロードはじっと待ちながら、地方検事の登場によって、この事件にどんな新しい影響がもたらされるだろうかと考えていた。もちろん、チャーミオンの起訴の件で検事が警察側に味方することも考えられる。もしそうなら、ロードがコプスタインに協力して成し遂げたことはすべて無駄になる。ロードはコネティカット州の法廷手続きに詳しいわけではなかったが、チャーミオンが警察の逮捕状については保釈処分になったにもかかわらず、地方検事が独自に逮捕状を発行し、執行するのではないかという悪い予感がしていた。それはまずい。コプスタインに使ったような交渉手段がこの男に対しては何ひとつない上に、どんな場合であれ地方検事を脅迫すること自体、愚かなことにちがいなかった。さらに現時点では、彼女の起訴を回避する引き換えとして提供できるものもない。頼れるのは、成功を重ねてきた自分自身の評判と、この新参者に対して警察の立証がいかに弱いかを説得する話術ぐらいだ。その結論にたどり着いたところへ若い女性が戻ってきて、一緒に来るようにと言った。

地方検事は握手でロードを迎え、軽く手をひと振りして椅子を勧めると、書類に埋もれたデスクの椅子に腰を下ろした。背が低くずんぐりとした体格で、薄茶色の髪にはかつて鮮やかな赤毛だった名残があった。不屈の戦士といった雰囲気をまとっている。法廷でのスタイルは知らないが、オフィスでは単刀直入なもの言いをする男だった。

唐突に会話を始める。「よく来た、ロード警視。わたしはフェナー、ここの地方検事だ。ニューヨーク市警の所属でありながら、ティモシーの事件を捜査しているそうだな。どんな権限で？」

「それはお答えしにくいですね」挑みかかってくる態度に少々面食らって答える。「この事件を調べていることはまちがいありませんが、それはコプスタインという名のハートフォード住民の要請を受けたものです。わたしが有している権限は、すべて彼の要求に付随するものですが、それが具体的にどんなものかはわたしも把握していないのです。ですが、彼には多少なりとも権限があるらしく、その証拠に、おそらくはあなたの部下であるシュルツ捜査官をわたしの補佐役につけてくれました」

「それは聞いている。ということは、あんたはコプスタインの人間なのか？」

「わたしは誰の人間でもありません。わたしがこの事件を調べている本当の理由は、警察が大急ぎでろくな証拠もないままに起訴したために、わたしの友人たちが巻き込まれたからです。彼らの疑いを晴らすには、ミセス・ティモシーを殺した真犯人を突き止めるのが最善策だと思ったのです。ミスター・コプスタインも同意見でした。それどころか、警察が容疑者として選んだミス・ダニッシュの裁判を、自分から切り離したくてやっきになっている印象でした。彼から力を貸してほしいと頼まれたわたしは、不名誉な戦いを強いられる窮地から友人たちを救い出すためにと引き受けた次第です。ミセス・ティモシーが殺された夜、わたしも彼女の家にいましたし、純粋に警察官としての立場からも、ミス・ダニッシュは犯罪に無関係であると確信しています。事実、必要とあらば、証拠を示して彼女の無実を証明できます」

「その必要はない」フェナーが短く言った。「なんとか昨日のうちに飛行機で戻って来られたので、今はわたしが事件を担当している。ティモシーの件と、昨夜起きたクインシー殺害の両方だ。ミス・ダニッシュにかけられた容疑は実にばかばかしい。昨夜から事件について調べて、よく承知している。当検事局はその逮捕を認めないいし、今朝のうちに取り消すべく動くつもりだ。ミス・ダニッシュの名誉回復については、われわれもできる限り努める。コプスタインに何を言われたかは知らないが、オフレコとして正直に言うと、あの娘を起訴したのはやつを隠すためのでっち上げにしか見えない。だが、今回は隠れられないだろう。スポットライトの中へ引きずり出してやる」

「コプスタインに聞いた話では、彼も同じことを考えているようでした、つまり、ミス・ダニッシュの起訴の件です。これまで実際に証拠がでっち上げられたかどうかはともかく、この先彼女を裁判にかけるまでには相当のでっち上げが必要になると。地方検事、政治的にはあなたが彼と対立していることは承知しています。ですが、この件ででっち上げがあれば、助けになるどころか足を引っ張ることになるのは、賢明なコプスタインもよくわかっていると断言します。彼も真犯人の逮捕を望んでいると思いますよ。なんにせよ、わたしは真犯人を捕まえると彼に約束したのです」

「やつは賢明だ。あんたが思う以上に賢いかもしれない。だがやつは毒だ。自分は雪よりも白いのだと、実際よりも純粋に見せかけるためにこんなことを仕組んだのだ。やつならやりかねない。明日の午後、わたしの選んだ大陪審によって、やつは別件で起訴される。そんなときに殺人事件の疑いまでかけられたくはないだろう、いずれそうなるにしても。それも何件も」

ロードは椅子にもたれて考え込んでいた。やがて提案した。「一つはっきりさせましょう。ここだけの話です。わたしにはあなたの発言は口外できない、それはよくご存じでしょう。あなたはこの一連の殺人事件を担当されるとおっしゃいましたね。その目的は殺人犯を捕まえることですか、それともコプスタインを捕まえることですか?」

フェナーの顔には侮辱されたような反応は見えなかった。にっこりと微笑んだ。「わたしはでっち上げはやらない。捕まえたいのは殺人犯だ。だがわたしの見解では、その犯人はコプスタインであるようだ。やつのやりたいこと――いや、そうではない! やつがどうしてもやらなければならないことに、ぴたりと当てはまるのだ」

ロードが言った。「おふたりに激しい応酬があることは知っています。ですが、わたしの関心は連続殺人事件だけです。コプスタインには、最初の殺人に関して強い動機があるのはまちがいないでしょうが、事件当時はポーカーをしていて、現場から何マイルも離れたところにいました。いえ、聞いてください――」ロードはゆっくりと話を続ける。「わたし個人の経験から、昨夜のクインシー殺害はミセス・ティモシーの事件と関連があると思われます。同じ家で起きたこと。ほとんど同じ凶器が使われたこと。実はクインシーの凶器は、ティモシーのときの短剣と対になっていました。まだその関係はわかりませんが、二つの事件は必ずつながっているはずです。そして、どちらの殺人もおそらくは同じ犯人によるものにちがいありません。ご説明します。昨夜ミスター・コプスタインは車でボストンへ行くと言っていました。殺人が起きた一時間半以内にボストンへ電話したところ、彼と話すことができました。誓ってもいいですが、あの声は本人ものでした。ここからボストンまで車をいくら飛ばしても一時間半では着けません。唯一の方法は飛行機です。確かにあなたを乗せた飛行機は着陸できたようですが、昨夜ここから飛び立った飛行機は一機もありません。それはすでに調べてあります。つまり今回彼は、最初の殺人のときよりもさらに遠くにいたことになります。彼に動機があると思っておられるのでしょうが、このような状況では、彼にその機会があったと証明することはできません」

「なるほど。だが、そこまで断言すべきではない……あんたこそ、誰が犯人だと思う？」

「まだ誰ともわかりません」ロードは自信なさそうに首を振った。「コプスタインのアリバイが信用できるものだとしたら——事実わたしはそうだと思うのですが——さらにその上をいく強固なアリバイの数々をご披露できるのですよ。少しでも疑いのかかりそうな人物全員です。あなたはミセス・ティモシーをよくご存じだったのでしょう？　わたしのリストにはない、彼女の敵の存在をご存じありませんか？」

「あんたのリストとやらは見ていないが、見る必要もない。そういう存在がいたなら、きっとわたしは知る立場にあったが、彼女を殺すほどの敵意を抱いていた人物には心当たりがない。裏切り者の政治家ども以外は。そもそも彼女がわたしをこの職に就けたのは、そいつらの息の根を止めるためだったわけだ。彼女の支えを失った今、わたしは無力かもしれないが、やつらもおしまいだ、それは約束する。やつらの中には、死刑にならずに刑務所に行けたら幸運という者も出てくるだろう」

「あなたが政治的な視点を持ち込むと、事件が混乱してしまいますよ」ロードが言った。「いや、すでに混乱しています。あなたはわたしにこの件から手を引いてほしいのでしょうし、わたしも異存はありません、ミス・ダニッシュの起訴取り下げさえ見届けられれば。そもそも、そのために協力することになったのですから」

「今の話以外に、コプスタインとつながりは?」

「いえ、何も。昨日か一昨日の夜までは会ったこともありませんでした」

「やつに不利な証拠が見つかれば、われわれに提出してくれるか? もちろん、善意の調査過程で得られた証拠であるという前提で」

「もちろんです。それを妨げる拘束は受けていません。彼も承知です」

「それなら逆に、手を引かないでもらいたい」フェナーが断言した。「あんたは部下の誰よりもこの手の捜査経験に富んでいる。難解な事件になりそうだし、すぐにでも協力願いたい、あんたが公正にやるのなら。きっと公正な男なのだと思うが。当然ながら、コプスタインと同様にわたしにも報告してもらう」

「なるほど」ロードが言った。「現在のわたしの立場をお話ししましょう。あなたが止めない以上、わたしはコプスタインに約束したとおり彼に協力する義務があります。どちらにしても、事件捜査にはできるだけ力を貸すつもりです。ここまで来ると、警察官としての深い興味も湧いていますので。これまでも真剣に取り組んできましたが、関係者たちのアリバイ問題は、これまでに出会ってきたものの中でも難しいと言わざるを得ません。わたしが容疑者と疑う人物のリストに漏れがないとすれば、そのうちの誰かのアリバイが偽物だということになる。が、それが誰なのか、さっぱりわからないのです……もしわたしが事件の捜査を続けるのであれば、ここにシュルツを呼んでもらえませんか? 何か新しい情報があるとのことでしたので。きっとあなたもお聞きになりたい内容でしょう」

地方検事は短い返事で同意した。「よし」何かのボタンを押すと、すぐにシュルツが現れて気安い態度で椅子に座った。ロードの尋ねに応じ、なぐり書きのメモを一枚引っ張り出した。

「あんたがくれたリストの順番どおりに行くぜ」シュルツが切りだした。「知りたいのは、カネの情報《ネタ》だったな。まずはクインシー。カネは全然ねえ、ゆうべ破産して、今日殺された。こいつのネタはほかにも摑んでたんだが、もう要らなくなっちまったな」

ロードが中断する。「いや、聞かせてくれ。集めた情報はすべて報告してもらいたいんだ」

「オーケー。破産の申し立ては、やつの債権者のうちのふたりが合同で起こしたものだ。ひとりは仕立て屋、もうひとりは本屋。ふたりともかなり前から代金を回収できず、分割にしてやったのに、それでも払ってもらえなかった。仕立て屋は二千ドル近く、本屋は五百ドル近く未払いが溜まり、ついには度重なる先延ばしの空約束にしびれを切らしたわけだ。破産申し立てを知ったおれは、すぐさまふたりに会いにいった。どうやらクインシーは昨日の朝ふたりに電話を寄越して、いつもどおりの言い訳を並べた挙句、今週中に絶対に払うと言ったそうだ。そのカネがどこから入ってくるかは言わなかったが、仕立て屋は半ば説得されかけた。この数カ月で初めて、本当に近々カネが入る確かな当てがあると信じたそうだ。本屋のほうは頑としてカネを要求し、結局仕立て屋もそれに合わせたらしい。カネを払ってもらえれば、いつでも申し立て《バンプ・オフ》を取り下げられるからってな。聞き出したのはここまでだ。そこでクインシーがぶっ殺されたと聞いて、調査をやめた」

ロードが推理した。「きっとそのふたりの破産申し立ては正しい判断だったと思う。クインシーに二千五百ドルもの金を手に入れる見通しなどあったとは思えない。それどころか、同じ金額の約束手形の振出期日が迫っていたのだから」

「どうだろうな。あの仕立て屋はかなり勘の鋭い男に見えたが、正反対の印象を持っていたようだぜ……お次はエリーシャ・スプリンガー。百万長者とまではいかねえが、まあいい線いってるようだ。やつの取引銀行、いつも肉や野菜を買う店、そのほか贔屓にしている店に二軒ほど行ってみた。やつの信用取引の限度額はとびきり高く、銀行口座の残高は常に四桁を維持している。それ以上調べるのはやめたよ。

ドク・アーリーに関しては、もう昨日話したんだったな。調べた限りでは、たいしたカネは持ってねえが、年に八千ドル以上の収入がある。独身で、ウェスト・ハートフォード郊外の上品な住宅街に診療所と住まい用の三部屋から成る小さな家を借りている。確認した範囲では、家賃やら何やらはきっちり払ってる。まあ、たまに支払いが遅れて、後でまとめて払うこともあるけどな。だが、話を聞いた相手はみんなやつとの取引に満足していた。

婆さんの執事をしていたラスだが、こいつもけっこううまくやってる。町の銀行に三つの預金口座がある。おとなしい男で滅多に出歩かず、稼ぎの大部分は貯め込んでいる。コックとメイドも同じようなもんだ。ラスほどの蓄えはないが、使用人の女たちがよくやるように建築貸付組合なんかで金を貯めてるらしい。年増女ふたりにしちゃ妥当な資産だろう。どっちもだいたい二千ドルほどってとこだな。

オーケー。あんたが書いた最後の名前、〝チャーミング〟ダニッシュ。若くて貧乏な女だ。生活保護なんかは受けてないが、自分が着る服は手作りして、小さな共同住宅のひと部屋に住んでいる。かつて遺産として受け取ったわずかな資産があるものの、それだけじゃ食っていけず、歌を教えて暮らしている。一年かもう少し前に、どこかの爺さんがきれいなアパートをあてがって養ってやろうと持ちかけたが、ぴしゃりと断わったって噂だ。最近じゃ、しょっちゅうアーリーと一緒に出歩いているようだが、ダンスやパーティーに同行するだけで、アーリーが特に彼女の面倒を見てやっているわけじゃないというのが大方の見解だ。あんたが泊めてもらってる、あのウースターとかいう夫婦とは親しいらしい」

シュルツはメモをたたんでポケットに入れた。「そんなとこだ、警視」彼は報告を締めくくった。「クインシーの線では何かありそうな気がしたんだが、追いかける対象じゃなくなっちまったな。たとえて言うなら、まちがって杖を逆さに握ってたんだ。杖の先っぽを持ってる人間を見つけなきゃならねえ」

「ありがとう、シュルツ。頼んだことは全部わかった。新たに調べてもらいたい人物がふたりいるんだ。まずはピーター・グレイディ、ミセス・ティモシーの運転手だ。彼女が殺されてから誰も見かけていない。その理由と、ほかに何かわかれば教えてくれ。それから彼女の顧問弁護士のギルバート・ラッセルも調べてもらいたい。この辺りじゃよく知られた人物だとは思うが。何かしら出てこないか探ってみてくれ。特にここひと月ぐらいで」ロードは地方検事のほうを向いた。「このままシュルツに頼んでもかまいませんよね、わたしが捜査を続けるのであれば」

フェナーはにやりと笑ってうなずいた。「かまわないとも。むしろ、あんたはそうせざるを得ないだろう。コプスタインと関わりを持つ以上、いやでもシュルツはあんたにくっついて離れないからな」

＊　＊　＊　＊　＊　＊　＊　＊　＊　＊　＊

ロードは駐めてあった車に乗って、ウースター家へ戻った。まだ十一時前だったが、グラント・ウースターは仕事に出ており、ガードは家事に忙しかった。ポンズ博士はひとりでリビングルームに腰を下ろし、ぼんやりと雑誌のページをめくっていた。ロードが部屋に入ってくると、見るからにほっとした様子で雑誌を置いた。

「地方検事とはうまくいったのかね？」ポンズは煙草を探してポケットを引っ掻き回した。「新しい情報は？　こんなに早く帰ってくるとは思わなかったよ」

「ええ、いい人と言えばいい人ですが、コプスタインを捕えたい一心で、ほかに容疑者を見つけるつもりがないようなのです。それでも、わたしは独自で追い続けますがね。新しい情報はたいしてありませんでした。あの捜査官のシュルツが関係者全員の財務状況を報告してくれたのですが、それほど意味のあることは出てきませんでした。みなそれぞれに、それぞれなりの暮らしができるだけの収入がありました。チャーミオンと、憐れなクインシーを除いてね。クインシーでさえ――債権者のひとり、結果として彼を破産に追い込んだひとりですが、その人物に近々二千五百ドルが入ると説得していたのです」

「クインシーが？　だが、二千五百ドルと言えばちょうどミセス・ティモシーへの約束手形と同じじゃないか？」

「そうです」

「ふむ。きっとその債権者はどこかで噂を聞きちがえて、逆の意味に解釈したんじゃないだろうか。クインシーにそんな金が入ることを、本当にその男は知、っ、て、いると言ったのかね？」

「いえいえ、彼はそんなことは知りませんよ。クインシーの切羽詰まった懇願の中で、そんな印象を受けたのだそうです。勘の鋭いことで知られた人物らしいのですが、今回はさすがに読みちがえたのでしょうね」

「どうもおかしいな……ところで」今朝のポンズは好奇心に駆られているようだった。「コプスタインのために捜査をしているきみが、どうして地方検察局の捜査官の協力を得ているんだね？　コプスタインと地方検事の仲は険悪なのだろう？　それもまた、どうにもおかしい」

「警察と検察の間にはいつも、多少なりとも協力関係はありますよ、たとえ利害は一致しなくても。そういうものです。ただ、今回はわたしも不思議に思いました。わたしも自分で思うほど純真ではないということでしょうね。たぶんコプスタインの悪知恵じゃないかと思うのです。わたしが捜査に関わると、ここの警察はやる気を失ってしまう。コプスタインは本心から事件を解決したがっている。そこで、敵の部下をわたしの助手につければ、その捜査結果がコプスタインのでっち上げだとは誰にも言えなくなるでしょう。確かにひどい悪党にちがいないが、けっして頭は悪くない。フェナーは彼を捕まえるつもりだし、それが正しいのかもしれないが、この事件に限ってはまちがいです。ミセス・ティモシーとクインシーを殺したのがコプスタインだとは、とても思えないのですよ――少なくとも、今はまだ」

ポンズがうなる。「うん、そうか。わたしもそう思う」そう言ってから、落ち着いた声で付け足す。「なんと言っても、すべての謎がもう解けてしまったものでな。朝食の後にじっくり考えていたのだが、きみがまだ気づいていないのが驚きだよ。火を見るより明らかだ。実を言えば、自分が気づくのに一時間半もかかったことにも驚いた……一旦わかってしまえば、あとはこんな雑誌を眺めるしかすることがなくなったのだ」

「何に気づいたんです、博士？」

「何って、連続殺人の犯人だよ、もちろん。一目瞭然だ、じっくり時間をかけて振り返ってみればな」

「なんと、なんと。それを自分だけの秘密にしておこうと言うんじゃないでしょうね？」

「そんなつもりはないよ。いや、真面目な話だが、マイケル、考えてみてくれ。最初の殺人のポイントはこういうことだ。凶器について考えれば、犯人は誰が見ても明らかだ。短剣はあの日の午後、博物館にあった。博物館はそれからずっと施錠されていた。ただし、クインシーかスプリンガーのいずれか、あるいはふたり揃って中にいる時間を除いてだ。ほかには誰も中に入らなかったし、入れなかった。となると、あの短剣でミセス・ティモシーを殺したのは、クインシーかスプリンガーのどちらかしかあり得ないが、クインシーには深刻な動機があり、スプリンガーには動機がない。

次に二番めの事件、クインシーの死だ。彼はもう一本の短剣で殺されたが、それは現場となった博物館に元々あったものだ。今回は誰が現場に凶器を持ち込んだかは謎ではない。クインシーの元へ駆けつけるのに、きみは銃でドアを壊さなければならなかったね。死んだクインシーのそばには誰もいなかった。ドアから出てきた者はいないし、ほかに部屋を出る方法はなかった。部屋には別のドアも、窓も天窓もない。つまり、彼が刺されたときには、ほかに誰もいなかったのだ。明らかにそうだろう？　本人しかいないときに刺されたということは、刺したのは本人しかいないということだ。クインシーは自殺したのだ。ティモシーを殺したものの、うまくごまかしきれなかった。彼にはもはや逃れる術《すべ》が残されていなかったのだ」

「ふーむ。そうだとしたら、寝室の時計は誰が進めておいたのでしょう、博士。その理由は？　ちなみに、ミセス・ティモシーを殺した件では、われわれはまだクインシーを追い詰めてはいませんでしたよ」

ポンズが言う。「まったく、それが何だ？　人はしばしば罪悪感を抱えた良心にさいなまれて、実際よりも近くまで追っ手が迫っていると思い込むものだ。状況をつい大げさにとらえて、自殺にまで及ぶこともある。それはきみが一番よく知っているはずだろう、まったく同じことがカッターの事件でもあったのだから。しかも今回は、たいして大げさでもなかった。きみは電話に出ようとしてわたしをミセス・ティモシーの寝室に残していったとき、明らかにクインシーを追求するつもりだった。彼には答えようがなかっただろうに。あの二千五百ドルの約束手形が動機だと疑われていると知って、短剣の件でも追い詰められるのは時間の問題だと悟ったのだろう。それ以来、いつきみが来るかとびくびくし通しだったのだ」

「時計はどうなるんです？」

「だから、時計がどうだと言うんだ！　時計の針が進められたのが、あの夜だとは限らないじゃないか。一週間前かもっと前に、メイドの誰かが時間をまちがえて合わせたのかもしれない。今回の事件と時計は無関係だ」

「ですが、誰かがあの時計の針をいじったのは、確かにあの夜なのですよ、博士。あの日の午後には合っていたんですから」

「仮にそうだとしても」ポンズは引き下がらなかった。「わたしが並べた証拠を見れば、クインシーがミセス・ティモシーを殺し、その後自殺したことは疑いようがないだろう。これ以上明らかなことがあるか」

ロードは譲ることにした。「確かにその理論には納得できる点が多いですね、われわれの入手した情報と照らし合わせても。事実、すべての要因を合理的に満たす、唯一の推理かもしれません。ですが、そうであっても、わたしは完全には納得できません。時計の件は、しっくりこない未解決事項のひとつです。第一、その推理を裏付ける証拠はありますか？　相手がコプスタインであれ誰であれ、単なる仮説に過ぎないものを事件の真相だと伝えるわけにはいかないのです」

「だがなマイケル、証拠は既知の情報から論理的な消去を重ねて出てくる。捜査で得た否定的な証拠によって誘導的に立証すると、クインシー以外の誰にも、どちらの事件においても、どちらの短剣も使うことができなかったことが示されるのだ。それ以上の証拠がほしいと言うのなら、この状況でどうやって手に入れるつもりか、わたしにはわからないね」

「理論は非常にいいと思うのです。すっきりしているし――少々すっきりし過ぎかもしれませんが。ですが、それが答えだと言いきるには、直接的な証拠の品をいくつか手に入れる必要があります。もっと深く突っ込んで調べるべきです。わたしはこういう事件から、果物を連想することがあります。一見すると外側はどれもまったく同じようにまるまるとして見えるでしょう。例えば、オレンジの皮などです。が、もう少し奥まで爪を突き立てて掘り下げれば皮の一部がはがれ、より複雑な構造の、甘い汁の詰まった部分に行き着く。今わたしが直面している問題は、手がかりが尽きてしまっているという点です。初めに皮のどこから掘り始めればいいのかがわからない。次に何を調べるべきか、まったく見えてこないのです」

「これからどんな手がかりが出てこようとも、すでにわかっている事実は変えられないぞ」

「ですが、解釈なら変わるかもしれません」

「クインシー以外には誰ひとりとして、ミセス・ティモシーの寝室に短剣を持ち込める人物はいなかった」ポンズはなおもしつこく言った。「しかも二件めの事件現場にほかに誰もいなかったということは、クインシー以外にクインシーを刺すことはできなかった……それでもまだどこかを掘り下げたいというのなら、わたしがしっくりこない点を教えてやろう。クインシーが自殺しようとしていたときにきみが出たあの電話、ラスは離れた食料庫から電話の音が聞こえたと言っていたが、わたしは聞こえるはずがないと思う。彼の話を聞いたときから何か変だと感じてはいたが、やはり考えれば考えるほどおかしい。どちらにせよ、それならはっきりさせることができる。たいした意味はないとは思うがね、事件の核心とは無関係なのだから。だが、確認してみれば案外面白いことがわかるかもしれない」

* * * * * * * * * * *

ロードとポンズを乗せた車がパーケットに近づくと、玄関の前に小さな車が駐めてあるのが見えた。ロードには見覚えがあったが、誰のものだったか思い出せないまま車を降り、開いた玄関ドアに向かって歩き出した。中に入ってすぐのところにドクター・アーリーが立っており、エリーシャ・スプリンガーと何やら話していた。

医者は少年のような笑みを浮かべてふたりを迎え、スプリンガーは会釈を残してお気に入りのサルコファガスの待つほうへ歩きだした。「こっち方面に往診の依頼がありましてね」アーリーが説明する。「ここへ寄れば、お会いできるんじゃないかと思ったのです。明日の朝、また検死審問が開かれるのですが、警視、当然ながらあなたにも証言をお願いします。召喚状は必要ですか？」

「要りませんよ」ロードは首を振った。「ずっと働きづめなんじゃないですか？」

「目の回る忙しさですよ」医者が認めた。「これから病院に戻ります。でも、洪水も引き始めてきましたし。混乱もじきに収まってくれるでしょう、そう願いたいものです。殺人事件の捜査は、何か進展がありましたか？」

「重要なものは特にありませんね、残念ながら。ポンズが推論を立てたのですが、まだ充分な裏付け証拠が集まっていません」

「そうなんですか。どういう推理ですか、ポンズ博士？」

ロードが繰り返す。「まだ裏付けできていない段階ですよ。自殺がらみです」

「ほう、自殺ですか？」アーリーがかすかに肩をすくめた。「なるほど、ああ、そうか。そうですね。それならすっきり説明がつく——証拠が揃ったら知らせてくださいますよね？……おっと、もう行かないと！　遅れてしまう。明日の朝またお目にかかりましょう、警視」

アーリーが出ていって間もなくポンズが玄関のドアを閉めていると、アーリーの車のセルモーターが回りだす音が聞こえてきた。

ロードは相棒とともに、早速電話を使った実験に取りかかった。エントランス・ホールの電話機から交換手を呼び出して名乗り、五分後にかけ直してくれるように頼んだ。それからポンズに、電話がかかったら普段どおりの声で出るようにと指示を残して、自分は地下へ降りていった。ダイニングルームと食料庫の間のスイングドアを入っていくと、ロードの知らない巡査とキッチンでコーヒーを飲んでいるラスを見つけた。どうやら警察はミセス・ティモシーの遺したコーヒーの在庫を飲み尽くすつもりらしいとロードは思った。ラスは動揺と睡眠不足ですっかり顔色が悪くやつれている。窓から差し込む鈍い光と、天井に一つだけついている電球の灯りが入り混じって当たり、疲れきった、ほとんど死人のような顔に見えた。

「昨夜きみが聞いたという電話の音だがね、ラス」ロードが言った。「そのときはどこにいた——ここかい？　ドアはどんな状態だった？」

「わたしがいたのは食料庫です、ミスター・ロード。ダイニングルームへつながるスイングドアは閉まっていました、今と同じように」ラスは驚いた顔でロードを見上げた。「それでもよく聞こえましたよ、あなたが話している声も」

「確認しているだけだよ。コーヒーを飲んでいてくれ。わたしはきみが電話を聞いたという食料庫に行ってみるから」ロードは食料庫に入って、奥まで続くテーブル付の戸棚にもたれて立った。ドア口の向こうに、キッチンの奥の壁にかかった時計が見えることが確認できた。

しばらく静寂が続き、たまにコーヒーカップが受け皿に当たる音が聞こえるぐらいだった。ロードが来るまで交わされていた会話が何であれ、彼がそばに立っていることですっかり雰囲気が沈んでしまったようだ。巡査の声がする。「そうだな、じゃあもう一杯もらおうかな、ありがとう」それから、ジリリリリというはっきりとしたベル音が三回鳴って、電話がかかってきたことを知らせた。

「少しの間、静かにしていてくれ」キッチンの男たちに忠告する。彼らはそれに従い、ロードは耳を澄ませた。ベルの音が止んでいるということは、今ごろポンズが応対しているはずだ。だが、ロードの耳には何も届かない。くぐもった声すら聞こえない。

ロードが呼ぶ。「来てくれ、ラス！」執事が入ってきて、ロードの隣に立った。「今、何か聞こえるか？　よく聞いて、何と言っているか、誰かの声がするか、わかったら教えてくれ」

ラスはかすかに首を片方に傾け、懸命に聞き耳を立てているのがよくわかった。が、無駄だった。

「何も聞こえません」ラスが認めた。「今、どなたか電話で話しているのですか？」

「ポンズ博士が話しているはずなんだ、それも昨夜のわたしよりもいくぶん大きな声で。それでも、きみには聞こえないんだな？」

「ええ、聞こえません。いったいどういうことでしょう。昨夜は、言葉や話の内容まではわかりませんでしたが、あなたの話し声ははっきり聞こえたんですよ」

「だが、お聞きのとおりだ」ロードが指摘した。「今は何も聞こえない」

執事が繰り返す。「いったいどういうことでしょう」

キッチンでは、制服姿の巡査が音を立てて椅子の脚を床に引きずって席を立ち、ドア口へやってきた。「この家はどこか変なんですよ。今聞こえたと思ったら、次の瞬間もう聞こえない。ぼくは六時から来てるんですが、ずっと物音が聞こえるんです。今もコーヒーを飲みに降りてくるとき、どこか背後で上の階から大きな音が四回聞こえましたよ。もう見にもいかなかったんですけどね。この四、五時間というもの、きしむ音とか、何かがぶつかる音とか、ほかにも音がするたびに家の中を走り回って、結局何ひとつ見つけられなかったんです。凶悪な犯罪者相手なら平気なぼくでも、この家にはさすがにまいっちまいますよ」

「〝オバケやら、幽霊やら、夜中にドスンと鳴る音やら〟（スコットランドに伝わる祈りの言葉より）というわけか？」ロードが微笑んだ。「わたしはまだお目にかかっていないがね」

「当たり前ですよ」巡査は、ぴかぴかに磨かれた食料庫の床に、下品に唾を吐いた。「そこが問題なんです。何も見えないんですから」

ロードが進言する。「何も見えないのなら、きっとそこには見るべきものがないのだ。そんなことで落ち込んじゃいけないよ、巡査」だが、ロードがダイニングルームのくすんだ光の中を通って、その奥のさらに薄暗いカクテル部屋に着くと、またもや例の気分が滅入りそうな、だが同時に何かを期待させるような空気にいやでも気づかされた。広くて風変わりなこの家に満ちている、あるいはこの家を源としている、あるいはまたこの家の一部でもある不思議な空気だ。すぐ頭上で足音が聞こえ、思わず飛び上がりそうになる。そうか、ポンズだ。だが一瞬、不可解な感情が胸を打ちたたき、かすかに奇異な香りを鼻孔に感じた。

ポンズが階段の上から尋ねてきた。「それで、どうだったかね?」

「あなたのおっしゃるとおりでしたよ、博士。呼び出しのベルは聞こえましたが、何を言っているのかも、博士の声自体も聞こえませんでした」

「ベルの音が聞こえたのも不思議なくらいだ、そんなところまで」

「でも、聞こえましたよ。確かに電話のベルだけは鳴ったものの、話し声はしませんでした。ラスも今回は聞こえなかったそうです。しかし、これはどういうことでしょう? あなたが言いだしたのですよ、博士。これで何が証明されたんです?」

「ラスが昨夜、きみの声を聞いていないということだ」ポンズが答えた。「それがどうしたって? わたしにわかるわけがない。掘り下げたいと言ったのはきみで、わたしはきみが小さなまちがいを見逃していると指摘したかっただけだ。それがクインシーの自殺に関係しているとは思えないが。だが、ここまで来たついでに、わたしも少し掘ってみてもかまわんだろう。スプリンガーと話をするから、ついて来てくれるかね？」

「もちろんですよ」ロードは大柄な心理学者の後について廊下を歩きつつも、彼の提案に戸惑っていたが、それよりも電話の件がまだ引っかかっていた。とは言え、博物館に入って、エジプト学者が低いテーブルで何やら熱心に書き物をしているのを見つけると、博士に対する戸惑いは消えた。ポンズが単刀直入に切りだした。

「あなたの意見を伺いたいのですがね、ミスター・スプリンガー。エベニーザー・クインシーはなぜ自殺したのだと思いますか？」

スプリンガーは文字で埋め尽くされた紙切れを脇に押しのけた。「いい加減に誘導的な質問はやめていただきたいものですね――特に、構造的に返答が不可能な質問は。その質問には答えられません、なぜなら彼は自殺していないからです」

「われわれは自殺だと考えていますが」

「何を考えようと、あなた方の自由です」相手は落ち着いた声で挑んできた。「それでも、彼は自殺などしていません。ベン・クインシーはほかの迷信深い人間同様に、死ぬという考えがちらりと頭をよぎるだけで、おびえて半狂乱になる男でした。あの男が自殺するだなんて、後生大事な〝魔法〟のパピルスにマッチで火をつけるのと同じくらいに、彼にとってはあり得ないことです。むしろ、火をつけるよりももっとあり得ない」

「あなたのまちがいでしょう」ポンズが力説する。「ほかには考えられないのですから」

これにはスプリンガーが断言した。「わたしはけっしてまちがってなどいません。クインシーのことは何年も見てきましたので、彼が自殺するというのがどれほどばかばかしい考えか、確信があります。彼にそんな勇気はありませんよ、絶対に。肉体的な痛みを伴う勇気となると、彼はウサギほどに臆病でしたから」

「それでも、どうにか勇気を奮い立たせたにちがいありません」

「どうして〝ちがいない〟とか〝ほかにはあり得ない〟としか言えないんです?」

「なぜなら、ロード警視が昨夜図書館に突入したとき、クインシー以外に誰も中にいなかったからです。部屋の中はすっかり調べ、その間も唯一の出入口には見張りがいました。それでも誰も見つからなかった。彼が刺されたときには誰もそばにいなかった、つまり自殺だったのです」

「彼が刺されたとき、どうしてそばに誰かいたとは考えられないのですか?」

「こういうことです。ドアは施錠されていた。ロードはドアを銃で撃って壊さなければならなかった。クインシーはロードが発見するほんの数分前に襲われた。仮にドアが開いていたとしても、クインシーが襲われていた時間にはロードが廊下の先で電話に出ていたのだから、誰も出てこられなかったはずだ。そして図書館の出入口はそのドアしかない」

スプリンガーは優越感に満ちた優しい笑みを浮かべて心理学者を見つめた。簡潔に言う。「いいえ、ドアだけじゃありませんよ。ついて来てください」

彼はふたりを続き部屋の図書館側へ案内し、開いたままの入口の手前で立ち止まって、その横にある可動式梯子の一つを指さした。「この部屋は一・五階分の高さがあります。ちょうど今ぐらいの位置でこの梯子をのぼった先に、二階の通路の端につながる小さな跳ね上げ戸があるのです。元は窓だったものを、改築業者が扉に作り替えたのです。最近は通っていませんが、誰もドアから出なかったと云々というあなたの話が本当だとすれば、クインシーを殺した犯人はそこからこの部屋を出たにちがいありません。ですが、もちろんあなた方もこの跳ね上げ戸のことはご存じのはずでしょう？　まさか、まだこの家の見取図を調べていなかったのですか？」

「なんですと！」ポンズが大声を上げる。「そんな馬鹿な！」ポンズは早くも、新情報を聞かされる科学者という、いつもの気楽な役回りに戻っていた。「それならわたしもまったく同感だよスプリンガー、それを示されては殺人でまちがいない。どうにも腑に落ちない点は、あの時計だけじゃなかったな、マイケル。思い出してくれ、わたしが二階の見取図について言った言葉を。時計、それに見取図。そしてこの出口だ。今すぐにその跳ね上げ戸を調べたほうがいい」

　すでにマイケルは梯子をのぼり始めていた。念のため直接触れないようにハンカチを持った片手を添えながらのぼっていく。梯子をのぼりきって本棚の最上段まで来ると、しばらく探してようやく扉の輪郭を示す羽目板の細い隙間を見つけた。扉の上方に小型の蝶番があり、下方に小さな輪がはめ込まれていたが、どちらも周りの壁の木材と同じ色のニスが塗ってある。床から見上げて探そうとしても、とても見つけられそうにない。輪の部分は小さ過ぎて、指紋採取は無理そうだ。ロードは指を入れて何度も引っ張ってみた。跳ね上げ戸はまったく動かない。

「どうやらくっついているようだ」梯子を降りてきたロードが言った。「裏の通路から、扉の反対側を調べてみよう」

　二階では、漆喰の壁の中に木の扉がはまっているのが難なく見つかった。ほかにも見つけたものがある。跳ね上げ戸の底辺の精巧な枠の近くに釘が打ち込まれ、扉が閉まったまま固定してあったのだ。斜め下へ打ち込まれた釘の頭は表面からほとんど出ていない。

　さらに、その釘の頭は光沢のある新品ではなく、古そうな錆がまだらについていた。

＊　＊　＊　＊　＊　＊　＊　＊　＊　＊　＊

ロードが車をゆっくりとハートフォードへ走らせたのは、その日の午後遅くなってからだった。どんよりとした空の下、陰鬱な通りを走り過ぎながら、すでに四度か五度同じことを考えていた。ひょっとすると、まったく見当はずれの捜査に無駄なエネルギーを注ごうとしているんじゃないだろうか。いや、そんなことはない。些細な、おそらくは無意味な点かも知れないが、疑いを残さないためにはっきりさせておかなければ。これまで関わってきた事件の中でも、どれほど小さなものであれ、すべての事実が完全に正しいことを明らかにするために、こうして些末な事柄まで調査し、さらに別方向から再調査するのがロードのやり方だった。そうした完璧なまでに正確なデータを追求することが、しばしばとまでは言えなくても、ときには成功の鍵となっており、ロードはそれを〝複式システム〟と名前までつけていた。帳簿の〝複式記入方式〟を使うことで、ほんの数セントの残高の誤差の陰に隠された何千ドルもの記入漏れをあばくように、重要とは思えない小さな事実に少しでも疑いがあるようなら、きちんと調べていくうちに不正確な事実がいくつもあぶり出され、いずれ問題の核心に迫ることもあるのだ。それは滅多にないことだったが、今回の事件ほどその作戦が大当たりしたこともなかった。

ロードは〈ニューイングランド・ベル電話会社〉のハートフォード支社へ向かっていた。クインシーが殺されかけていたときにかかってきた電話の正確な時刻を調べるためだ。

ラスは午後十一時十分だったと言っている。が、ラスの証言には疑いが出てきた。キッチンの時計で時刻を確かめたときに彼が聞いたという電話の音は、聞こえたはずがないと立証されたからだ。呼び出しのベルだけなら確かに聞こえただろう。だが、彼の証言はそうではない。ラスは、ベルの音と応対する声の両方を聞いたという証言を翻そうとしないが、それは事実とちがうのだ。事実でないとするなら、重大な鍵を握る時刻についても、ラスの証言を信用することができなくなる。ラスが自身の体験をいったいどうして勘ちがいしたのかは見当もつかないが、彼が混乱しているのは確実だ。聞こえたものが混乱しているなら、時計についてもそうかもしれない。

その時刻に関しては、何人かの腕時計の情報をすり合わせたし、ロード自身は誤った時刻を示していた寝室の時計から逆算した。だが、それでは不正確だ。ロードが望んでいるのは、電話がかかった瞬間に記録に残された正確な時刻であって、二十分も三十分も経ってからの推定ではない。電話を受けた時刻は、それだけ重要な情報なのだ。百秒以内の誤差で、クインシーが殺された時刻が割り出せるからだ。だからこそ、どれほどばかばかしく見えようと、彼は今〈ニューイングランド・ベル電話会社〉に向かっているのだ。

十分ほども黙り込んでいたロードが、助手席に控えめに座っている娘のほうを向いて初めて声をかけた。ロードがパーケットからウースター家に立ち寄ったとき、チャーミオン・ダニッシュが昼食に来ていた。彼がどこへ行くのかを聞き出したチャーミオンが言った。「ガードは出かけなきゃならないらしくて、わたしすっかり退屈なの。一緒に連れていってくださらない、マイク？　お願い」

ロードは露骨に嫌な顔をしてチャーミオンを見た。

「行きたい、行きたい」チャーミオンは口をとがらせて、ロードの態度への拒否と、ポンズの言うところの誘導との合わせ技に出た。

「わかった。ドライブだけだよ」

「ドライブも、電話会社も、全部ついていくわ。終わったらカクテルをごちそうしてね」何はともあれ、こうしてチャーミオンは助手席に座っていた。

「ああ、マイク、なんて素敵な車なの。こんな車でドライブできて最高だわ。シートもとても大きくて広いのね」チャーミオンはそう言いながら少しずつすり寄り、しまいにはロードの肩に彼女の肩が触れ、膝同士もくっついていた。「気をつけてマイク、運転中は前を向かなくちゃ。ああ、着いたのね。どこに駐めてくれてもいいわよ」

ロードは車を駐め、娘が降りるのに手を貸した。大きなビルに入って身分を明かすと、すんなりと支社長に面会できた。ロードを出迎えたミスター・ロジャー・ニュートンは疲れた様子ながら（この洪水で、ハートフォードの責任ある立場の人間なら誰でも同じ様相をしていた）、電話回線については最悪の状態を脱し、何週間ぶりかで少し時間が空いたところだと言った。チャーミオンを紹介すると驚いたらしく、口にこそ出さないものの、勤務中の刑事がそのような女性を伴ってくるとは思ってもいなかったのが一目瞭然だ。だが、彼の表情からは特に異論がないのも見てとれた。まだ若く、年齢はロードとそう変わらないようだ。

ロードが訪問の目的を説明した。「もし可能でしたら、昨夜の十一時から十一時三十分の間にパーケットにかかってきた電話の正確な時刻が知りたいのです」

「ああ、ティモシー家のことですね？　運がいいですよ、警視。自動ダイヤルシステムに移行後は、通常なら市内電話に関しては時刻の記録が残らなくなったのです。が、ミセス・ティモシーが亡くなった翌日に顧問弁護士が電話回線を休止したので――」

「そんな馬鹿な」ロードが口をはさむ。「その後も、わたし自身何度も電話をかけているのですよ」

「解約ではなく、単に休止しているだけです。つまり、その番号にかかってきた、あるいはその番号からかけた電話は、自動的に交換手に回されるのです。通常ですと交換手が出て、その回線は休止中だとご案内するのですが、警察に関わる電話の場合は当然ながらそのままつなぎます。あなたがかけた電話がつながったというのは、きっとそういう理由でしょう。ですが、ダイヤルをすると交換手が出たことにはお気づきになっていたでしょう？」

「そうでした。初めに交換手につながったときに驚いたのを思い出しましたよ。たいして気にも留めませんでしたが。相手につながりさえすればよかったので」

「お尋ねの休止回線の全通信記録を出してきましょう。記録の原本はウェスト・ハートフォード局にあります。秘書に電話で問い合わせてリストを作成させます。十五分か二十分でお渡しできるかと。それまで――どうでしょう、新しい自動システムの設備をご覧になりますか？　最新の設備を取りつけたばかりなんですよ」

「喜んで」チャーミオンがきっぱりと答えた。「どんな仕組みなのか、かねがね不思議だったの。見せていただけるの？　本当に？」

支社長が紳士然として答える。「こちらこそ喜んで――是非どうぞ」

チャーミオンが彼を見上げてにっこりと微笑む――と、ロジャー・ニュートンも微笑み返す――それから彼女のためにドアを開けた。ふたりをエレベーターに案内し、降りた先の長い廊下を通って、ようやく天井の高い部屋に着いた。そこには細長い円柱形の装置が所狭しと立ち並び、それぞれを縦に貫いている心棒が絶えず回転している。広い部屋じゅうに同じような装置が二百本以上も列を作って平行に並び、どこかの回線がつながったり、切れたり、またつなぎ直されたりするたびに、カチカチという音があちこちから規則も秩序もなく、絶え間ないおしゃべりをするようにあふれていた。

支社長はさっさとチャーミオンを部屋の隅に案内し、床から天井まで数えきれないほどの小さなワイヤーがびっしりと詰まった壁の前で、ようやくロードが追いついた。ニュートンが説明する。「これが、それぞれの発信用の回線です。ご家庭で電話の受話器を上げると、回路がつながります。その回線の電流がこのボードを通ってヒューズを通過し、次にここの一次セレクターの区域に入ります。一番上から入って、すでに使用中のセレクターを飛ばし、下へ進みながら空いたものを見つけます。この羽のような部品が作動すると、これで一次セレクターでの接続ができました」そう言って初めにロードが見たのと同じような円柱装置へ進み、円盤状のギアを手で動かして仕組みを説明した。「次に二次セレクターの区域へと入っていきますが、一次セレクターとほとんど変わりません。そこからさらに部屋の反対側にある三次セレクターへ進みます」説明を続けながら、支社長はふたりを連れてそれぞれの場所へと部屋の中を移動した。「そして、この時点ではまだ受話器から発信音すら聞こえていないのです」

チャーミオンが驚く。「なんですって！　でも受話器を上げたら、たいていすぐに発信音が聞こえるわ。ここで煙草を吸ってもかまわないかしら、ミスター・ニュートン？」彼女は煙草を唇にくわえ、火をつけてちょうだいとばかりに顔を少し傾けた。

支社長は〝駄目です〟と言いかけたものの、彼女の顔を見て「結構ですよ」と言った。さらに、マッチを擦って煙草の先に差し出す。「電気は、とても速いのですよ」と彼は説明を始めた。「ここまで流れてくるのに二秒か三秒しか——」手に持ったままだったマッチの炎が指先に届いた。彼はマッチを床に落とし、可愛い顔の中から自分に微笑みかけて見つめる茶色い瞳を、馬鹿みたいに突っ立って覗き込んでいた。かすかに頬を紅潮させると、突如として別の装置の列のほうを向いた。彼らの頭の上まで、そっくり同じ機械が何列も積み重なっている。

「ここでようやく発信音が聞こえてきます」焦ったように早口で言う。「電流は三次セレクターの区域から、この中の空いている装置を見つけて流れてきます。レジスターと呼ばれている機械です。これが全部使用中のときには、もちろん発信音は聞こえません。発信音が聞こえれば、ここまでつながっていて、やっとダイヤルができる状態になったというしるしなのです。

ハートフォードで市内電話をかけるときは、ご存じのように電話番号は五桁だけですよね。この装置の基幹部に円盤が五枚あるのが見えるでしょう。それぞれの円盤が、作動時間の長さによってちがう角度に回転できるのです。お使いの電話機のダイヤルを回したときにお気づきでしょうが、〝一〟をダイヤルするとあっという間に元の位置に戻り、〝ゼロ〟をダイヤルしたときには、戻るまでに一番長くかかりますよね。その間にあるほかの番号が戻るときも同様です。電話機のダイヤルが戻る時間と同じだけ、これらの円盤が順に作動するのです。ですから〝一〟をダイヤルすると円盤は少ししか回りませんが、〝ゼロ〟だとほとんどまる一周近く回り、ほかの番号もそれぞれ比例した角度の分だけ回転します。円盤が止まったところで接続が完了します。こうして、ダイヤルされた番号に対応してちがう接続の組み合わせができるのです。番号が五つとも接続されると、すべてがリセットされて次の番号を受ける準備態勢に入ります」

ロードは目の前の機械を通って次々と番号が接続されていくのを眺めていた。ここでようやく反論をさし挟んだ。「ですが、あの円盤のうち四枚しか動いていませんよ。五枚めが回転するところは一度も見ていません」

「それは市内の局番が一つしかないからです。どの番号も頭に同じ〝二〟がつくため、その部分は省略されているのです（ハートフォードから市外電話をかけるには、まだ交換手を通さなくてはなりませんのでね）。もしも将来別の局番で始まる電話番号を使うようになれば、五枚めの円盤まで使わなくてはならなくなりますし、一万のグループを追加しなくてはならなくなります」

「一万のグループですか」ロードはよくわからないまま尋ねた。

「とっても興味深いわ」チャーミオンは退屈し始めた様子だった。「それで、この灰はどうすればいいのかしら？」彼女は煙草を上に向けて立て、半インチほどの灰を不安定に載せていた。

「床に落としてくださって結構ですよ。ひょっとすると、あなたにはこの話はくど過ぎたかもしれませんね。ここまでにして、わたしのオフィスへ戻りましょうか？」

「あら、とんでもないわ、ミスター・ニュートン！　あなたのお話ってとっても素敵！」娘が巧みに作り上げた、太陽の光ほどにまぶしい笑みを投げかけたので、支社長は戸惑い、口ごもった。この女性が単に感情表現が大げさな性格なのか、自分は思いきりからかわれているのか、判別できずにいた。

　返事を迷っているうちに、ロードが静かに言葉を挟んだ。「わたしは説明の続きを伺いたいですね。仮想の世界でわれわれがかけようとしている電話は、どうやら道半ばで止まっているようなので。何でしたか、一万のグループという話でしたね？」

「グループ装置はあちらです」ニュートンは答えながら、レジスター装置のある場所から、最初に部屋に入ってきた辺りへと急いでふたりを連れていった。同性の人間と再び会話することに、ひどく安堵しているように見えた。「グループ装置は、かけた相手の電話番号を選択するための最終段階になります。

具体例を挙げてみましょう。仮に〝三七一八〟という番号をダイヤルしたとします。この順番で電話機のダイヤルを回さなければならないので、グループ装置もこの順番に作動されます。まず四つめのレジスターによって、千の位のグループ装置の〝三〟が作動します。この千のグループの〝三〟には（ほかのどの数字でも同じですが）当然ながら、百の位のグループ装置に接続するのに十通りの可能性があります。この場合には、ダイヤルの〝七〟に対応した三番めのレジスターの円盤によって、百のグループの〝七〟が選ばれます。これで〝三七〇〇〟となり、まだ最後の二桁を入れなければなりません。レジスターの二番めと一番めの円盤から同様に接続した後、デジット・グループへ戻ってきます。デジット・グループというのは、最初に見ていただいた発信者の回線から直接つながるセレクターと同じもので、必然的に、かけた相手に向けて出ていく回線も同じものになります。発信する側か、着信する側かはただ、どちら向きに接続されるかだけのちがいなのです。もしも〝三七一八〟番が電話をかけているのなら、そのときには発信信号となって初めのセレクターに入ります。反対に〝三七一八〟番宛てに電話をかけているのなら、その信号は装置を通ってデジット・グループ（つまり、初めのセレクター）に戻り、〝三七一八〟の回線を通って送信されます。〝三七一八〟の電話機のベルが鳴り、電話をかけようとしていた電話の受話器には、呼び出しているしるしに人工的な信号音が聞こえるはずです。あるいは、〝三七一八〟の回線がすでに使用中であれば、最終段階で接続は遮蔽され、電話をかけていた人物には従来どおり〝話し中〟の信号音が聞こえます」

説明が終わったと言いたげに、支社長は話すのをやめてロードの称賛を待っているようだった。ロードが言った。「原理は理解できたと思います。非常によくできていますね。ですが、まだわからないことがあります。かけた電話は絶えずここを通過しているわけですよね、何百本も。顧客に料金を請求するのに、どうやって記録を残すのですか？　まさかこちらでは無制限にかけられるわけではないのでしょう？」

「無制限だなんて、まさか」ニュートンが微笑んだ。「ですが、とても単純な仕組みがあるのです。こちらにある、すべての回線が初めのセレクターにつながっているこの部分ですが、それぞれに小さな箱がついているのが見えるでしょう。いずれかの回線から電話をかけ、相手に自動的に接続された瞬間に、この小さな箱に磁気回路がつながります。時間を測る簡単な装置もついていますので、回線が切れるまでの時間を記録します。それだけのことです。毎月二十五日にそれぞれの箱に表示されている通話の合計時間を確認して、それをもとに請求させていただいているのです」

「請求させていただいているのね、すごいわね」チャーミオンがぶつぶつ言う。短くなった煙草から、新しい煙草に火を移そうと、顔をしかめながら懸命になっているようだった。短いほうの煙草が床に落ち、その上に細くてなめらかな足首が伸びたかと思うと、思いきり踏みつけて火をもみ消した。チャーミオンはその冒瀆的な行動を支社長がどう受け止めるのか確認しようと、いたずらっぽい目で彼を見ていた。「請求までたどり着いたということは、これで終わりなのね。でも楽しかったわ」

ロードが訂正する。「まだ終わりじゃないよ、お嬢さん。訊きたいことがあと二点ほどあるんだ。いつの日かここで聞いたことが何かの役に立つかもしれないからね。交換局に入るのは初めてなんだ」

「あなたのおっしゃるとおりだわ、マイク」娘は礼儀正しく言った。「家に居間があったら、そしてその部屋の隅が空いていたら、そこにこんな機械を置くときが来るかもしれないものね――いつの日か」

　刑事はチャーミオンを非難するような目で睨み（チャーミオンは最高に素敵な笑顔を返してきたが）、支社長のほうを向いた。「では月末にこの箱さえ見れば、どの番号がひと月に何回電話をかけたかがわかるのですね？」

「いいえ」ニュートンが答えた。「それは直接にはわかりません。計算をして推定することはできますが、直接的には合算した通信時間しかわかりません。少ない回数かもしれないし、何度もかけたのかもしれない。この自動交換機は従来のシステムに比べて記録がほとんど残らないのです。だからこそ、ティモシー家の回線が休止になっていて運がよかったと申し上げたわけです。通話は交換手を通さなくてはならなかったので、時刻の記録が残っているはずなのです。この市内電話の交換機を使うと、必要なら計算によって、ある番号がある月に何回電話を使ったのかを割り出すことができるかもしれませんが、それだけです。その電話をかけたのが何日だったか、何週間前だったかさえわかりません」

「なるほど。そうだとしても、この装置はずいぶん複雑に見えるのですが。しょっちゅう回路がショートしたりしないんですか？　個人的には、機械の導入によって不要になる交換手の人数と同じぐらい、監視する修理工が必要になるんじゃないかと思いますが」

　ニュートンが言った。「いやいや、とんでもないですよ。これは相当に精巧な装置なのです。セレクターやグループがショートすることは非常にまれです。たしかに〝一一《イレブン》・一一《イレブン》ショート〟はときどき起きますが、回線がつながっている以上、われわれにはどうしようもありません。それは――」

「煙草の火が消えちゃったわ」チャーミオンが悲しそうに言う。

支社長は従順にまたマッチを擦った。火を差し出しつつも彼女から目をそらすことができないようだったが、彼女の視線が気まずいらしく、ロードに向かってしゃべり続けている。その間にチャーミオンが支社長の手を自分の指で包み込むようにして、煙草の先へ引き寄せた。

「何らかの局番をつけて〝一一一一《イレブン・イレブン》〟とダイヤルすると、かけてきた元の回線に戻す指示となります。ショートと呼んでいるのは、途中の装置のほとんどを迂回するからです。ただ、害はありません。もちろん、もしも回線自体がショートしたのなら――」

チャーミオンが大声をあげる。「大変！　またご自分の指先をやけどしちゃったのね。本当にごめんなさい」支社長が手を引っ込めようとすると、重ねて「待って、わたしに見せてちょうだい。お願いだから」と言いながら、自分がわざとやけどを負わせた指を握って、優しく撫でた。

「たいしたことはありませんから」ニュートンが小さくつぶやく。「なんともないですから……」彼は緊張した声で説明を続けた。[原注]「回線そのものがショートすると、ヒューズが飛びます。それなら簡単に修復できます。この部屋には技術者がひとりだけ、向こう側のデスクにいます。この設備全体を管理しているのは、常時ふたりだけなのです。もうひとりはあちらにいます。シャフトの調子を確認したり、必要に応じて油を挿したりします」

原注：前述の電話交換機は、International Telephone社使用の設備をもとに描写されている。American Telephone and Telegraph社の設備のほうが幾分複雑だが、動作の基本原理は似通っている。設備の説明においては、細部の正確性を省いて極端に簡素化してあるが、それは読者に必要以上の忍耐と不快感を強いることなく、あくまでも設備動作の核心部分をご理解いただくことを目的にし

ているためである。

ニュートンが空いたほうの手で指す方向にロードが目を向けると、技術者がひとりセレクターの中心のシャフトを一本一本確認しているのが見えた。機械の向こう側のドアが開き、雑務係の少年が紙切れを持ってこちらへ歩いてくるのが見えた。支社長は優しく握りしめられていた片手をようやく引き抜き、その紙を受け取った。チャーミオンめ、わざとからかっているんだな、とロードは思った。まったく。帰りにこの雌ギツネを懲らしめなくては。

「昨夜とおっしゃいましたか?」書類に目を通しながらニュートンが尋ねた。「ティモシー家の回線に、昨夜の十一時から十一時半の間に電話がかかってきた時刻をお尋ねでしたね?」

「そうです」

「しかし、該当するものはありませんよ」

「では、何時だったんです?」ロードが驚いて尋ねた。

「いえ、そういう意味ではなくて、そもそも——」ロードが否定するように首を振るのを見て、支社長が言った。「ちょっとこのままお待ちください、わたしが確認してまいりますので」ふたりを残して背の高い機械の立ち並ぶ奥へ姿を消した。

支社長は三分とかからずに戻ってきた。「交換台で、昨夜の担当だった交換手に直接話を聞いてきました。データも全部集めてあります。昨夜ティモシー家の回線は三度だけ使用されました。その三本とも、あなたがかけたものです。一本めは十一時三十分ちょうどにミスター・エリーシャ・スプリンガーの家に、次は十一時三十七分にドクター・トーマス・アーリーの診療所に、そして最後は十一時三十八分三十秒にウェスト・ハートフォード警察署にかけたものです。以上です」

「そんなはずはありません。わたし自身、かかってきた電話に二度も出たんですよ」

「どういう状況だったかはわかりませんが、これだけは言えます」ニュートンはきっぱりと言った。「絶対にこのデータにまちがいはありません。昨夜のうちにティモシー家の回線にかかってきた電話は、一本もないのです」

ロードの口が半開きになった。その顔の表情は、驚きから完全な混乱に変わっていた。

＊　＊　＊　＊　＊　＊　＊　＊　＊　＊　＊

車に戻るとロードが言った。「これから病院に行くよ。ドクター・アーリーと話がしたい」

一度チャーミオンに声をかけた以外はほとんど無言で車を走らせた。やがて、さりげなく尋ねてみた。「アーリーとは結婚するつもりかい?」

「さあね」彼女はさばさばと言った。「結婚するかもしれないと思っていたんだけど。でもわからないわ。ある出来事のせいで……」

ロードは彼女をちらりと見た。「教えてくれ、チャーミオン——真面目な話だ。アーリーは今回の殺人に関係していると思うかい?」

「まあ、そんな馬鹿な!」驚いた声に嘘はなかった。「もちろんそんなはずないわ、マイク。もしそういうことだったら、とっくにあなたに話しているわ。いいえ、殺人事件とは関係のないことなの」

「わたしには言いにくいことか?」

「そうね。これ以上は話せないわ。ただ——個人的な問題で、どんな犯罪とも関係がないってことだけよ」

やがて車は病院の敷地に到着し、ふたりは事務所でドクター・アーリーは病院内にいないと聞かされた。電話の謎がまだ頭に新しいロードは、ミセス・ティモシーが殺された夜のアーリーの行動をもう一度調べることにした。今回は医療スタッフのひとりの協力を得て、少しでも怪しいことはないかと注意を傾けながら話を聞いたものの、疑わしい点は何も見つからなかった。アーリーが病院に電話をかけて、死亡した患者のシモンズの家に救急車を要請した時刻が、午後十時五十六分と記録されており、それはロード自身がパーケットの電話でドクターと話をする約一分前という計算になる。しかも、アーリーが救急車を患者の家で出迎えて、病院まで一緒に乗って戻ったという証言も複数得られた。ロードは情報提供者に礼を述べ、車で待っていたチャーミオンの元へ戻った。

「またすれちがいになるかもしれないが」ロードが頑固に言う。「とにかくドクターの診療所へ行ってみよう。曲がるところで〝右〟か〝左〟とだけ指示してくれないか、お嬢さん《レディー》」

「わかったわ、ジェントルマン」チャーミオンは最高に澄ました顔で瞳をきらきらさせながら答えたが、すぐに真面目な顔つきに変わった。「トムは、本当にこの事件とは何の関係もないのよ、マイク」

彼は無言のうちにスピードを上げた。謎が深まれば深まるほど、この電話の一件ははっきりさせなければならないと思うようになった。電話会社によれば、あくまでもクインシーが殺されかけていた時刻に電話はかかって来なかったということだが、ロードはまちがいなく電話を受けたのだ。ミセス・ティモシーが〈イークィノックス調査会社〉に支払いをした件について、アーリーから報告を受けたじゃないか。自分自身の五感にはっきりと刻まれた記憶は疑いようがない。それに、その電話がどこからかかってきたかも疑う余地がない。アーリーは自分の診療所からかけてきていた。なぜなら、ロード本人がその後にかけ直してアーリーと話をしたからだ。ひょっとして、折り返しかけ直したあの電話がおかしかったのだろうか？　いや、そっちに関しては電話会社の記録にも、かけたという事実がきちんと残っている。そしてスプリンガーからの電話は、彼の家政婦によって時間が裏付けされている。

謎に満ちた難問は、このままではほぼ解明不可能だ。地下のキッチンで会った巡査の言葉が頭によみがえる。〝今聞こえたと思ったら、次の瞬間もう聞こえない〟それにラスもだ。ラスは聞こえたはずのない電話の声を聞いたと証言した。それは無理だと、どれほど証拠を突きつけられてもなお言い張っている。それは、こうして頑固に言い張っている自分と同じじゃないか。ロードはラスに聞こえるはずがないと言い、ニュートンはロードに聞こえるはずがないと言った。だが、ロードは聞いたのだ。では、ラスも電話の声を聞いたのだろうか？　いったい全体、どうなっているんだ？

これほどはっきりとした幻聴を引き起こす何らかの力があの家にはあるのか？　ベルの鳴る音、受話器を上げる音、それに続くさまざまな妄想のごとき感覚を、あの電話の機械から受けたと？　あそこは、実に奇妙な家だ（そしてスプリンガーは、実に奇妙な男だ――ついでにその言葉がロードの頭に浮かんだ）。博物館に漂っているあの香りが何か関係しているのだろうか。麻薬の中には幻覚を起こすものがあることは知っている。それに、幻覚というのは一種の夢のようなもので、どちらも被害者本人が投影した像に過ぎず、細かい点まで第三者と共有できるような客観的なイメージではない。仮に〝本物〟でなかったとしても、あの電話は単なる幻覚とは別ものだったことになる。

まさか、とマイケルは思った。〝砂時計のデモンストレーション〟か！　それまで流れ落ちていた砂が止まるのを、何人もの人が一斉に目撃したとクインシーは言っていた。彼はそれが幻覚ではなく、実際に砂が止まったのだと、そして彼自身離れた場所から砂を止めることができるとも言っていた。そのクインシーは死んだ。そしてスプリンガーは、彼本人によれば、そのような魔術を信じていない。だが、ほかにも信じている人間はいるだろう。クインシー以外にも何人か、そして中には頭のいい人物もいるにちがいない。クインシーという男は正直ではなかっただろうし、おそらくは臆病者だったのだろうが、そういう意味では頭はよかったはずだ。ロードは自分のことを〝柔軟な頭脳〟の持ち主だと自負してきた。では、クインシーの謎の死と同じように、説明のつかない不思議な現象が起きている可能性が現実にあると言えるのか？　電話はかかってきた。ラスはそれを聞いた。そしてロードは受け答えをした。だが、あの電話には普通ではない何かが、まちがいなくあった。

チャーミオンが言った。「さあ着いたわ、ジェントルマン。あそこよマイク、あの小さな家、左側の白い建物よ」

＊　＊　＊　＊　＊　＊　＊　＊　＊　＊　＊　＊

「やあ、アーリー、患者さんのいるところへ突然押しかけて申し訳ありません。チャーミオンも一緒ですが、実は捜査で来ているんです。どうしても急いで確かめたいことがあってね。あなたならきっと説明できるはずなのです」

アーリーの声には邪魔をされた不快感も、もちろん好戦的な態度もなかった。「わかりました、でもいったい何です？　殺人の件ですか？」

「昨夜あなたがかけてきた電話についてです。どこからかけてきたのか、正確に聞かせてもらえますか」

「すぐそこにある、わたしの席からですよ」医者は診察室の反対側にある大きなデスクを指さしたが、その上に電話機が載っていた。「でもまたどうしてですか？　そんなことはご存じでしょう」

「残念ながら、知っているとは言えないのです。それに、新しい自動ダイヤルのシステムでは、特定の回線から特定の発信があったかどうかは証明できないらしい」

「いえ、ご存じのはずですよ」アーリーは主張した。「あの直後にあなたもこの電話にかけてきて、わたしと話をしたじゃありませんか。よくよくご存じでしょうに」

ロードも認めた。「それはわかっています。それに、わたしがかけ直した電話については記録が残っているので、立証できます」

「それなら、それでいいのでは？」アーリーはすっかり戸惑っている様子だ。「ほかに何が知りたいんですか？　なぜその通話を立証しなければならないんです？」

「電話会社は、あなたがここからかけていないどころか、そもそも電話をかけてこなかったと証言しています。受信した記録がないと」

ドクター・アーリーは驚愕の表情を浮かべてから、にっこりと笑った。「そうですか、わたしに言えるのは、今の言葉で電話会社が嘘つきだとわかったということだけですね。だって、わたしがあなたに電話をかけたことも、何を話したかも、われわれはよく知っているんですよ。ほかの誰が何を言ったか知りませんが、それは否定できない事実でしょう」

チャーミオンが割って入る。「トム、思い出してちょうだい。あなたがゆうべパーケットに電話をかけたとき、回線がつながる前に交換手と話した？」

「そんなわけがないだろう。どうして交換手と？　わたしはただ、番号どおりにダイヤルを回して、呼び出し音を聞いて、じきに通話が始まったんだよ」

「それこそが」とロードが静かに言う。「あなたには不可能だったはずなのです」

そのとき初めてアーリーの返事に、少しばかりの腹立ちが混じって聞こえた。「失礼ですが、この状況を考えれば、この話自体がちょっと馬鹿げていやしませんか。こういうのはどうでしょう、ミスター・ロード。これ以上明白な事実を否定するような議論を続けるよりも、あそこの電話から、わたしが昨夜やったとおりにかけてみたらいかがです？　住所録でティモシー家の番号を調べて、ダイヤルを回して、どうなるかやってみてください。そのままつながる以外のことが起きたら、わたしは心の底から驚くでしょうね」

ロードが躊躇するのを見て、チャーミオンが不満そうに驚きの声をあげた。「どうしちゃったの、マイク！　それ以上に公正な手があるかしら？　電話に何かおかしなところがあるのなら、きっとトムのせいじゃないわ。あなたはトムを刑務所に入れようとしているようだけど」

「きみの言うとおりだ」ロードはしぶしぶ認めるように短く答え、アーリーの提案に応じることにした。ティモシー家の番号を電話の横にあった住所録で見つけ、普段どおりにダイヤルした。回したダイヤルが元の位置に戻るカチカチという音を聞き、数秒後に相手先を呼び出す断続的なブザー音が聞こえた。ほんの一瞬ほどで、すぐにブザー音が止まり、回線がつながって声がした。

「こちらミセス・ティモシーの自宅です。どなたとお話しになりますか？」

「あなたは誰ですか？」

「どなたとお話しになりたいのですか？」

「今話しているあなたとですよ。教えてください、この電話を受けるときに何か変わったことはありませんでしたか？」

「ははあ、やっと誰だかわかりましたよ、警視」まちがえようのない口調、エリーシャ・スプリンガーの声だ。「スプリンガーです。変わったことなど何もありませんでしたよ。あるはずがないでしょう。まさか、電話回線にかけられた魔法でも探ろうというわけじゃないでしょうね？」

「そのとおりですよ、ミスター・スプリンガー」

「なんとまあ」エジプト学者が大げさに心配そうなため息をつく。「ますます深刻になる一方ですね。すぐにでもあなたのご友人、ポンズ博士とお話しになることをお勧めしますよ。ポケットにブラウニーやら小さな巨人やらが入っていると言いだす前に、早めに手を打ったほうがいい。是非ポンズに相談なさい」

「ありがとうございます」ロードはできるだけそっけなく言った。「実のところ、なるべく早くあなたのアドバイスどおりにするつもりです……では」

＊　＊　＊　＊　＊　＊　＊　＊　＊　＊

その火曜日の夜、ロードは夕食の時間までにウースター家に戻らなかった。それどころか、友人の家に着いたのは午後十一時半過ぎで、チャーミオンをアーリーの診療所に残して出た後はずっと、退屈で緻密な情報収集（重要なものはほとんどなかった）を続けていた。殺人捜査の大部分はそうした作業なのだ。

ようやく帰ってくると、驚いたことにすでに全員が寝室へ引き上げた後だった。が、ポンズと一緒に泊まっている部屋の電気はついており、心理学者はまた雑誌を広げてベッドの上に寝ころび、窮屈そうに体の向きを変えようとしていた。ロードは服を脱いで放り出し、〈ピードモント〉に火をつけて下着の上にバスローブをまとった。

「誰かに会ってたのかね?」ポンズが雑誌を手近な椅子の上にどさりと投げて、低い声で言った。

「ええ。電話の件で。はっきりとけりをつけようと思ったのですが」

さらに問いたげな友人の表情に応えて、ロードはその午後ミスター・ロジャー・ニュートンと交わした会話や、その後アーリーの診療所に行って、前夜アーリーがダイヤルしたというやり方で診察室の電話機を使って再現したら、ちゃんとパーケットに電話がかかったという話を一気に説明した。ポンズは低い声で「そりゃそうだろう」というようなことをつぶやいたが、ロードは首を振って「ちょっと待ってください。まだ話は終わっていないのです」と言った。

「その後で今夜また電話会社へ行ったのです」ロードが話を続ける。「もう一度ニュートンを捕まえて、この件をできるだけ詳しく調べてみました。

アーリーはパーケットにいるわたしに、重要なタイミングで二度電話をかけています。それからスプリンガーも一度。アーリーからの最初の電話は、ミセス・ティモシーが殺害される直前、もしくは直後にかかってきたのを覚えていらっしゃるでしょう。彼の患者だったシモンズの家からの電話です。ほぼ同時に、救急車を要請するためにシモンズの家から病院にも電話をかけたと彼は言っています。そして病院もそれを立証している。土曜日の午後十時五十四分か五十五分にアーリーから電話があったと、病院の記録に残っているからです。

ところがです、驚かないでくださいよ、博士。電話会社は、昨夜アーリーがパーケットに電話をかけたはずがないと主張するのと同様に、彼が土曜日の夜にかけた電話を二本とも否定しているのです。彼らの主張する根拠は、パーケットの回線の件とは多少ちがうにせよ、結論は同じことです。

昨夜に関しては、ティモシー家の電話回線が休止状態にあったので、すべての通信は一旦交換手を介するはずなのですが、パーケットから外へかけたものしか記録にないとのことでした。つまり電話は一度もかかってこなかったと否定する根拠は、交換手の証言にかかっているわけです。

一方、ミセス・ティモシーが殺された土曜日の夜は、電話回線は通常の状態でしたから、そのような確認はできません。電話の着信記録は残らないのです。ただ、シモンズ家の回線も通常の状態でしたから、発信電話の通話時間は自動的に累計されます。毎月二十五日に――土曜日がちょうど二十五日だったのですが――その記録を表示した小さな箱を確認することになっています。すべての箱の数値の確認および記録作業は、午後四時半ごろに完了しました。シモンズ家の回線は、その月の利用時間を記録した後――つまり土曜日の午後四時半以降、一度も発信がないとのことです」

「ふむ」ポンズが尋ねた。「その記録箱だか何だかは、まちがいなく正常に機能しているのかね?」

「電話会社はそう言っています。この結果を見れば、もちろん数値を記録した後に壊れた可能性はありますが、実験してみたところきちんと作動したとのことでした。ですから、表面的に見れば、ドクター・アーリーの証言の信憑性に少しばかり翳りが出てきたわけです。

それでも、コインの裏側も合わせて考えなくてはなりません。アーリーは土曜日に、パーケットにいるわたしに電話をかけたと言っている。わたしは確実に通常の電話回線で彼と話をしている。その回線には細工された跡もなければ、家の中でも外でも誤作動や異常な接続をした形跡もない。電話会社の作業員にあの家の回線を点検してもらったのです。アーリーは病院に電話をかけたと言い、病院にはその記録が残っている。同様に、アーリーがその夜確実に患者の家にいたことは、病院と救急車のスタッフが疑いの余地なく証言している。また、彼は昨夜パーケットにいたわたしに電話をかけたと言っていますが、それもまちがいありません。彼は診療所からかけたと主張し、わたしがすぐに診療所にかけ直したときには、彼はそこにいて電話に出た。わたしがかけたほうの電話は電話会社にも記録が残っている。これらが示す矛盾には、何らかの説明が成り立つはずなのです」

「もちろん、そうだろうとも」ポンズが同意した。「どうもアーリーは電話会社に超一級の呪いをかけたようだね。だが結論を出す前に教えてくれないか、マイケル。今日、きみ自身の手でアーリーの診療所からパーケットに、その休止回線を経由して電話をかけてみたら、直接つながったと言ったね。それについて、ニュートンは何と言っている?」

「そうです、パーケットに電話をかけたらスプリンガーが出たのです。ニュートンによれば、その電話の記録も残っていない、ゆえに、そんな電話をかけられるはずがないそうですよ」

「だが、かけたのだろう?」

「ええ、まちがいなく」

「何らかの証拠や考えは提示されなかったのか?」

「アーリーは電話会社を嘘つき呼ばわりしていますし、チャーミオンはニュートンの頭がおかしいのだという新説を唱えていますよ」

「頭がおかしいという意見は」とポンズが冷静に言う。「そうかもしれないし、そうでないかもしれない。ただ、はっきりと——ところでマイケル、きみ自身はどういう結論に達したんだね？」

「休止状態の回線において、電話の着信もしくは発信があった際には電話局でそれを報せるライトが点滅し、交換手が点滅の理由を調べるためにその電話に出て、必要なら手動で回線をつなぐのだそうです。パーケットから発信された電話に関してはこの手順を踏み、すべて記録されています。昨夜のアーリーからの着信と、今日の午後にわたしがかけた電話について論理的に推理すれば、パーケットの回線に外からかかってくるときだけライトの点滅がうまく作動しなかったか——電話会社は否定していましたが——もしくは、交換手がライトを見落としたか。人間は機械よりもミスをする可能性がありますからね。実のところ、電話会社は洪水のために緊急体制を敷いており、通常の人員ほどには経験を積んでいない臨時の交換手を招集しているのです。土曜日の夜の電話に関しては、ニュートンの主張には反しますが、記録箱に何かしらの誤作動があったと推測することしかできません。アーリーの居場所について、病院の証言を疑うのは不可能です。彼からの電話に出たわたし自身のことも、疑うわけにはいかない。博士もそう思われるでしょう？」

「おそらくな」ポンズが認めた。「ということは、ずいぶん時間をかけた挙句に行き止まりにぶつかったわけだな。まあ、そういうものだということはこれまできみが関わってきた事件から身をもって知ってはいたが。それにしても、パーケットの電話はどうもおかしな状況にあるようだね。昨夜の電話が執事に聞こえるはずがなかったのはまちがいないのに、彼は聞こえたと言っている。正直に言うと、マイケル、どうにも解せないのだよ」

「ラスは聞こえたと言い、あなたは彼には聞こえなかったはずだと言う。わたしは電話を受けたと言い、ニュートンはそんなはずはないと言う……ところで博士、パーケットには本当に何かしら不可思議なものがあるのでしょうか、それとも単なるわたしの思い過ごしでしょうか?」

心理学者は何も言わず、そのままじっと考え込んでしまったので、答える気がないのではないかとロードは疑い始めていた。ようやくポンズが宣言した。「あるとも、マイケル。あの家には実に不可思議なものがある。わたしも昨夜それをはっきりと感じたし、あそこに常駐している巡査たちも感じていた。当然ながら問題は、あの家の何がそんなに不可思議なのか、という点に尽きる。まず挙げるなら、多感覚的印象の異常な組み合わせ、それに加えてあの博物館の遺物に誘発されるあまたの連想じゃなかろうか」

「解明とは程遠いですね」

「確かに大ざっぱ過ぎるな」ポンズが認めた。「もう少し具体的に狭められないか考えてみよう。そもそも建物の設計自体が奇怪だ。曲がりくねった狭い通路だらけで――しかも驚くことに、まったく窓のない寝室がいくつもあるのだぞ!――そんな家を意図的に建てようとする人物がいるとはとても思えない。少なくとも、普通に暮らす家を建てる目的では考えられない。もちろん、あの構造は数度にわたる増改築の結果だということはわかっている。おそらく初めはガスを引くため、次に電気、次に灯油の暖房システム、それにあの博物館というように後から建て増ししたり、改修したりした結果だな。そうだとしても、それはよくよく考えればおかしいと気づくことであって、あの家にいると、考えるまでもなく常に奇異な気分がするのだ。説明しようとしても曖昧な答えしか出せず、きちんと解明できないところに、不可解と思わせる要因の一つがある。

さらには、〈パーケット〉などという、なんともちぐはぐな名前だ。必然的に〝元気潑剌《パーキー》〟という言葉を連想させられるが、あの陰鬱で入り組んだ古い家には元気なところなどまったくない。

博物館にはミイラが——つまりは死体が——ごろごろしている。それも異質な文明の断片とか、われわれには解明できない構造や真の目的の秘められた建造物の模型などとともに。そのような部屋は、中に収納されているものだけでも充分奇怪に感じるものだが、きみが聞いてきた情報によれば、それだけではないらしい。亡きシメオン・ティモシーが推測に基づいて設計を模したあの部屋は、明らかに生理学上な影響を及ぼす装置——たとえば、あの香りをつける装置——が意図的に取り付けられていた。あの博物館が邸全体をも同じ暗い雰囲気にさせている。あの建物の雰囲気は、博物館が握っているのだ。

これらのことは個別でならたいした影響を及ぼさないだろうが、全部が組み合わさることで、あの雰囲気を感じない人間はまずいないだろう。きしみ音がいくつか聞こえただけで歩いている足音だと思い込んだり、自然な音をことさら大げさに受けとめたり、そんな反応をするのも当然かもしれない」

「そうですね」ロードが言葉を挟む。「しかし、そんな程度ではないんですよ。ラスは足音を聞いたわけじゃない、電話のベルを聞いたのです。それとわたしの話し声も……ちょっと検討してみましょう。実際にベルの音を聞いた後、当然それに続くはずだという思い込みから、応対するわたしの声を想像したと考えられますか?」

ポンズ博士が言った。「彼にはベルも聞こえなかったはずだ」

「実験したとき、当時彼がいたという食料庫でわたしにもベルが聞こえましたよ。ああ、なんてことだ! すでにわたしにはあの家で聞いたものが、本当に聞こえたのか、生理的な幻聴を起こしていたのか、あるいは幻聴を妄想していたのか、まるでわからなくなっている。あの〝砂時計のデモンストレーション〟が頭から離れないんです。あれが関係していると思われますか？」

「そうだな」ポンズは片肘に体重を載せて上体を起こし、友人に真剣なまなざしを向けた。「あると思う。〝魔法〟などという幻想的な呼び方はしたくないが、似たような実験なら見たことがある。ただし、機械時計を使ったものだが。実は、わたし自身もその方面で一定の実績を上げたことがあるのだ。すっぱり辞めたがね。どうも自分に望ましくない影響がある気がしたのだ。それに今は、正統派の科学による研究のほうが重要だと信じているのでね。だが、まったくの戯言ではないのだよ。確かにそういう結果は引き起こせるのだ」

　びっくりした表情を見せたロードは、実際に心底驚いていた。曖昧だった自分の憶測が、これほどはっきり肯定されるとは。「ですが、それが本当だとすれば、どれほどの可能性が広がるかおわかりですか、博士？　仮に重力の影響が――」

「わたしの体験から言えば、限界はある」ポンズが言った。「それも、きみが考えるよりずっと狭い範囲で。わたしだって物質的な裏付けもなしに、博物館にあった短剣が空中を飛んで家の反対側にいる人間の喉に突き刺さるなどとはとても認められない」

「それを聞いて安心しましたよ、博士。ですが、あくまでも現代的な殺人犯の犯行だと考えると、非常に難解な問題が出てくるのです。たとえば、逃走経路を考えてみてください。ミセス・ティモシーが刺された件では、犯人が逃げられた可能性のある唯一の経路――したがって、犯人がきっととったはずの経路は、予備の寝室を通り、そこにつながるバスルームから隣の寝室を抜けて、奥の廊下から裏階段を降りる道です。あの夜、わたしが博物館へ続く通路から気配を感じたのはそのせいかもしれません。もちろん犯人はその裏を通っただけで、通路にはいなかったのでしょうが。それから地下の貯蔵庫を通り抜けて、ラスたちがキッチンにいる間にダイニングルームの一方のドアから外へ出た。グラントがダイニングルームから誰かが走って出ていくのをちらりと見たという話ともぴったり合います。ついでに言いますが、犯人はどうしてミセス・ティモシーの寝室にあった電話のコードを切ったのでしょうね？　また、クインシー殺害には、さらに大きな謎が待っています。犯人はいったいどうやって逃げたのか？」

「それは考えてある」ポンズは満足そうに宣言した。「この件でも、やはり逃げ道は一つしか考えられない以上、犯人はそこを通ったはずだ。犯人逃走中の邸内の状況はこうだ。博物館のドアの前の通路には、きみがいる。わたしはミセス・ティモシーの寝室にいて、巡査のマーティロは銃声が聞こえたほうへ正面階段を駆け降りている。ラスはキッチンか食料庫だ。次に、犯人が逃走した直後には、状況はこうなる。ダイニングルームのドアの一つを除いて、家じゅうのすべてのドアも窓もロックされている。地下の貯蔵庫からダイニングルームや食料庫へ出るドアもすべて、貯蔵庫の外側から閂がかかっている。

ここまではいいな。さて、犯人は博物館から梯子をのぼり、跳ね上げ戸を通って、二階の裏の通路に出る。そこからはおそらく脱いだ靴を手に持って静かに通路を通り、正面階段を地下のダイニングルームまで降りることはできる。マーティロがきみのところへ駆けつけ、わたしはまだ二階の寝室にいて、ラスが地下のキッチンにいる間にな。

だが、これではあまりにリスクが大きく、運に頼り過ぎている」心理学者の話は続く。「むしろ、きみとマーティロが博物館に入った後、犯人は裏の階段を貯蔵庫まで降りた可能性のほうが高いだろう。それには、犯人の逃亡時に貯蔵庫のドアが開いている必要がある――そして、その時点で開いていなかったという証拠はない。地下貯蔵庫を通り抜けてダイニングルームに付属したコーヒー部屋に入る。そのときラスがすでにダイニングルームの階段に立っていたのなら、すぐに貯蔵庫に取って返してしばらく様子を見ていたのかもしれない。きみがラスを上に呼び、犯人は再度コーヒー部屋に入った後で、それまで開いていた貯蔵庫のドアに外から閂をかける。そしてダイニングルームの片方のドアのロックを外して逃げたのだ。その一連の流れだと、リスクは非常に小さくなる。冷静な神経と、抜群のタイミングさえあればいい。証明終了《QED》だ」

「何が〝証明終了《クオド・エラト・デモンストランダム》〟ですか。〝証明未了《クオド・ノン・エスト・デモンストランダム》〟ですよ。なるほど、今の推論によれば、クインシーが殺される前に博士とマーティロが聞いた物音は、犯人が博物館のドアを勢いよく閉めて中からロックをする音だったと納得できます。ではいつ、どうやってミセス・ティモシーの寝室で時計の針を進ませ、二階の見取図だけ盗んでいったのか？　まあ、その答えも大体わかっています。博士とわたしがパーケットに到着する直前、巡査がおあつらえ向きに二階の寝室のドアとデスクの鍵を開けたままにして地下のキッチンへコーヒーを飲みに降りていったときです。当然犯人は、わたしたちがパーケットに到着するよりも前に、われわれと同じ側のダイニングルームのドアから入り、食料庫の横をこっそり通って地下貯蔵庫に入ったと考えられますね。われわれが来たときには、ラスがまだダイニングルームのドアをロックしていなかったのを覚えておいでですから。こうやって考えると、この家の構造をよく知っている人物を示唆しているようですが、関係者の全員がこの家に精通していますからね。ウースター夫妻、ラス、チャーミオン、スプリンガー、アーリー。あのコプスタインでさえ、かつてはミセス・ティモシーと強い連携を築いていたとすればきっと頻繁に家に出入りしたでしょう。

ですが、二件めの殺人に関しては、あなたの説にはほころびがありますよ、博士。非常に深刻なほころびが。いずれは解明できるかもしれませんが、今はまだ越えられずにいる。一番初めの部分です。博物館の梯子をのぼった犯人が、どうやって釘打ちされた跳ね上げ戸を通れたのか？　しかも博物館とは反対側から打ってあった釘は真新しいものではなく、錆だらけになるほど長い間その状態にあったのですよ？　あそこを通れるのは魔術師ぐらいのものです。ですが逆に言うと、あそこを通らなかったとすれば、博士の立てた推理は崩壊し、さらに不可解な魔術に直面します。物質的な殺人事件ではなかったことになってしまいますからね」

「今はまだそのなぞなぞの答えは見つかっていないとしてもだ」ポンズが頑固に主張する。「わたしは魔術など信じない。あの邸が人体にもたらす影響は認める。あらゆる感覚器官に軽い幻覚を起こすことなど簡単にできるだろう。カーナヴォン卿（本名ジョージ・ハーバート。一八六六〜一九二三。イギリスのエジプト考古学者。ツタンカーメン王墓の開封に関わったことから、彼の死が呪いによるものではないかと憶測を呼んだ）の謎の死については知っているし、何千年も前から古代エジプトに伝わる謎めいた警告との関連を疑わせる死亡事例がほかにあるとも聞いている。クインシーもおそらくその類の話を信じたのだろうが、ここで大事なのは彼がそれを信じたということだ。わたしはと言えば、スプリンガーのミイラ棺の中にいる死んだ男の亡霊にクインシーが殺されたなどとは、まったく信じていないのだ」

ロードが残念そうに微笑む。「そんなものを信じざるを得なくなったら、確かに大いに落胆しますね。ですが、これまでに話し合ってきた問題点を抜きにしても、この事件でわずかなりとも疑いをかけられている人物の全員に、非の打ちどころのない典型的なアリバイがあるのです。それをリストにまとめてみました。わたし自身が混乱しないようにと思って。きちんと整理して一目でわかるようになっていますが、ご覧になりますか？」

「見せてくれ」ポンズは大きなうめき声をあげながら起き上がってベッドに座った。差し出された紙を受け取り、じっくり目を通す。

ミセス・ティモシー殺人事件

		裏付けとなるもの
ガード・ウースター	客間にてコンサート鑑賞	複数の目撃者
チャーミオン・ダニッシュ	ミセス・ティモシーのバスルームにてうがい	証拠
グラント・ウースター	キッチンにてラスと会話	ラス
ラス	キッチンにてウースターと会話	ウースター
ドクター・アーリー	数マイル離れたシモンズ家	ロード、病院
コプスタイン	フェニックス・クラブにてポーカー	目撃者

ギルバート・ラッセル	客間にてコンサート鑑賞	複数の目撃者
運転手	洪水のためイースト・ハートフォードに足止め	証拠
エリーシャ・スプリンガー	博物館にてクインシーと同席	クインシー

エベニーザー・クインシー殺人事件

		裏付けとなるもの
ガード・ウースター	自宅にてコントラクト・ブリッジ	複数の目撃者
チャーミオン・ダニッシュ	ガードとコントラクト・ブリッジ	複数の目撃者
グラント・ウースター	ガードとチャーミオンとコントラクト・ブリッジ	複数の目撃者

ラス	地下キッチン	証拠
ドクター・アーリー	自身の診療所	ロード
コプスタイン	ボストン	ロード
ギルバート・ラッセル	自宅	使用人
運転手	洪水のためイースト・ハートフォードに足止め	証拠
エリーシャ・スプリンガー	自宅からパーケットへ徒歩で移動中	使用人

ロードは新しい煙草に火をつけ、いらいらと部屋の中を歩き始めた。しばらくしてからポンズのベッドで隣に腰を下ろした。「一番完璧そうに見えるアリバイが、一番怪しいと言われているのはご存じでしょう。どうです、この中で完璧そうなものを一つ選んでみてくれませんか？」ロードが挑むように言う。

「うーむ、なるほど」ポンズが考え込むように自分の鼻を引っ張る。「どれもなかなかしっかりしていて、甲乙つけがたい。だが、さてさてどうだろう。どうしてもひとりだけ選べと言うのであれば、ガードだな。絶対に崩すことはできない、なにせ一件めはわたし自身が目撃者だからな。二番めに選ぶならグラント・ウースターだと思うが、きみ自身もどちらの事件でもアーリーの裏付け証人になっているし、二件めのコプスタインについてもそうだ……疑問だな、マイケル。この視点から推理することで、何かがわかるとは思えないぞ。この中の誰であれ、事件発生時に現場にいたとは想像できないのだ」

「まさに、おっしゃるとおりですよ。今のところどちらの事件でもアーリーのアリバイを崩せずにいます。ほかの者たちのアリバイについても、崩せないか試してみなければなりません。もしそれが崩せなければ、その人には無理だったということです。ですが、全員がそうだとしたら、どんな可能性が残るかおわかりでしょう？　途方もない何か、考えたくもない何かが――」

そこまで言いかけたところで、ドアベルが大きく執拗に鳴り響くのに驚いてロードは言葉を切った。

「たいへんだ。今のでガードとグラントが目を覚まさなきゃいいが」ロードが大急ぎで部屋を出た後に、階段を駆け足で降りていく足音がポンズの耳に聞こえた。

ロードが戻ってくるまでしばらくかかった。ポンズはベッドに寝そべって、いったい友人は何をしているのか、こんな時間にベルを鳴らしたのは誰なのかと考えていた。少々不安になりかけていたところへ、ロードが上機嫌で戻ってきた。

「朗報です。フェナーのところの捜査官はたいした働き者ですよ。今月初めにチャーミオンを尾行していたという私立探偵は実在したのです。ここからが重要なところです。これを見てください、博士」ロードが、丁寧かつ正確に切断された木片を差し出す。「博物館の跳ね上げ戸の扉の内側半分を切り取ったものです。釘が打ち込まれた角度がわかるように。よくここまで器用に切れたものですね」

ポンズは木片を受け取り、すぐにはどんな意味があるかわからないまま観察した。ベッドの上の灯りに照らされて、白木の木目がはっきり見えている。打ち込まれていた釘穴の半分を切り取ってきたらしく、穴の溝には錆がこすれて汚れた跡が残っている。釘が斜めに打ち込まれていたため、木片の一部はえぐれたようにすっぽりと空いて、そこだけ窪んでいるのが見える。

ロードが満足した声で付け加える。「これで大きな障害物の一つは飛び越えることができましたね」

SFDW SRSW　シェフェドゥ・セレスー

第六の書　光の中の真実

「証拠はすべて揃った」マイケルは言った。「いや、すべてとは言えないな。これが裁判なら証拠不充分だろうからね。だが、犯人の正体を暴くには充分だ」

ウースターは首を振り、信じられないとばかりに強く迫った。「つまりこう言いたいのかマイク。きみには二つの殺人を犯した人物が誰だかわかっていると?」

「いいや、悔しいが、それはわからない。ただ、事件解決のある段階に入ったことは、これまでの経験上はっきりとわかる。これ以上情報や手がかりを求めて走り回る必要はなくなった。すでに誰が犯人かを示すものは充分揃っているし、犯人の正体さえわかれば、残った謎を解くのは容易なはずだ。今は足じゃなく、頭を使うときなのだ」

彼らはダウンタウンで、営業している数少ないレストランに座っていた。洪水の水位は最高潮を過ぎたらしく徐々に引き始めていたものの、今も州兵が町を巡回し、タンクローリーのタイヤを路面に轟かせながら、自分たちだけでなく住民のための水や必需品を配給して回っていた。秩序の乱れは収まってはいないものの、通常に戻りつつある気配が見えていた。そのレストランも混んでいた。ふたりが人目を避けるように座った一番奥のブース席は、混み合った昼食時《どき》のざわめきの中にあり、誰かに会話を聞かれる心配はなさそうだった。脱いだコートを積み上げたバリケードに隠れ、できるだけブース席の奥へ引っ込むようにしてロードとグラントと向かい合わせに座り、大きな音を立ててスープを飲んでいるのは、地方検事局の捜査官のシュルツだ。見るからに困惑顔のシュルツを前にして、ロードが話をしているところだった。「われわれはこれまで周辺人物に注目してこなかった」

「誰にだって？」ウースターが尋ねた。「ああ、なるほどわかった。つまり、一見して目立たない連中ということだな。たとえばおれとか。ただ今入ったニュースによりますと、死刑囚が大量のマティーニを飲んだとのことです」そう言って実際に飲んでみせた。「ああ、そうだよ、そのとおり。コンサートが気に入らなかったんでティモシーを、墓泥棒が嫌いだから墓泥棒のクインシーを、このおれがぶっ殺《バンプ・オフ》したんだよ。そういうことにすればいいさ」

「きみを大悪党と呼ぶなら、ほかにも同じぐらい怪しいのがいるよ、グラント。たとえば運転手、それに弁護士のギルバート・ラッセルもだ」

　シュルツが食べ物を口に詰め込む合間に言葉を放り込む。「運転手はシロだ。どれだけ頑張ったって、規制線を越えて町を突っ切ることはできなかったはずだ。おれがどうにか運転手と話ができたのも、電話を通じてだけだ。弁護士についても調べ回ってはいるが、何を見つけりゃいいのかがよくわからねえ。いったいやつの何が怪しいと踏んでるんだ？」

「いや、ミセス・ティモシーは近々遺書を書き換えるつもりだったらしいから、そうだとすれば、彼女を除いてそのことを知っていたのは世界中でたったひとり、ラッセルだけなのでね。もちろん、弁護士なら彼女の資産管理をする立場を悪用していた可能性もある。彼女が小切手を現金化して引き出していた大金については、ずいぶんと薄っぺらな説明をしていたしね。彼によれば、金は跡形もなく消えたらしい」

「調べちゃいるがな」シュルツが不満そうに言う。「ああいうひねくれたジジイはしっぽを摑みにくいんだ。隙を見せねえからな。ただし、現金の引き出しとなると話は別だ。ぷんぷん臭うんで追っかける価値はありそうなものだが、今のところ何も出てこねえ。調査は続けるけどな。どこかであの〝チャーミング〟ダニッシュともつながるかもしれねえ。一周回って、結局あの娘だったたって話に戻ったら面白いだろうな」

グラントが大きな音をたててグラスをテーブルに置き、シュルツのほうを向いた。「馬鹿言うな！もっと酒を飲めば、そんな虚言《そらごと》は言わなくなるだろう。ところで、マイク」いたずらっぽく尋ねる。「もうひとりの墓泥棒のことはどう思う？　おれの見たところ、スプリンガーほど頭の切れる男は滅多にいないな」

「確かに滅多にはいないタイプだ。頭もいい。それはわたしも認めるが、いや驚いたね、きみがそれほどエリーシャ・スプリンガーを高く評価しているとは知らなかったよ。彼の美徳がそこまではっきりと見え始めたのは、いったいいつからだ？」

「あの最初の夜、バーグマンに自分の意見を説明していたときからだよ」ウースターが大真面目に答える。「科学のいんちきをあれほどあっさり見抜くとは、いやはや頭がいい。自分にとって邪魔になった人間をふたりぶっ殺《バンプ・オフ》してしまえるほど、実に頭がいい」

「ぶっ殺す《バンプ・オフ》」ロードは考え込んだ。〝バンプ・オフ〟か。捜査の途中で誰かが同じことを言っていた気がする。あるいは〝逃がす《バンプ》〟だったか。フェニックス・クラブで、コプスタインに会いに暗い廊下を歩いていたとき、ドアの上の窓から聞こえてきた声だ。だが、確かあのとき聞こえていたのは、ポーカーに興じる声だったはずだ。それとも、ちがうのか？

あれこれ思い出すのに合わせるかのように、ウースターが話を続ける。「ところで、その周辺人物とやらの中にコプスタインも含まれるのか？　やつの可能性も考えてみようじゃないか、え？」

郡の捜査官はコプスタインという名前を聞いた途端、貝のように無表情になり、急に背筋を伸ばして何か言いかけたが、ウースターがさえぎるように言った。「まあまあ、コプスタインについて考えてみるぐらい、いいじゃないか。一つの見方だろう？　しかも、可能性の高そうな」

「確かに一つの見方ではあるがな」シュルツが認める。「だが、こいつは完全に政治がらみだ。ああいう連中が互いにさんざんやり合うのを見てきたが、さすがに殺し合いまでは見たことがねえ。ちょうどよかった、警視、さっき言いかけたのは、今日の午後の大陪審が終わったら、ボスがコプスタインの件であんたに会いたいそうだ。四時半ごろでいいかな、大陪審の結果をあんたにも報告したいらしい。時間があったらオフィスへ来てくれって話だった」

「伺うよ、ありがとう。ところで——」

「ところで」とウースターが割って入る。「会いに行くと言えば、スプリンガーがついに今夜、あのミイラの解剖を決行するらしいとチャーミオンが言っていた。トム・アーリーの時間が空いていたらだがね。まったく頭がいかれた話にしか思えないが、一緒に見に行かないか？　あの箱の中に何が入っているのか、この目で見ておきたい。空っぽだったら笑えるな」

「いや、絶対に空《から》ではないよ、グラント。レントゲンを撮ったらしいんだ」ロードは突然凍りついたようになった。驚くようなひらめきが頭の中で弾けた。だが無理だ、テープがしっかりと貼ってあったじゃないか。内側にいてテープを外から貼ることなどできるだろうか？　ロードが言う。「今夜は是非一緒に連れていってくれ、グラント」

「おれはそろそろ行くぜ」シュルツが口を拭い、体をくねらせるように横移動してボックスシートを立ち、意味ありげな視線でロードを見た。「じゃあな、警視、後で会おう」

「ちょっと待ってくれ。帰る前に、この数日で警察が何か見つけたかどうか教えてくれないか」

「何もねえよ。あいつら、初めに怪しいって騒いでた男ひとり見つけられずにいる。これからも見つかりそうもねえ。まだ〝チャーミング〟の線を探ってるんだろうが、あいつらのことだ、あの娘には何の心配も要らねえよ。ただし――」シュルツが邪悪な声で付け足す「ティモシーの現金がどこへ行ったか、おれが突き止めるまではな」

＊　＊　＊　＊　＊　＊　＊　＊　＊　＊　＊

その朝、チャーミオンは生徒に歌の個人レッスンをしていた。これまでで最悪に近いレッスンだった。自分自身の歌う声もわずかばかり音が外れていた上に、生徒に対してすぐに腹を立て、指導が不明確になった。ひどいものだ。苛立ってぴりぴりと神経質になり、気分に振り回されているせいか、少しおびえてもいた。気分のせいでないなら、ほかに何かにおびえる理由があるだろうか？　謎の殺人犯に襲われたわけでもなかったし、彼女にかけられたおぞましい容疑は公式に取り下げられていた。それでも自分があたかも脅迫されているかのように、彼女は何かを怖がっていた。アーリーがかけた電話について、前夜ロードが見せた疑うような態度のせいだろうか？　いや、それは馬鹿げている。トムは電話について絶対に本当のことを言ったに決まっているからだ。それでも彼が嘘をついているのではないかと一瞬疑って、理不尽にも不安になったのだろうのか？　なぜ？　確かにふたりの間にはくだらない誤解が生じていて、殺人とはまったく関係がないとは言え、チャーミオンを戸惑わせていた。恋する乙女というのは、彼氏のことでやたらとそわそわするものなのよ、とチャーミオンは結論づけた。明らかに時代遅れな一つの願いを、今は心の底から思っていた。早く事件が無事に解決して、トムの頼もしい腕におだやかな気持ちで安心して抱かれたい。そして恋する乙女はこんなとき、いつまでもひとりぼっちでいてはいけないわ、と彼女は付け加えた。たまたま捕まえたタクシーでウースター家に乗りつけ、予告なしに昼食に来たとガードに告げた。

ガードはすぐに事情を察したが、昼食が済んで、ポンズ博士が運動をしてくると席を外すまでは何も言わなかった。ふたりきりになってから、ようやくゆっくりとした口調で尋ねた。「どうしたの、チャーミオン?」

「なんだか、よくわからないの! きっと気分の問題ね、なんだか女学生みたいにおろおろしちゃうの! それだけのことよ」

「きっと反動が出たんだわ」ガードが賢明に推理した。娘の様子をじっと伺う。「あんな恐ろしいことは全部忘れてしまいなさい。じきに片がつくわ、きっとそうよ。今のあなたに必要なのは、事件について考えないこと……ねえ、今夜ミイラ棺を開けるらしいの、一緒に見に行かない? いやでも考えが切り替わるわよ」

チャーミオンは間を空けずに答えた。「知ってる、トムから聞いてるわ。わたし、あの家は大嫌いよ。でも、きっとみんな集まるんでしょうね。わたしは怖いわ。だってあれ、お墓みたいなものでしょう。でも、ひとりきりになりたくないし。あなたが行くなら一緒に行くわ、ガード。こんなにトムのことで心配したくないんだけど」

ちょうどそのころ、ガードが友人を元気づけようと肩を軽く叩くのと同時刻に、ゆっくりと車で田舎道を走っていたマイケル・ロードが、もう心配するのはやめようと心に決めていた。特に目的地があるわけではなかった。ウースターとレストランで別れた後、自分が捜査を引き受けた事件の現状をひとりでゆっくり考え直そうと車で郊外へ出かけたのだった。ここまでたいした進展がなかったが、そのことでくよくよするより、これから進展させてやろうと心に誓った。頭にはあるアイディアが浮かんでいた。まだいくぶん曖昧なものではあったが、具体的に細かな点にいたるまで練ってみるつもりだった。

彼を惹きつけた考えは、アリバイという袋小路から導かれたものだった。これまでは、常にパーケットから外へ出た人物を探そうとしてきたことに気づいたのだ。反対に、ずっと現場を離れなかったのは誰かを調べてみてはどうだろう？　そのことは、クインシーが殺された夜にポンズがヒントをくれていたが、充分に検討してこなかった。

事件に関係する人物のうち、二つの殺人の前、最中、そして後までずっと現場にいた人物はひとりだけだ。そしてその人物は現在もパーケットにいる。執事のラスだ。ロードはこれまでの警察官としての経験の中で、使用人が主犯だった事件とは遭遇したことがなかったが、ほかのどんな階級と同様に、使用人の中にも例外的に冷酷な人物がいるものだということは常識として知っていた。これまでに遭遇したことがないというだけで、あり得ないものだと言いきるのは非論理的だ。単に執事だという事実をもって、はなからラスの無実が証明されているとは言えないのだ。

さらに彼は、最近雇用されたばかりの、その家とは仕事上のつながりしかないような、単なる使用人ではない。何年もの間ティモシー夫妻に仕え、その長い日々の中で、あるいは単に時間を重ねた結果として、主人や女主人対使用人という表面的な間柄以上に近い関係が築かれたはずだ。さらに、彼は一般的な人間より頭がいい上に、職業上あの家の中で影をひそめ、ほとんど存在を消すことすらできる立場にあった。執事が何をしていようと、たいていの人間は気づかないものだ。家のあちこちで見かけても、思わぬところで会ったとしても、とりたてて不思議には思わないし、きっと何かそこで必要な作業をしているのだろうと疑いもしない。重要な立場の使用人が刑事事件を起こす可能性が、初めてロードの頭に衝撃となってひらめいた。特に、複数の証言を並べてみると、彼が同時に別の二カ所にいたと疑われることが――。

だが、殺人という重大な罪を犯すほどの合理的な動機がラスにあるのだろうか？　ロードはしばらく熟考したが、その可能性はあるという結論に達した。生前のミセス・ティモシーを知っていた人なら誰でも、彼女がひどく好戦的だったと口を揃える。たとえばラスのように彼女の人生にかかわりの深い人物とは、遅かれ早かれ敵対する立場になってもおかしくないと見られていた。一旦敵同士になれば、どこまでも冷酷に、持てる限りの策を尽くすのが彼女の常だった。次の職場への紹介状も書いてもらえないまま解雇されるかも知れないという考えが、明確な威圧となってラスを支配していたことだろう。彼女のもとに長くとどまればとどまるほどその圧力は大きな効果を持ち、こうして彼は二十年以上もあそこで働き続けたのだろう。ロードはこの二カ月以内に起きたかもしれない、あまりに過激な口論を想像してみた。解雇という脅し文句がラスの頭に重くのしかかり、将来収入がなくなった後の老後の独立資金をあてにしていたラスに、遺書から削除するという言葉が最後の一撃となる。長年の不安の末に、ついに侮辱的だと感じるような要求を拒否したラスに対して、彼女はそう脅したのかもしれない。だが、ミセス・ティモシーがどれほど立腹していたとしても、最近起きた意見の相違ぐらいで、二十年にもわたる忠実な奉公を無にできるものなのか？　ロードが耳にした話から推理するなら、彼女にはそれができたように思えた。この推理はあまりにも憶測に頼り過ぎているだろうか？　いや、これは目の前に揃えた人間関係の情報から導かれる、論理的な推理だ。さらに、事件の解決というのは、幸運な――そして鋭い――憶測が支えているとも言えた。

動機はそれで充分だ。では、手段は？　ラス自身の証言として、ミセス・ティモシーがコンサートの休憩時間中に二階へ上がるのを見たと言っていた。その時点で、彼には彼女の居場所がわかっていたということだ。だが、あとをついて上がったわけではない。休憩時間の終わりごろにラスがポンチのボウルを客間から運び出して、廊下に置いたまま階段を降りていくところをロード自身が見ていたのだ。なんてことだ、わたしはすべての容疑者の目撃証人を務めなきゃならないのか？　それもしかたのないことかもしれない。警察側の人間で、あの夜あそこにいたのはロードだけなのだから。とは言え、困惑に変わりはない。だが、待てよ。ラスが廊下に出てくるのをロードが見て、その後階段を降りたラスはキッチンでグラントと話をした。だが、その二つの間には時間が空いており、執事は途中で地下から大急ぎで裏階段で二階まで駆けのぼり、また地下へ降りてくることはできたはずだ。ラス自身が巡査部長にその道順を指摘したではないか。同じ家の中を走り回るとは大胆な行動だが、犯罪者としては特徴的であり、作戦をひけらかしているようでもある。また、使用人をおいてほかに博物館から自然かつ安全に短剣を持ち去ることのできた人物がいるだろうか？　はたきでも持って博物館に入り、凶器をポケットに滑り込ませる。彼が部屋の中にいたことは、ずいぶん後になるまで誰も記憶にとどめていない。彼の存在があまりに自然で目立たないからだ。

だが後になって、クインシーがそれを思い出す。犯罪を犯すとすれば脅迫者タイプだとポンズが言っていた、あのクインシーだ。債権者に支払いを迫られていたクインシーは、ミセス・ティモシーが亡くなってもまったく動揺しなかった。早速ラスに交渉をもちかけた脅迫者は、その成功をすっかり確信し、金が入ってくる確実な当てがあることを最大の債権者に打ち明けた。決して夢物語ではなかったはずだ、ラスはクインシーより金を持っていたのだから。執事には複数の銀行に貯蓄がある上、二万ドルの遺産が入ることになっていたのだ。だが、最後の面会に現れたラスが出したのは小切手帳ではなく、もう一本の短剣だった。

そして今のロードにはラスがどうやってキッチンへ戻ることができたのか、殺人が露見した後の逃走経路もわかっていた。

だが、犯人は決まって大きなまちがいを一つ犯すものだ——まったく、どれほどの犯罪者がそんなまちがいを犯すことか、ロードは実に興味深いと思った。電話のベルはともかく、ラスには電話に出たロードの声が聞こえるはずがなかったのだ。それは嘘であり、ラスには嘘をついている認識はあったはずだ。つまり、何らかの目的があって意図的についた嘘なのだ。その目的が何だったかを推理するのも難しくない。その証言のおかげで、電話がかかってきた時刻にラスが食料庫にいたことが立証されたからだ。だが、実際には地下にいなかったのだろう。ロードの思い描く再現の中では、二階の通路のどこかにいたはずだ。結論として、ラスに電話の音が聞こえたか、あるいは電話がかかってきたとわかるには、ロードの推理どおりの場所にいなければ無理だ。なのに、ラスは電話のことを知っていた。電話がかかった時刻についての証言も正しかった。嘘のアリバイを築くために、知るはずのない情報を出してしまったことが、古典的な自滅へとつながった。

では、どうやってこれを証明するか？　電話にまつわる嘘はすでに立証できたものの、それは重要な手がかりであって、重要な証拠にはならないとロードは気づいた。ミセス・ティモシーとの言い争いと、彼女が具体的にラスについて遺書を書き換えようとしていたこと、そしてクインシーに脅迫されていたことは、これから立証する必要がある。それぞれの性質を考えれば、この三つはどれも充分な証拠をつかんで証明することは不可能だ。だが、何らかの証拠、納得できる程度の証拠はあるはず、少なくともどちらか一方の殺人については。それをどうにか見つけなくてはならない。

ロードは交差点で方向転換し、再びハートフォードに向かった。フェナーとの約束に間に合うように帰らねば。それでもスピードは上げなかった。瞬間的に燃え上がるように駆け巡った血が収まってみると、執事を犯人とする推理は理論的に素晴らしく練り上げられているものの、ただそれだけのことだと気づいて、ばつが悪くなった。その惨めな推理どおりに犯行がうまくいくかを試すために、ほかの誰か、例えばスプリンガーを同じ構造に当てはめてみることにした。

スプリンガーは、犯罪者に求められる冷静で冷酷な計算高い頭脳を持っている。ミセス・ティモシーを殺す動機はラスと同じはずはないが、似たようなものだった可能性はある。彼女と言い争うことは誰にでもあり得たし、実際にほとんどの人が一度はひどい口論をした、あるいはしてもおかしくなかったのだ。彼女にエリーシャ・スプリンガーを解雇することは無理だ。だが、遺書を書き換えようとしたのが、弁護士の曖昧な推測のようにミイラを生前に譲るためではなく、ミイラを渡さ<ruby>ない</ruby>という変更だった可能性もあるんじゃないか？　これはまったく新しい角度だな、とロードはしばらくその可能性を考えた。当然ながら、ミイラがかかっているとなると、スプリンガーは過激な行動に出たにちがいない。ただし、これもすべて単なる憶測に過ぎない。ミセス・ティモシーとラスの間の仮想口論を想像していたのと同じだ。だが今回は想像ばかりではない。小さな、実にわずかな可能性だが、仮定の域から引きずり出して現実の世界へ出せるかもしれない。どうしてもっと早く気づかなかったのだろう？　頭の中で自分自身に腹を立てて蹴り上げながら、シュルツはすでに前からそれを見抜いていたのだと気づいた。

先に亡くなった夫の遺言の条件を変えることが法的に可能かどうかはわからなかったが、ミセス・ティモシーなら当然長い法廷闘争に引きずり込むことはできただろう。大事なのは、彼女には必ずやると脅せた点だ。あのミイラはスプリンガーにとって、生涯をかけた研究の集大成となる重要な根拠なのだと、ロードは確信していた。スプリンガーにほかにどんな性質があるにしろ、自分の選んだ研究分野に関してはどこまでも真剣に取り組む男だ。たとえば〝ペルケテト〟の呼び名の件がそうだったように。

あのエジプト学者は、思いどおりにならない人間や人命を蔑視するところがある。単なる軽い皮肉よりも明らかに深く、現実的に。それは彼の人格の一部であり、自分と同じ学問を研究する〝権威〟に対する侮蔑も同様だ。ブレステッドやガーディナーに対する批判は、彼の話に耳を傾け、そこから結論を導こうという人に向けた、彼の意思表明だ。憎悪は、軽蔑と感情面で密接につながっている。スプリンガーは多くの人を軽蔑していたが、ミセス・ティモシーもその対象だった。

ロードは、かつてクインシーが犯人ではないかと強く疑ったことを思い出した。だが、クインシーの手口として推理した方法を使えば、スプリンガーにも彼女を殺すことができたわけだ。クインシーと同じく、短剣の件はスプリンガーにとっても命取りになる。

クインシーの不愉快な性癖を再度あてはめると、二件めの殺人の動機ができる。そこへスプリンガーの異常なまでの無関心を加えるとどうなるか。殺人を犯した少し後に博物館の入口に立って相棒の死体を見下ろし、自らの犯行の痕跡を確かめていた、あの無関心さだ。

だが二件めの殺人については、スプリンガーのアリバイは事件全体を通しても最強のものだ。殺人の数分後にパーケットの玄関に着いている。とは言え、どんな逃走経路をとったとしても、もちろんそれは可能だ。殺人のずっと前にパーケットに来ていたのなら、こっそりと家の中に入り、クインシーを殺して外へ出てから、家に入れてくれと呼び鈴を鳴らすことはできる。問題は、その時間がなかったことだ。まったく別の目撃者、スプリンガーの家政婦の証言によって彼が自宅を出たとされる時刻だと、犯行時間にはまだパーケットに向かって歩いていたことになる。

ロードはスプリンガーと家政婦の関係を考えてみた。雇用者のために自ら犯罪に加担する家政婦がいるとは考えにくかったが、別の考えが突如ひらめいた。

この線も考えられるな。ラスへの疑惑ほど強くはないが、少なくともさらに真剣に検討を要するだけの疑いは残る。このドライブで一つだけ発見したことがある、とハートフォードのそばまで戻りながらロードは考えた。それはクインシー殺害の合理的な動機だ。犯人がスプリンガーであれ、執事であれ、同じ動機があてはまるはずだ。それでも、その証拠はまだこれから集めなければならない。そして、彼が今追い求めているのは決定的な証拠というだけでなく、彼が怪しいと睨むふたりのうち、どちらが犯人かをはっきりと証明するものなのだ。

まあ、事件を解決に導く証拠であれば、自動的に後者の条件も満たすのだろうが。

＊　＊　＊　＊　＊　＊　＊　＊　＊　＊　＊

ハートフォード郡の地方検事は椅子を半回転してロードのほうを向き、大満足という口調で宣言した。「コプスタインは今拘置所にいる。今日の午後、わたしが告訴した。明日には保釈されるだろうが、今日はもう無理だ。わざと保釈申請の締め切り時刻を待って逮捕したからな。今夜ひと晩、お似合いの場所で過ごすがいい」

「本当ですか?」ロードが答えた。「あなたにお祝いを言うべきなのでしょうね、おめでとうございます。実は、これからご説明したい案件が二つあるのですが、あなたの部下の何人かにその二件の証拠を探すよう指示してくれませんか。どちらも、今となっては見つけるのは困難だとは思いますが」

「ちょっと待て、警視。その話は後回しでもいいか? 先にわたしの話を聞けば、それも不必要になると思うのだ。これほどはっきりとコプスタインの犯行を確信したことはない。これから取るべき道をあんたと決める重要な話し合いをしたくて呼んだのだ」

「わかりました」ニューヨークの警視が譲歩した。フェナーの仮説は今挙がっているものの中で一番弱いにちがいないし、おそらくは公正な結論ではなく、政治的な恨みに基づいて立てたものだろうと強く疑っていた。だがこの状況においては聞かざるを得ない。

フェナーは椅子に座ったまま身を乗り出し、思いがけないことを言いだした。「わが州では、司法官を買収するのと、単に買収を企てるのでは、罪状に大きな開きがある。前者のほうがはるかに重罪とみなされている。州刑務所で十年の服役を科すことが可能なのに比べ、陰謀罪であれば裁判所の裁量に任され、下手をすれば単に罰金刑で済むこともある。

およそ一年前、コプスタインはハートフォード市の地裁判事を買収しようと何人かで企んだ。ある判事が担当する裁判で有利な判決を下すのと引き換えに、政治的配慮による任命を判事に確約する提案で、コプスタインの名のもとに大っぴらに持ちかけられた。ここまでは立証できるし、まちがいなく有罪に持ち込むつもりだ。今日の午後、まちがいなく告訴に持ち込んだようにな。言っておくが、わたしが持っている証拠はミセス・ティモシーが集めていたものが元になっているが、彼女以外にも証人はいるし、わずかながら証拠書類もある。つまり、たいした罰則を伴わない軽微な犯罪ではあるものの、コプスタインが買収を企てたグループの一員だということは立証できるわけだ。やつはそんなものより重大な犯罪をいくつも重ねてきたが、それらを詳細に立証する難しさはあんたにもわかるだろう。

ところが、この買収の取り決めは実行されたのだから、話はまったくちがってくる。とは言え、コプスタインを買収そのものの罪で告発するには明らかな障害が二つある。問題の判事が実際に任命された役職が、初めに提案されたものとちがっていた点。それから、この件でふたりしかいない目撃証人のうちのひとりがミセス・ティモシーだった点だ。コプスタインを刑務所に送るためならと、彼女自身が検察側の証人になることを申し出ていた。当然ながら、ほかに証拠となる書類はない。

買収の陰謀容疑で告発されれば、確かに次の選挙でコプスタインの信用は傷つき、政治的影響力も弱まる。だが、二年ほど表舞台から姿を消しながら人脈を再構築し、ほとぼりが冷めたら舞い戻ってきて同じように力を振るうだろう。単なる陰謀と、実際の買収での告発では天と地の差だと言ったのがわかるだろう。買収なら懲役十年だからな。出てくるころには子分どもは離散しているか、新しいグループを作っているか、なんにせよやつには何の力もなく、再び政治権力を握ることのできない元服役囚でしかなくなる。ミセス・ティモシーを殺すこれ以上に強い動機など、わたしにはとても考えられない」

「その通りかもしれませんが地方検事、目撃者がもうひとりいるとおっしゃいましたね。その男はどうしたんです？」

ウォルター・フェナーは怒りに目を光らせて、さらにぐっと前に乗り出した。「もうひとりの証人は、ハートフォードで働いていた若い娘だった。ミセス・ティモシーの助手で、社会的にもほかの面においても名もない人物だ。誰もが恐れ、攻撃する気すら起きないミセス・ティモシーの威厳のもとに守られてきたのだ。いくら傲慢なコプスタインと言えども、まさかその娘に暴力を振るうとはわたしも思いもよらなかった」地方検事は指でデスクの端を叩きながら、ひと言ずつはっきりと言った。「ミセス・ティモシーが殺されたのと同じ夜、その目撃者も殺されたのだ。明らかにギャングに襲われて。実際に銃を撃った犯人は捕まえられても、コプスタインに雇われていたと証明することは難しいかもしれない。だが警視、あんたもわたしもやつの命令だったことはつゆほども疑っていないはずだ」

そう言いきったフェナーは罠を仕掛け終えたかのように口を閉じ、〝さあ、ご感想は？〟という空気を漂わせて椅子の背にもたれた。ロードは、初めてコプスタインにわずか以上の疑惑を覚えながら考え直した。コプスタインの怪しげな取り引きの目撃証人が、同じ夜にふたり揃って殺された。もちろん、その娘は別件で裏社会のいざこざに巻き込まれたのかもしれない。それも充分にあり得る。だが偶然にしては、またずいぶんとおあつらえ向きに起きたものだ。

ロードにしばらく考える時間を与えていたフェナーが、話の続きを始めた。「ティモシー殺害の件において、発生当初から超えることのできなかった難点は、あんたも言っていたとおり、アリバイなどな存在だ。だがそれはそう見えるだけだ。ミセス・ティモシーを殺した男には初めからアリバイなどなかったし、今もない。あんたが聞いたこともない、調べてもいない、コプスタインに雇われた殺し屋のひとりなのだ。前に言っていた完璧なアリバイを、あんたはまだ一つも崩せていないのだろう、警視？」

「二つのアリバイを崩すことはできました、理論上ですが」地方検事の示した明白な根拠のある推測に比べれば、自分の考えた憶測はあまりにも弱いと感じながらロードは付け加えた。「ただ、アリバイを反証するだけの証拠はありませんし、完全に崩せたと呼ぶには、事象のタイミングがあまりにも際どいのです。そのことは公正を期すために申し上げておきます」

地方検事はきっぱりと言った。「何が出てこようとわたしの推理に勝るまいと確信している。コプスタインは過去にも、実際に犯罪者を雇ってきたのだ。今すぐに依頼できる殺し屋がこの近くだけでも六人はいるし、よそから連れてくることもできる。ティモシーの一件ではあの建物の知識が必要だっただろうが、彼自身がよく知っている家だ。家具の配置図か、でなければ設計図か、少なくとも目的に必要な程度に詳細なスケッチぐらいは準備できたはずだ。そう言えば、犯行に最重要となる二階の見取図が紛失しているそうじゃないか。はっきり言い換えるなら、盗まれたのだ。

だからこそ、どこを向いてもアリバイのある人間ばかり見つかるのも不思議ではない。全員が無罪なのだから、素晴らしいアリバイがあって当然だろう？　コプスタインにも、もちろんアリバイがある。特に汚い仕事をやらせるときは、やつには決まってしっかりとしたアリバイがある。アリバイ工作など簡単だ、自分に代わって犯罪行為をやらせるのだからな。凶器が短剣だという理由も、そう考えればはっきりする。殺し屋なら拳銃を使う、だからこそ短剣を使ったのだ。ハートフォードにはナイフ使いを得意とするイタリア人がわんさといるから、そいつらに目を向けさせたかったのだろう。

やつはダニッシュとかいう娘の保釈金を用立てたそうだな。なぜだ？　娘がやったんじゃないとわかっていて、どうせ裁判でも立証できないと思ったからだ。ここでも悪賢いカムフラージュ作戦に出て、ロード、あんたを使ってその隠れ蓑をさらに強化していたのだ。だが、今回は逃げおおせなかった。しっぽを捕まえてやった。殺人容疑で逮捕となれば、買収よりなおいい」歯切れのいい発音で話し続けていたフェナーの話が、通信の途切れた電報の電鍵のようにぴたりと止まって終わった。

しばらく沈黙が続いた。ロードは考えていた。筋が通り、整然としていて常識的で、なんともっともらしい説明だろう。どれだけ頑張っても無理のある自分の仮説とはちがう。ようやくロードが尋ねた。「証拠はありますか？」

「まだない。だが必ず見つける。娘殺しを実行したギャングはわかっている。おそらく、どっちの殺人も同じ連中がやったのだろう。今メンバーのふたりを拘束しているが、主犯は別にいる。その男も明日の正午には捕まえてみせる。だから今は、あんたの言う別口に捜査員を割くわけにはいかないのだ。うちには身体的に厳しく責めたてる特別な尋問法があってな、警視、滅多なことじゃ使わないが、捕まえ次第その悪党には使うつもりだ。コプスタインが絡んでいる証拠と引き換えに、そいつには赦免を保証する。第一級殺人の犯人とそんな取引をしたことはないが、今回だけは別だ。今度の件でコプスタインを逮捕するためなら、考えつく限りのことは何だってやってやる。そうだ、必ず逮捕してやる！」

フェナーの確信に満ちた言葉を前にして、ロードの疑念も揺らぎ始めた。立ち上がりながら、ゆっくりと話しだす。「あなたの説は、わたしのどの案よりも優れています、地方検事。自分の経験からも、きっとそれが一番可能性が高いのだろうとわかります。あなたが使おうとしている方策について、わたしにはとやかく言う資格はありません。ですが、わたしは関わりたくないのです。それでは所属署に戻ってから説明できません。この件に関しては自分の意思で捜査をしているとは言え、わたしは今もニューヨーク市警の一員ですから。われわれにもそういう特殊な尋問手段はありますが、責任ある高官に命令されたときにしか行ないません。あなたもここでは責任ある立場でしょうが、わたしに命令する権利はありません。ですから、その路線で進めるつもりでしたら、わたしは外れます……これからパーケットへ行きますので、自分の説を立証できる証拠が見つからないか、もう少し調べてみるつもりです。明日の午後もう一度ここへ来て、そちらの進展を聞かせていただきましょう。幸運を祈っていますよ。狩りの成果がありますように」

フェナーとの面会中にまた霧雨が降りだし、ウースター家に向かって濡れた路面に車を走らせながら、ロードはまだ、ふたりの目撃証人の殺人から派生した一連の推理に感銘を受けていた。だが同時に、二つの死から連想して別の奇妙な考えが頭の中で邪魔をする。

パーケットには二重構造のホールがある。二重の短剣、二重の生命、二重の死。そしてパーケットには二重の殺人事件まであるのだ。

＊　＊　＊　＊　＊　＊　＊　＊　＊　＊

その夜、ロードがウースター家に戻って夕食の席に着くと、そこに集まっていたのは初めて着いた夜と同じメンバーだった。だが、彼らを取り巻く雰囲気は一変していた。チャーミオンは不安そうに緊張しており、まるで何か直視できない秘密を抱えているか、あるいは意識の奥底に自分でもまだ気づいていないことがあるようだった。ポンズの顔色は晩冬のように青白かった。不安そうではないものの、疲れて悲しげに見える。グラント・ウースターとガードまで、気楽な冗談の応酬がほとんどなくなっている。あの初めての夕食から、実にさまざまなことが起きた。ロード自身も無言で座ったまま考えに集中した……じっと考える……考える……。

迷い込んだ思考のジャングルの中にようやく小道を見つけたのは、食後のコーヒーの最中だった。突然、ある可能性が頭に浮かんできた。熟考を続けた末に現れた案ではあったが、一連の考えと直接つながっているわけではない。この推理は成り立つ、これだったら、なんとかできそうだ。だが、誰にも聞かれてはならない。ほかの者たちがカップを置くのを待ってから口を開いた。「みんなは先にパーケットへ行ってくれないか。わたしは自分の車で後から行くよ。ここを出る前にやっておきたいことが一つ、二つあってね」

さりげない調子でかけた言葉に、無関心になっていた一同も気安く承知した。ポンズ博士だけがいくぶん好奇心のこもった視線を投げかけてから、ほかの者たちと家を出た。ロードは階段を上がった廊下にある二階の電話機に向かった。家の脇の私道から車が走り去る音が聞こえなくなるまで、まるまる二分間待っていた。

それから受話器を上げて、ある番号をダイヤルした。通話を終えると、別の番号をダイヤルした。

＊　＊　＊　＊　＊　＊　＊　＊　＊　＊　＊　＊

その十分後、ロードはパーケットに向かって車を走らせていた。発見を一つ、それも非常に重要な発見をしたところだった。だが、それだけではまだ犯人の正体は明らかにならない。ゆっくりと運転しながら、もう一度考えてみる。これで多くのことは説明がつく。事件の最も謎深い要素も解明された。それでもまだ――いや、そんなことはない！　すべての幻覚は無視していいと、最終的には自分の五感に基づいた証拠は信用できると、すでに示されているじゃないか。それができるということは、もう――突然、博物館の上にある跳ね上げ戸がいつ釘打ちされたのかがわかった。そして、その釘を打ったはずの人物が誰かということも。

そんなことをするのは殺人犯本人以外にはいない。証明終了《クオド・エラト・デモンストランダム》！

ロードはパーケットに向かっていた車を方向転換し、ウースター家に戻った。二階へ駆け上がり、四十五口径の自動拳銃を引き出しから取り出して全弾が装填されたマガジンを装着する。

そして今、再びパーケットに向かう車の中にいた。ただし、今度はスピードを上げて走っている。パーケットの玄関のドアの外でしばらく待たされるうちに、漠然としていた不安が膨らんでいった。やがてラスがドアを開け、まっすぐ博物館へ案内しながら、見張りの巡査を除いて全員がすでに博物館に集まっていると伝えた。ミスター・スプリンガーの好意で自分も立ち会わせてもらうのだと言う。

狭い通路を通って、その先にあるいつもの奇妙な部屋へ着くと、ロードは一つだけ以前とちがっている点に気づいた。長いテーブルは白くて清潔なシーツで覆われ、その隣に美しく彫られた文字が消えかけた大きなミイラ棺が、部屋の中央を占めるように、蓋を閉じたままで置いてあったのだ。

ガードとチャーミオンは部屋の奥でミイラ棺の向こう側に椅子を置いて座り、ポンズ博士はふたりの間で壁にもたれて立っていた。ロードがアーチをくぐって入っていくと、ウースターはガラスケースに入ったピラミッドの模型に見入っており、外科手術用の器具一式の詰まった鞄を手に提げたドクター・アーリーが、テーブルの足元でスプリンガーと何やら話している。例の奇妙な照明が効果を発揮し、充分明るいながらもやわらかい光が視界をぼんやりさせていた。やはり空気には何か香りがついていたが、いつもとはちがう匂いだ。どちらの香りもあまりにもかすかで、喫煙者にはそのちがいが嗅ぎ分けられそうになかった。その新しい香りには、ゆっくりと、おだやかに、心拍を鎮めるような効果があったが、ロードの頭では脈が――きっと血流のせいではなく緊張によるものだろうが――気分の高揚とともに早鐘のように打っていた。

部屋に入った瞬間に女性たちの姿を目でとらえ、このふたりには来てほしくなかったと思った。今のチャーミオンは表情もやわらいで凛として見え、魅力的な女性らしさに満ちあふれてかわいらしかった。この照明の効果だな、きっと。ロードはこの連続殺人に強い嫌悪感を覚えた。もしもこんな事件さえ起きなければ、短い滞在中にこの魅惑的な女性ともっと時間が過ごせただろうに。どちらにせよ、今は彼女にこの場にいてほしくなかった。後に、彼女がそこにいることにどれほど感謝することになるか、今はまだ知らなかった。そしてそのさらに後に、どれほど深く悔やむことになるのかも――。

彼の物思いは、テーブルの脇に立つスプリンガーの声で断ち切られた。低く冷たい声は、宇宙空間のように静かだった。「お集まりのみなさんのほとんどが、なぜここにいらっしゃるのかわたしにはわかりません。本格的な研究に興味などないはずでしょうに。あなた方は、二匹の虫けらの死に動揺し、うろたえている。いまだに軽蔑すべき問題、つまり彼らの破滅にとらわれている。それが何だというのです？　あなた方もいずれ死ぬのですよ、ひとり残らず、全員。そしてそれはあなた方の無意識の意識の終焉を意味します。一方、ここにいる人物もまちがいなく死んでいるというのに、なんというちがいでしょう」肩をすくめたスプリンガーの動作は、彼の軽蔑心を物語っていた。「どういうことかって？　ベツレヘムの馬小屋にいた牛や羊は、イエス降誕にはまったく無関係だったじゃありませんか……さあ、ドクター・アーリー、始めましょう」

エジプト学者はゆっくりと前にかがみ、足元のサルコファガスのテープをはがして、あらかじめ緩めておいたらしい楔《くさび》を外した。アーリーの力を借りて重い蓋を開けると、装飾を施した内部が何千年ぶりかに光を浴びて、太陽光を巧妙にまねたような眩しい輝きを観衆の目に放った。サルコファガスの中に納まった棺はミイラと同じ形と大きさに作られ、古代的な簡素さを湛えている。墨のように真っ黒で、表面に金色の象形文字が九つ施してある。そのほとんどが〝アンク〟（十字架の上部が輪の形の象形文字で、主に〈生命〉の意）で、一つめは腰の辺りに、二つめはみぞおちの上に、三つめは額にある。それぞれの少し右に、対になるようにアンクがもう一つずつ点描されている。頭の二つのアンクは右向きの一本の金の矢で結ばれ、下部の二組の間には上向きと下向きの二本の矢が交差している。

スプリンガーでさえ、息が詰まったかと思うほど大きな音を立てて息を呑み、何秒か凍りついたように立ち尽くしていた。やがて中の棺の蓋の縁を一周するように貼りついているガムのような糸を指さした。片手にナイフを持ったアーリーは、ひざまずいて鍛鋼の刃で接合面に触れてみた。正体不明のガムのような物質はそれほど固まっていないらしく、ナイフの先端が突き刺さり、アーリーはそのままナイフで棺を一周するようにして接着部分を切り離した。蓋を上げると、細い帯状の麻布で何重にもくるむように包まれた物体が現れた。布の端は、何やら粘り気のある液体で汚れており、そこだけは長い時の流れが感じられた。干からびて黄ばんだ布はもろい反面、年月で固くなっている。アーリーとエジプト学者は細心の注意を払ってその布に包まれた、硬直した遺体を持ち上げ、テーブルに横たえた。

スプリンガーの低い声がする。「この包み方は見たことがないですね。全部切って外してください」

ドクター・アーリーがうなずく。再び鞄を探り、まぶしい細長いメスを取り出して、遺体の頭から下に向かって布を切り裂き始めた。まず指で表面を探り、布の厚みを調べる。それからメスを握った器用な手で一インチ、三インチ、一フィートずつ切り裂いていく。布の内側の層は、表面に比べて鮮やかに見えた。ついに最後の布が剝がれ落ち、興味深い織り方の金色の腰巻だけをまとった全裸の男の体が、現代の棺台の上であおむけに横たわっていた。スプリンガーがいつもの氷のような冷静さを欠いたしゃがれた声で話すのを、ロードは初めて聞いた。

「ここに、このテーブルの上に、最後の偉大なエジプト王朝、第六王朝のメルエン・ラー王子が横たわっている」

一同は感嘆に近い表情を浮かべて遺体を見つめ、かつてセティ一世のしなびたミイラを間近で観察する機会に恵まれたロードは、驚愕の声をかろうじて抑え込んだ。ここにあるのはしわだらけの死体ではない。遠い昔に死んだ男の瘦せ衰えた抜け殻ではない。テーブルの遺体の筋肉は引き締まり、茶色がかった色をしている。一文字に引いた口より上の顔面は落ち窪んでもいない。安らかに閉じた目の上で眉にかかるように、不釣り合いに簡素な〝ウラエウス〟(頭をもたげた毒蛇の形の記章)が、左右対称に剃った頭部に黄金の薄い飾り帯で巻いて留めてあった。特殊な照明の下に横たわった姿は、今にも穏やかな目を開けて、片肘に体重を載せて起き上がりそうに見えた。

その場の全員が各々別の表情を浮かべながら遠巻きにミイラを注視していると、ミイラの右足がゆっくりと外側へ傾いて、台の上に置いてあったアーリーのメスに触れた。驚くほど大きな音をたてて、メスが床に落ちた。

ガードがか細い悲鳴を上げ、チャーミオンは座っていた椅子を握りしめ、ほかの者もショックに凍りついた。しばらくしてからドクター・アーリーが静かに言った。「筋肉が弛緩しているだけです。あるいは足首が折れたかな」

ロードの左右からため息が漏れるのが聞こえたが、彼の意識にはほとんど届かなかった。その瞬間、彼の心はすでにこの異様な空間を抜け出して捜査に向かい、何かを思い出そうと必死になっていたからだ。〝筋肉が弛緩、筋肉が弛緩〟前にどこで聞いたのだろう？　いつ聞いたのだろう？　考えろ、考えろ！　最近ではない、昨日や今日ではない。そう、あれは月曜日だったはず、そして確か……思い出した！　パーケットの連続殺人を解決するために必要な最後の一片が手に入ったのだ。

ロードが目の前の展開に意識を戻すと、エリーシャ・スプリンガーが再び話しだすのが耳に入った。

「わたしの計算では、これ以上作業を進める前に最低十五分間待つ必要があります。いや、二十分にしましょう。ですが、この遺体が空気にさらされたからといって、崩壊する心配はありません。がさつで無知な中王国時代に防腐処理を施されたわけではありませんから……おや、ミスター・ロード、ついさっきまでずいぶんと上の空のようでしたが。遺体の足が動いたときに、また連続殺人事件の答えを〝魔術〟に求めて、お得意の物思いにふけっていたわけじゃないでしょうね？」

「いいえ、ミスター・スプリンガー、そんなことはありません、断言しますよ。パーケットの殺人には、魔術も呪術もまったく関係していないことは確かですから。この家の中で何かが聞こえたと言う人がいたら、その音はまちがいなく聞こえたのだと仮定して。ただし、それをどこで聞いたかは、必ずしもその人の言うとおりとは限りません。ついでに、わたしは捜査の最終段階にたどり着き、その真相を掴んだと付け加えましょう。すでにお気づきでしょうが、解決の鍵は、犯人が実際にいたのとは別の場所にいたとわれわれに信じ込ませたことにあるのです。どちらの事件においてもね」

「それはお祝い申し上げなければなりませんね」スプリンガーは礼儀正しい無関心さで言った。

ロードは同じだけの礼儀で返した。「そうでしょうか?」

我慢しきれないポンズ博士が礼儀などかなぐり捨てるように迫った。「どういう意味だ、マイケル? 事件を解決したのか? 聞こえるはずのない電話の会話について、真相を突き止めたのかね?」

「そうですよ、博士。ついでに、ほかの謎もすべてね。われわれが抱えていた問題には電話がずいぶんと絡んでいましたが、あれは想像以上に落とし穴だらけの機械ですね。ちょうど昨日もドクター・アーリーに、電話会社が自らの設定を誤ることもあると実証してもらったばかりです。電話会社は、わたしが彼の診療所からパーケットに電話したはずはないと言いました。ですが、わたしはかけたのです。実際に、確実に」

「そいつは今どこにいるんだ?」ウースターが大きな声で割って入った。「おまえが追ってる犯人だよ」

「ここにいるよ、グラント、まちがいない。さらにその人物が賢明なら、もう少しここに留まるべきだろう……さすがポンズ博士、電話の件ではあなたは正しかったのです。エントランス・ホールでの電話の会話を地下の食料庫で聞くことは不可能です」

「ということは?」心理学者は思わず振り向いて、好奇心たっぷりの目でラスを見ていた。「ということは、それを聞いた人物はどこか別のところにいたということか?」

執事の顔が死人のように真っ白になった。腕を伸ばして、そばの壁で体重を支えた。震えながら言う。「聞こえたんです。本当です……本当です」

「聞こえなかったとは言っていないよ」ロードが言った。「ちがいますよ、ポンズ博士、その結論は早急に過ぎます。反対側から見ると——」

エリーシャ・スプリンガーが口を挟む。「非常に興味深いお話です。が、どうやら時間切れのようです。すぐに再開して、作業を完了させなければなりません」ドクター・アーリーが手を伸ばして床に落ちたメスを拾い上げた。

ロードが言う。「やめろ」

ためらうことなくポケットに手を突っ込むと、誰の目にも見えるように自動拳銃を構えた。「そのメスをテーブルに置くんだ、ドクター・アーリー」

医者はその言葉に従ってメスを置くと一歩下がり、心底驚いたような表情を浮かべた。スプリンガーがまるであざ笑うような口調で言った。「ロード、わたし自身の所有物をわたしが実験に使うのを、まさかあなたは暴力によって阻止するおつもりじゃないでしょうね」

「誤解しないでください、ミスター・スプリンガー」ロードが懇願する。「あなたのミイラは、生きている状態に実に近いことがよくわかりました。わたしには生々し過ぎるぐらいです。が、ドクター・アーリーはこの数日間にふたりの人間を殺したばかりですから、王子の解剖を任せるのはやめたほうがいいと思いますよ」

誰もが突然の言葉に不意をつかれた、ポンズ博士を除いて。ロードがどれほど唐突に事件の犯人を糾弾しだすかは、前にも経験済みだったからだ。ポンズは修羅場に備えて身構えた。が、何も起きなかった。

　ドクター・アーリーは足を広げ、両手を後ろに組んで落ち着いた声で言った。「そのような非常識な発言は聞き捨てなりませんね」ロードはすぐに手が届くように注意しながら、自動拳銃をポケットに戻した。過度なメロドラマには興味がなかった。「そうだろうね」彼は認めた。

「友人たちの目の前でおっしゃったその言葉の意味を、どうぞ彼らに説明してください。名誉棄損罪で訴えるのは、明日になってからにします」

「お好きなように」

「これは正式な告発だと受け取っていいんですね？」アーリーは信じられないというように答えを迫った。

「そうだ――きみの言うとおり」

「具体的におっしゃってください」

「なあ、アーリー」ロードはひどく支配的な口調で言った。「この事件では、きみ以外にふたりの男が傲慢だと非難されてきたが、きみのその厚かましさの前ではスミレのように可愛いものだったよ。さて、どのぐらい具体的に話せばいいのかな？」

　返事はなかった。アーリーはロードをじっと見つめるだけだ。

「そうか。では、きみのやったことを説明しよう。きみはミセス・ティモシーを殺して、偽の電話をかけてアリバイを作ることにした。その後、そのことで脅迫されると、その脅迫者を計画的に殺し、一度めとまったく同じトリックを使って現場から逃走した。このわたしを利用してだ、二度ともね。それがきみの厚かましいところなのだ。何か言うことは？」

「そんなばかばかしい話に言うことなどありません、名誉棄損の訴えを起こすだけです」

「なるほど」ロードはわざとらしくため息をつく真似をした。「わかった、詳細が聞きたいんだな。では、きみのやったことを詳細に説明しよう。きみはコンサートの時間よりも早く、午後にこの家に来た。そのときこの博物館に入って短剣を持ち去った。もしかするとクインシーとスプリンガーが揃ってここにいて、もう一本の短剣について議論していたのかもしれないが、わたしはそう思わない。もしそうなら、きみはふたりに目撃されて記憶に残っていたはずだからだ。きっときみは跳ね上げ戸から入ってきて梯子を降りたのだろう。実はクインシーに目撃されていたのを、そのときから知っていたのか、後から知ったのかはわからない。たぶんクインシーはきみがまた梯子をのぼっていくところを見かけたのだ。ずっと後になってからきみが何をしていたかに気づいたのか、あるいは何かほかの理由があったのか、どちらにせよ彼は黙っていた。だが、それがきみの第一のあやまちさ。彼に目撃されてしまったことだ。

その夜、きみは休憩が始まる前にコンサートを抜け出したが、この家からは出なかった。二階へ上がって、ミセス・ティモシーの寝室に身を隠したのだ。休憩中に彼女がそこに上がってくるのは知っていた、なぜならそこで会う約束をしていたからだ。自分が開いたパーティーの最中にどうして彼女が来客を置いて寝室へ引き上げたか、誰も疑問に思わなかった。控えめに言っても、ずいぶん奇妙な行動だとは思わないか。その疑問を自分に問いかけてみると、答えは明々白々だ——考えられる理由はただ一つ、大事な約束があったからだ。皮肉なことに、自分を殺す犯人との約束がね。

きみは短剣を持って待ち受けていた。それで彼女を殺した。たぶんまだ彼女に息があるうちに、寝室の電話から病院に電話をかけてシモンズの家に救急車を要請した。あの洪水のさなか、緊急でもない出動要請にはすぐに救急車は出せないことをきみは知っていたのだ。その次に、下のエントランス・ホールの電話にかけてきてわたしと話し、今受け持ちの患者の家からかけているのだと断言した。電話が終わると、寝室の電話コードを切断したが、当然誰もがそれを殺害より前の下準備だと思い込み、殺した後だとは思わなかった。そのために、きみが実際にかけた時間にあの電話機が使えたとは考えてもみなかったのだ。

きみは二階の廊下を通り、裏の階段を地下まで降りて貯蔵庫からダイニングルームを通り抜けて外へ出た。第二のあやまち。このときグラントに目撃されたことだ。〝レインコートを着た大柄な男〟覚えているだろう？　患者の家に救急車が到着するまでに、きみは悠々と車を走らせたのだろう。救急車が着いたのは十二時近くになったそうだからね。運転手に確認してみるといい、わたしのように。当然ながら、チャーミオンがあっという間に逮捕されてしまって、きみは青くなった。だから全力で阻止しようとしたのだ。

次にクインシーについて。誰が短剣を持ち出したのかを知っていた彼が呪術についての与太話をしたのは、きみを擁護するためじゃなく、確実に金を取るためだ。きみはクインシーに金は待ってくれと言って、月曜日の夜に博物館で渡す約束をした。ちなみにそのとき、きみかクインシーのどちらかがドアを思いきり閉めたのが、二階にいたポンズと巡査に聞こえていたよ。きみが会う約束を取りつけた目的は金の支払いではなく、クインシー殺害にあり、ちょうど彼を殺すつもりの時刻にわたしに電話をかける約束をした。また実行前の準備として、約束より前にこっそりとこの家に入り、跳ね上げ戸の位置が描かれた二階の見取図を盗むチャンスを伺い、さらに計画が時間どおりに運ばなかったときに備えてミセス・ティモシーの寝室の時計の針を進ませておいた。なんにせよ、捜査を混乱させられるからね。

クインシーを殺した後、梯子をのぼり、跳ね上げ戸をくぐって裏の階段から地下貯蔵庫を通り、コーヒー部屋の電話機に向かった。そこからエントランス・ホールの電話にかけ、わたしにニューヨークの〈イークィノックス調査会社〉について嘘っぱちの情報を並べた。第三のあやまち。そんな嘘は遅かれ早かればれるものだ。時間を置かずに大胆な嘘を吹き込むことで、そちらへ向かっていた捜査の芽を摘んでしまいたいと思ったのだろう。が、地方検事局のシュルツがようやく調べてくれてね、きみはチャーミオンを尾行していた探偵などいないと言っていたが、シュルツは実際にその男の身柄を確保している」

ロードはアーリーから目を離すことなくポンズに話を向けた。「わたしの言った意味がわかりましたか。電話の音が聞こえた件での博士の仮説を、逆から見てみようと言ったでしょう。ラスは地下貯蔵庫を離れたから一階のエントランス・ホールでの電話の会話が耳に入ったわけではありません。ホールではなく、地下のコーヒー部屋から電話の声が聞こえていたのです。当然聞こえたのは、アーリーと電話で話すわたしの声ではなく、わたしと電話で話すアーリーの声だったわけです。ラスが階段を上がるときに、アーリーは再び貯蔵庫に身をひそめ、それから家を抜け出して車で自分の診療所へ戻ったところへ、わたしが折り返しの電話をかけたのです。移動には充分な時間がありましたからね。殺人が起きたのが午後十一時十五分ごろで、わたしがアーリーの診療所に電話するまで少なくとも二十分か二十五分経っていました。その間にスプリンガーがやって来て、家じゅうを調べてまわって、スプリンガーの自宅にも電話をかけていたのですから。

きみの診療所に電話をしたとき、あのコーヒー部屋からかけてきた偽電話の時刻について正しい情報を答えたのは、さすがに頭がいい。さあ、どう思うね、アーリー？」

「馬鹿げていると思いますよ」アーリーが、下顎以外の筋肉をまったく動かすことなく答えた。「同じ家の中の電話機同士で電話をかけるだなんて、どういうことですか？　この家の電話には内線電話の機能はないのですよ」

「わたしが電話機について何も知らないと思わないほうがいい」ロードが答えた。「特殊な条件を満たした場合には、同一回線内の電話機同士は相互通信が可能になる。特殊な条件とは、ただ特別な組み合わせの番号をダイヤルするというものだ。電話会社の支社長が詳しく説明してくれたのだが、そのときにはよくわかっていなかった。通信サービスの用語では、〝イレブン・イレブン・ショート〟と呼ぶらしいのだが、自動交換機内の装置を通らずに、電気信号をそのまま発信者の回線に送り返して、電話機のベルを鳴らすのだそうだ。同一回線内のすべての電話機は常につながっているが、通常は外線にかけなければ、どの電話機も通話できない。自分の回線に電話をかけて受話器を戻し、ベルが鳴るのを待ってまた受話器を上げると、自動交換機は経由しない状態になっているため、誰かが同じ回線内の別の受話器を上げれば、同じ家の電話機同士で内線通話ができるのだ。これはまちがいない。今夜ここへ来る前にグラントの家の二台の電話機で実験してきたのだから」

「では、もう一度今から実験してみてください」アーリーが提案した。「ここの番号は二一二八四八番です。それをダイヤルして、どうなるかやってみたらいかがです。何も起きませんよ。話し中の信号音すら聞こえないはずです」

「そのとおりだ。だが、自分の回線に電話をかける、と言ったのは、自分の電話番号をダイヤルするということではないのだ。どの電話からかけるときも、交換機で〈イレブン・イレブン・ショート〉

を起こす番号は同じだ。ハートフォードの交換機の場合、その番号は六―一一一一だ。

第四のあやまちにこそ、きみのその厚かましさが際立って表れている。きみはこの天才的なアリバイ工作について、クインシーを殺す前に話して聞かせたのだ。でなければ、どうして彼に知り得ただろう？　彼は死ぬ前に、きみの手口をわたしに伝えようとしたのだ。死ぬ間際に繰り返していたのだから。〝六一一一、六一一一〟とね。これもきみの自信過剰なところだ。これほど早く答えにたどり着けなかったとしても、遅かれ早かれわたしもこの点に立ち返って、電話番号を含めたあらゆる番号を当たっていたはずだよ。

電話の話ついでに、もういくつか言っておこう。自動交換機はミスをしない。シモンズ家の回線のカウンターによれば、あの家から土曜日の夜に発信された電話は一本もない。なのにきみは病院への電話も、わたしが受けた電話でも、シモンズ家からかけていると言った。その嘘だけでも、きみが何かしら人を欺こうとしていたとわかる。つまり、そこから二つのことがわかるのだ。一つ、きみは人に知られたくない場所にいたこと。それはこの家の中だ。二つ、きみは患者の家にいなかったわけだから、ここに来る前からすでに彼の死を知っていたことになる。もちろん、一旦患者の家から出て、すぐ近くにあるドラッグストアから電話をかけた可能性はある。が、何のために？　その上嘘までつくだろうか？　そんな理由は考えられない。

昨日、わたしに診療所からパーケットへ電話をかけさせたときには、ずいぶんと大きな賭けに出たものだ。が、電話のトリックをあばかれる瀬戸際まで追い詰められて、切羽つまっていたのだろうね。そしてうまく逃げきった。電話サービスはまだ通常どおりに機能していないし、通常の状態であっても交換手は注意力散漫からミスをすることがある。それでもきみの望んでいたことは立証できなかった——つまり、月曜日にも同じようにかけたという証明にはならなかった——ただ、同じようにかけた可能性があることを立証したに過ぎない。そもそも、交換手が常に注意力を欠いてミスをするというのは都合の良過ぎる話だし、月曜日の夜には交換手はミスをしなかった。あの夜この家の回線に着信はなかった。土曜日については、シモンズ家の回線の自動カウンターは注意力散漫になり得ない。つまりきみは——テーブルから離れるんだアーリー、メスに触れるんじゃない！」

「メスの心配なら、ご無用です。あなたに投げつけるとでも？」ドクター・アーリーはテーブルから離れて、大股でロードのいるほうへ部屋を横切ると立ち止まった。「それで、わたしがそれを全部やったとおっしゃるんですか？　これっぽっちでも証拠があるんですか？　第一、いったいどうしてわたしがそんなことをしなきゃならないんです？」

「わたしは証拠もなしにこんな話をしない。さっき言ったように、シモンズ家の電話からかけたという嘘によって、きみが前もって彼の死を知っていたことがわかる。それについては、より明白な証拠もある。あの救急車の運転手は、遺体を病院に搬送したときにはすでに死後硬直が解けていたと証言している。暖房の効いた屋内で狭心症で死亡した場合、一時間以内に死後硬直が現れてまた解けることはあり得ない。筋肉の弛緩は、とてもじゃないがそこまで早く起きるわけがない。つまり、その患者がもっと早くに亡くなったことを知りながら、そのことでもきみは嘘をついていたことになる。普段であれば、病院で気づかれないはずはない。だが、今病院はてんやわんやだ。洪水がもたらした異常事態をめいっぱい利用したのだな。

二階の跳ね上げ戸を錆だらけの釘で打ちつけたのはうまい考えだったがね、アーリー。次からは木材に打ち込む部分だけはきれいにしてからにしたまえ。木材に埋まった釘は錆びない。それなのにこの木片の、釘に接していた部分は錆で汚れている。つまり、釘は打ち込まれる前から錆びていたのだ、打った後ではなく。それはわれわれが扉を発見する時点までに、いつでも釘を打てたことを意味している。必ずしも何年も前でも、月曜日の夜にクインシーが殺される以前でなくてもいいわけだ。事実、きみがいつ釘を打ったのかはわかっている。

ポンズ博士とわたしは火曜日の午後、ラスが聞いたという電話について実験しに来た。きみはその前にこの家に入るために――その時点では本当にすべての入口がロックされていたのだが――検死審問の召喚の件でわたしを探しているという名目で訪ねてきた。当直の巡査は、検死官であるきみを中に入れないわけはない。見張っておく必要もない。事実、きみを通した後に彼は地下へコーヒーを飲みに行っているわけだが、階段を降りているときに上から大きな衝撃音を四つ聞いている。この邸をひどく気味悪がっていた巡査は特に調べもしなかった。だが、わたし自身がこの家で夢まぼろしを見てなどいないのだと気づいたとき、それは彼にも同じだとわかった。クインシーの死体を残して逃げる途中で跳ね上げ戸を釘づけする暇はなかったはずだ。そのときの四つの衝撃音が釘を打つ音だったにちがいない。

あの釘は、殺人犯以外に打つわけがないのだ、アーリー。そしてきみを置いてほかに釘を打てた人物はいない。そのときにはすでに家じゅうの出入口はロックされていた。静まり返った家の二階から音が聞こえたとき、巡査は地下のキッチンにいるラスを目撃している。

きみが連続殺人に至った動機だが、二件めについては簡単だ。きみは脅されていて、脅迫者が生きている限り自分の命の危険を感じていた。一件めの殺人の動機については、きみはミセス・ティモシーに関して深刻な問題を抱えていたにちがいない。具体的にはわからないが、事件を立証するのに必ずしもその中身は必要ない。ただ、きみは長い間、彼女の愛人だったんじゃないかと睨んでいるとだけ言っておこう。彼女がたびたび引き出していた高額の現金は誰かに贈っていたのだろうが、その相手はきみだったんじゃないのか。成功しているとは言え、若い医者にしては収入がとび抜けて多いらしいな。それに、きみがチャーミオン・ダニッシュに抱いた関心も、ミセス・ティモシーとの間で激しい口論の元となり、決定的な別れが目前に迫ったのだと思う。ミセス・ティモシーは遺書を書き換え、きみへの支援を打ち切ると脅したのだろう。

ミセス・ティモシーがただの脅し文句で終わらせる女性でないことは、きみもよく知っていた。彼女からの金も、チャーミオンへの関心も、どちらも失いたくない。厚かましいほどに自信過剰な人間にとって、唯一の解決策はミセス・ティモシーの死だ、それも遺書を書き換えられないうちに。それがわたしの推理であり、必要であれば立証することも可能だと思う。引き出された現金の行方をシュルツが追っているし、ミセス・ティモシーが本当に雇っていた私立探偵からも何かわかるだろうし、さらにはミス・ダニッシュからも何らかの証言が得られるかもしれない。彼女だって、殺人犯に恋するはずはないからね。チャーミオンがわれわれに明かさなかった事実があるのは、まちがいない」

アーリーが言った。「もちろん、彼女が話さなかった事実はありますよ。ですが、そうやってわたしを殺人犯に仕立て上げた以上、彼女をわずらわせるまでもなく、わたしからいくつかお話ししておきましょう。

チャーミオンは、シモンズがあの日の夜ではなく、すでに昼間に死亡したことを知っていました。わたしが正午にシモンズの家を訪ねて亡くなっているのを発見したとき、彼女も一緒にいましたから。わたしは通報を遅らせたいので黙っていてほしいと頼みました。医者としての信用に傷がつくからと言いましたが――これは彼女も知らないことですが――もう一つの理由は、シモンズの死をアリバイに使おうと思ったからです。殺人ではなく、どうしてもミセス・ティモシーと人目を避けて会わなければならなかった、そのためのアリバイです。チャーミオンと結婚したいというわたしの意思に、ミセス・ティモシーは反対していました。反対された理由をあなたに話す必要はないと思いますが、わたしとミセス・ティモシーは非常に親しい関係で、猛反対していた彼女の態度を大急ぎで変える必要がありました。なぜなら、今週のうちにチャーミオンに結婚を申し込むつもりだったからです。

それが、ミセス・ティモシーとこっそりと会う目的でした。ですが、彼女とは二度と会うことはできなかったのです。

コンサートの後半が始まったら、寝室で落ち会う約束になっていました。わたしは二階へ上がり、人目につかないように通路で待っていました。しばらくして正面の廊下へ出たのですが、彼女はその間に上がってきたらしく、わたしは見かけませんでした。下の階からかすかに音楽が聞こえてきたので寝室へ入っていくと、彼女が刺されて死にかけていたのです。もう手遅れの状態で、話もできませんでした。

もはやどうしてあげることもできず、一方でわたしは非常に危険な立場にありました。わたしはこの家にいないものだと複数の人に伝えてありましたからね。切羽詰まっていたとはいえ、無害な目的で準備したアリバイをそのまま使うことにしたのは、軽率に過ぎたと言えるでしょう。なんにせよ、わたしはそのアリバイを利用することにしたのです。病院に電話をかけ、それから一階のエントランスにいたあなたに電話をかけてから、電話のコードを切断しました。

当然ながら、チャーミオンを尾行していた私立探偵のことであなたに嘘をつきました。こんな殺人事件から彼女をすっぱりと切り離したい一心で。

あなたのおっしゃった〝事件の真相〟のうち、ここまでは当たっています。ですが、これだけです。わたしが犯人だという、どんな証拠があると言うのですか？　ミセス・ティモシーが亡くなったときに寝室にいて、その後に家を出るところをグラントに見られたことですか？　そのことは事実だと認めますが、だからといってわたしが殺した証拠にはなりません。釘とか跳ね上げ戸とか、それにクインシーの最後の言葉については、まったく知らないと断言します。それらをわたしとつなげようと立証するのは不可能です、つながりなどないのですから。あなたが診療所からパーケットにかけた電話がつながったからといって、その前夜にわたしに同じことができた可能性を証明したに過ぎないとおっしゃいましたね。そのとおりでしょう。ですが、不可能だったと証明されたわけでもないのです。わたしが診療所からパーケットにいるあなたに電話をかけたのは事実だし、あなたが説明した通信サービスの話が正しいのなら、交換手は本当に注意力散漫だったのです。

さあ、これで〝事件の真相〟とやらはどうなりますか、ミスター・ロード？」ドクター・アーリーは両手を腰に当て、刑事に挑戦するように突っ立っていた。

ロードは苦々しく認めた、「確かに、今の話でわたしの推理にはまた障害が出てきたね」そう言った途端、力強い、氷のような声が割って入った。

「わが親愛なる警視」スプリンガーが言う。「あなたは常に新しい難問をみずから呼び寄せるようですね。幸運なことに、今回はわたしが力をお貸しできますよ。クインシーが殺された夜、アーリーがパーケットから出ていくところを見たのです。今となってはそれを黙っている理由はありません」

「殺人犯が家を出るころには、あなたはまだここに来ていなかったというのが、その理由じゃないですか」

「いや、いましたよ」

「それを証明できるとでも？」

「簡単なことです。わたしがパーケットのそばまで来たとき、キッチンの窓越しにラスの姿が見えました。ポットを床に落として、キッチンにコーヒーをぶちまけていましたよ」

ロードが素早く執事のほうを振り返る。「そうなのか、ラス？　その失敗のことを誰かに話したか？」

「いいえ、誰にも話しておりませんが、それは事実です。ミスター・スプリンガーがご存じということは、きっと直接ご覧になったはずです」

「それで、コーヒーをこぼしたのはいつごろだ？　覚えているかい？」

「はい。あれは十一時ちょうどでした。あの電動時計は正時のたびに大きな機械音がするのです。その音に不意をつかれて、うっかりポットを落としてしまいました」

「ということは、これで決まりですね、スプリンガー」ロードはにやりと笑みを浮かべていた。「たった今、あなたはご自分のアリバイを木端微塵に粉砕したのです。アーリーが犯人だと見せかけようとしてね。クインシー殺害の嘘のアリバイが、時計が指す嘘の時刻に基づいていることは明々白々でした。でなければ、どうしてミセス・ティモシーの寝室の時計が進められていたのか？　アーリーがやったとしても、何の得にもなりません。ですが、あなたはちがいます。あなたのアリバイは、自宅を十一時十五分に出たという点にかかっています。が、それは嘘です。本当は十時四十五分に出たのです。お宅の家政婦が十一時十五分に出たと思い込んだのは、ミセス・ティモシーの時計と同じように、あなたが自分の家の時計も進めておいたからです。あなたをおびき出すために、わたしはまったくの別人を犯人として責めたてなければならなかった。その偽の糾弾を後押ししたいあまりに、あなたは自分自身が犯人だという決定的な証言を告白してしまったのですよ」

スプリンガーが浮かべた微笑みは、暗く冷たかった。「もう一度よく考えてごらんなさい、ミスター・ロード。ドクターに対してあなたが作り上げた仮説は、わたしには当てはまりませんよ」

「そうでしょうか? 当てはまりますとも。二件めの殺人の後で跳ね上げ戸を釘づけしたのはあなたです。あのときにはアーリーだけでなく、あなたもこの家にいたのですから。クインシーが死んだ夜、コーヒー部屋から偽の電話をかけてきたのもあなたです。そして一件めの殺人を目撃されて脅迫を受けていたのも、あなたです。一本めの短剣を持ち去った犯人は、あの跳ね上げ戸と梯子を使ったわけではありません。覚えているでしょう、あの跳ね上げ戸が描かれた見取図が盗まれたのは、犯人があそこを犯行後の逃走経路に使おうと決めた後、つまり、二件めの殺人のときだったのですから。一件めの殺人に備えて短剣を合理的に持ち出すことができたのは、クインシー以外にはあなたしかいないわけで、それはクインシーもよく知っていた。おそらくミセス・ティモシーが殺された夜、あなたたちのどちらにも博物館を空けていた時間があるとあなたが告白する直前に、クインシーの脅迫が始まったのではありませんか。ですが、あなたがそう告白しても(そして、クインシーにも空白の時間があったと話しても)、彼からの脅迫をやめさせるには至らず、あなたはクインシーに追い詰められて彼を殺したのです。

この事件でこれほどまでに厚かましい人物も、あなた以外にはいません。あなたの犯行をごまかすためにクインシーが披露した魔術の話を、あなたはあざ笑った。クインシーを殺す前に、自分がいかに悪賢い電話のアリバイを使ったかを彼に話して聞かせただけでは飽き足らず、彼が死ぬ間際にわたしに伝えようとした手がかりの言葉まで、あなた自身が解説してみせたのです。ですが、今回はそれが行き過ぎたせいでしっぽをつかまえることができました」

「そんなことはありませんよ、ミスター・ロード。あなたは話を大胆にねじ曲げています。クインシーの死について、埃を払って使い古された動機を引っ張り出してきたものの、何ひとつ証拠は示されていません。ミセス・ティモシー殺害に至っては、動機さえ思いつかないじゃありませんか」

「一件めの殺人の動機ならわかっていますよ」ロードが落ち着いた声で言った。「憶測ではありません、証拠があるのです。このミイラに対するあなたの狂信的なまでの執着については、ここに充分過ぎるほどの証人が揃っています。人を殺すほどの動機というものは、常に極端に強い執着心と決まっているのです。それも、目的のものを手に入れるためには、どんな行動をとろうが、どんな危険を冒そうがかまわないと思えるほど強い執着心です。殺人犯なら誰もが抱く動機であり、それがあなたの抱いた動機なのです」

スプリンガーの声に混ざる軽蔑は明らかだった。「お忘れかもしれませんが、このミイラはわたしの所有物なのですよ」

「そのとおりです。ミセス・ティモシーを殺したおかげでね。彼女はあなたを自分の遺書から完全に抹消するつもりだったのですから。つい最近、彼女はその手続きのことで顧問弁護士と打ち合わせをしようとしていました。残念ながら、弁護士には事の重大性は伝わらず、ほとんど思い出せないと言っています。ですが、運転手のピーター・グレイディははっきりと覚えていましたよ。まだ直接会えていないのですが、そちらも今夜ウースターの電話を使って話ができました。ミセス・ティモシーは弁護士に面談を申し込んだそうですが、その目的はあなたに遺すすべての遺物について遺書を書き換えるためだったと、運転手は断言しています。あなたは何ひとつもらえなくなるはずだったんですよ。このことを聞かされたのかどうかは知りませんが、あなたは実に鋭い人ですからね、スプリンガー。風向きが変わるのを読んで、手遅れになる前に行動に打って出たのでしょう」

「それを聞いて安心しましたよ。あなたの言う〝証拠〟はどれも取るに足らないものばかりです。さっさと核心に迫ったらいかがです？　そんなことはできませんよね。誰ひとり納得させられるだけの証拠などないのですから。ミセス・ティモシーが殺された夜に、わたしが二階にいたという証拠でもあるのですか？　あなたの勝手な憶測ばかりで、確かな証拠は何もないのです」

ロードはアーリーのほうを振り向いた。「あの夜、二階で彼を見かけたということはなかったのか？」

アーリーは首を振った。「見ていません」

「でも、わたしは見たわ！」

一同が驚いて振り向くと、チャーミオンが座っていた椅子の横に立っており、堰を切ったように話しだした。ロードの最高に楽観的観測をもはるかに上回る情報だった。

「うがいをしに二階へ上がったときに、あなたを見かけたの。階段をのぼって、中央の廊下の先に目をやったときよ。あなたは裏の階段に向かって、奥の通路を通っていたわ。懐中電灯を持って、ガウンを着ていた。もう黙ってないわ！　はっきりあなただとわかったのよ」

しばらく誰もが呆然としていた。ようやくロードが口を開いた。「だが、今までどうして何も言わなかったんだ？　これがどれほど重要なことか、わからなかったのか？」

娘は簡潔に答えた。「言えなかった。トムのことも見たんだもの。ああ、わたしがどれほど苦しんでいたかわからないかしら！　トムが無実だとわかってはいたけど、今この瞬間まで、彼の身の潔白が完全に証明されるまで、二階で誰かを見たなんて言えなかったのよ。そんな危険は冒せなかったの」

　スプリンガーは冷たく激しい言葉を浴びせた。「このくそ女。薄汚れたメス猫め」背中に回していた片手をポケットに滑り込ませたと思うと、再び引き出した。銃を発射した瞬間、すでに背を向けて走り出していた。

　一瞬、誰もが麻痺したように動けなかった。ロードの目には、くず折れるチャーミオンの姿しか映っていなかった。ポンズは口を半開きにしたまま、床に倒れたチャーミオンのもとに駆けつけた。

　ロードが博物館のドアに向かって駆け出す。

　エントランス・ホールに出ると、パーケットの玄関の扉が開いたままになっていた。頭はほとんど動いていなかったものの、ドアのすぐ外の上方に何かがまぶしく光るのを確認した。一瞬スピードを落とし、またドアの向こうの光の中へ全速力で駆け出す。バーン！――ロードが通り過ぎた瞬間、開いたままのドアから飛び込んできた銃弾が階段に当たって炸裂した。赤い閃光に向けて二発撃ったが、相手はすでに走りだした車から発射したらしい。

　ロードも自分の車に向かった。スプリンガーは逃げるのに精いっぱいで、この車に細工をする時間はなかったはずだ。よし。モーターがうなりだす。車を大きくバックさせてから、ギアの音を響かせて芝の上を全速力で走り出すと、再び私道に出た。もともと大柄なポンズ博士は、特に最近は研究と実験に明け暮れていたにもかかわらず、若いころに鍛えた運動能力は衰えていなかったようだ。ロードがタイヤをきしませてパーケットの私道を曲がろうとしたとき、ポンズの叫ぶ声が聞こえ、家から飛び出してきたポンズとウースターの姿を目の端にとらえた。

ロードはヘッドライトをつけ、濡れて滑りやすい曲がりくねった道を照らした。スプリンガーの車は見えないが、ほかに逃げ道はない。ライトをつけずに走っているとすれば、スピードは出せまい。恐ろしいことに、カーブや曲がり角でハンドルを切るたびに大きく車をスリップさせて追いかけるロードは、もはや法の執行官ではなく、正義などという概念へのこだわりは消え失せていた。今の彼を衝き動かしているのは原始的な復讐心で、平然とチャーミオンを撃った男を捕まえて殺してやりたいという思いだけに取りつかれていた。その瞬間、ロードの感情も行動も、頭の狂ったどんな犯罪者よりも見境をなくしていた。

道路の先には長い直線が続いている。ロードがそこに入ると、道の先に赤いテールランプが左のファーミントンの方角へ消えるのが目に入った。スプリンガーめ、ライトをつけていたか。クラクションを鳴らし、それより大きな音でタイヤをアスファルト、続けてコンクリートの路面にきしませて、ロードは後先も考えずにハートフォードの幹線道路に突っ込んだ。

赤いライトは、すでに遠くに小さく見える。点滅して脇へ消えた。かまわないさ。への字に曲げていた口が、かすかににやりと笑う。この車は速い、たぶんコネティカット州で一番速い車だ。ただし、加速に少し時間がかかる。ロードの車は時速八十マイルで、ぐんぐん目標との距離を詰めていく。時速九十二マイルでコンクリート舗装道路を三十秒も走らないうちに、まぶしいヘッドライトに照らされ、先を走る車の後部がだんだんはっきりと見えてきた。

その差は二百ヤードもないはずだ。拳銃を使おうとは思いもしなかった。それは後でいい。離れたところから撃ってもしかたない。まずはすぐにでもあいつの体を痛めつけてやりたい。

道路の真ん中を走るスプリンガーの車は、せいぜい六十五マイルしか出ていないのだろう。二台揃って緩やかなカーブを曲がろうとした瞬間、向かい側から走ってきた車をよけようとエジプト学者が車を右へ寄せた。ロードは対向車が通り過ぎざまに左へ出ると、幹線道路の路肩でスピードを上げ、車の先端がスプリンガーの車のリアフェンダーに追いついたところで、後ろの車軸を狙って思い切り右へハンドルを切った。スピードで四十マイルほど上回っていたロードの車と並ぶと、相手は止まっているも同然だった。

ロードがスロットルを目一杯に踏み込むと、砕け散るような衝撃音が響いた。

横からぶつけられたスプリンガーの車は、傾いたまま四十フィートほど滑ったかと思うと横転し、ガラスの割れる音や金属がコンクリートの路面にぶつかる音を反響させながら、何度も何度も転がった。ロードはなんとかバランスを取り戻そうとして、スプリンガーの車に再度ぶつかり、幹線道路の左車線へ弾き飛ばされながらも、ブレーキと壊れたステアリングコラムを必死で操作していた。どうにか時速四十マイルを切るまで減速しながら走り続けた。と思った途端、車は側溝にタイヤを取られて勢いよく土手に乗り上げ、回転してゆっくりと横向きに倒れた。

中から這い出して、走って車を離れたロードは、肩のひどい損傷と左手首の骨折にまったく気づいていなかった。スプリンガーは大破した車から放り出され、コンクリート舗装道路の反対側の側溝の中に横たわっていた。

自動拳銃を握り、いまだ鎮まることのない怒りにたぎった視線を走らせながら、ロードはエジプト学者の上に身をかがめた。が、暗がりの中でさえスプリンガーに息がないことは明らかだった。首の骨が折れ、体じゅうから出血し、後頭部が陥没している。ロードはかがんだままで、今度はうつろな目でスプリンガーを見つめていた……事件は解決だ。犯人は死んだ……そして、チャーミオンの命も……もうどうにもならない……。

道路の半マイル手前のカーブを曲がって、二組のヘッドライトが猛スピードで近づいてくる。ロードは無意識のうちに拳銃をポケットに入れて、よろよろと立ち上がった。そのまましばらく立ち尽くしていたが息が詰まり、赤く染まりゆく泥の中に座り込んで、がたがた震えながら苦しそうにあえいだ。

近づいてきた車が通り過ぎざまにブレーキをきしませ、横滑りして止まった。人影が飛び出してくる。ポンズ博士が大けがを負ったロードに懐中電灯を向け、傷の具合を調べようと彼の体や、苦痛に歪んだ顔を照らした。ポンズ博士は鋭い目と多くの経験を持ち合わせていた。ほんの十五秒か二十秒ほど様子を見ただけで、友人のどこが今一番傷ついているのか、それがどうしてなのかを悟った。

いつにない優しさでロードを助け起こしてからポンズが言った。「マイケル！」体を軽くゆすると、肩の痛みでロードの両目に光が戻ってきた。「チャーミオンの弾は急所を外れていたよ、マイク。肩の下を貫通する重傷だが、命に別状はない。驚いたな、あのときは殺されたかと思ったが、あの――あの……」

ロードはよろけながらウースターの車のほうへ向かい、やがて背筋を伸ばして歩いた。が、車に乗り込んでも話ができる状態ではなかった。

訳者あとがき

C・デイリー・キングの作品を初めて手にとってくださった方には、本書で活躍するマイケル・ロード警視（ニューヨーク市警）とL・リース・ポンズ博士（統合心理学者）が登場する物語が、これで五作目であることをまずお伝えしたい。が、前作までの予備知識がなくても、何ら戸惑うことなくストーリーをお楽しみいただけることと思う。

ふたりがこれまでの作品の中で携わってきた事件について、本作でも人名などがところどころに出てくることはあるものの、本筋とはほぼ関係なく、これまでの作品をご存じの愛読者に向けての遊び心を思わせる（ただし、前回までの事件に触れる部分では、勘のいい方には犯人のヒントになってしまうかもしれない）。幸いこれまでの四作はすべて邦訳されており、気になった方はさかのぼって読んでみられてはいかがだろう。

すでにご存じの方には蛇足ながら、本作は〈オベリスト三部作〉と呼ばれる『海のオベリスト』『鉄路のオベリスト』『空のオベリスト』に続く、〈ABC三部作〉の二作めに当たる。前作『いい加減な遺骸』（論創社）では、傷心のロードをポンズ博士が旧友の〈ケアレス城〉に招待したのに対し、今回はその反対に、気乗りしないポンズ博士をロードがハートフォードの友人宅へ車で連れ出すところから物語が始まる。ハートフォードは、ロードたちの住むニューヨーク市の北東にあるコネティカット州の州都で、車なら二、三時間ほどのところにある。クーペを駆るロードが日常を離れて心やすい友人たちと過ごすには、ちょうどいい立地なのだろう。が、あいにくの大雨による洪水に見舞われ、招待された〈パーケット〉という名の邸では殺人まで起きて、相変わらずロードとポンズが一緒に遠出をすると悪いジンクスにつきまとわれるようだ。二度あることは三度あると言うが、四度あったことが五度めも起きてしまうというわけだ。

今回は、その〈パーケット〉にも何やら怪しいジンクスが渦巻いているらしい。著名なエジプト学者だった邸の亡き主人が、生前エジプトから持ち帰ったさまざまな考古学の遺物が自宅に保管されており、訪れる者に心理的に何とも言えない不穏な圧力を感じさせる。キングは本作の中で、ヒエログリフの解説、パピルスに書かれた文書の解読、ファラオたちにまつわるエピソードの紹介、ミイラや魔術の謎などについて、実在する著名な考古学者や文献の情報を織り交ぜて描き、どこまでが歴史的な事実で、どこからがキングの創り出したフィクションなのかがわからなくなるほど緻密に調べて練り上げている。

また構成としては、各章に〈第〇の書〉という番号に続いて巻物の名前がつけられている。〈SFDW〉はパピルス製の巻物〝ジェフェドゥ〟のアルファベット表記であり、〈W〈〉、〈SNW〉、〈HMT〉……はそれぞれ、一、二、三……の古代エジプト語だ。全六章を合わせて〈死の六つの書〉としたタイトルは、かの『死者の書』を連想させる、思わせぶりな演出だ。

ちなみに本作に名前だけ登場するカーナヴォン卿だが、一九二二年のツタンカーメンの王墓発見に資金面で貢献したものの、翌年に急死を遂げ、三千年の時を越えた呪いではないかと世間を騒がせることとなった。本書が書かれた一九三〇年代には、まだその大発見の興奮と、奇怪な噂話が人々の中に強いイメージとして残っていたのかもしれない。

また、作中の〈メルエン・ラー〉のミイラについて補足すると、〈メルエン・ラー一世〉は若くして亡くなったために、自身のピラミッドは未完成で保存状態が悪く、中から見つかったミイラが本人かどうかを怪しむ声さえ出ているようだ。作中のシメオン・ティモシーが、どういう経緯をたどったのか、人知れず本物の〈メルエン・ラー〉のミイラを〈パーケット〉に持ち帰っていたと想像すると、キングの創り出した不思議な〝博物館〟がより一層不気味に謎めいてこないだろうか。

さて、〈ＡＢＣ三部作〉の〈Ａ〉に当たる本作（一作めはＣ）の次は、ついに〈Ｂ〉の『Bermuda Burial』でシリーズが終わる。五度あったことが六度あるのかどうか、どうぞご期待いただきたい。

C・デイリー・キングと密室物

森　英俊（ミステリ評論家）

はじめに

〈密室〉なる魔法の言葉にいまだに心がときめくのは、生まれて初めて読んだミステリがガストン・ルルーの『黄色い部屋の謎』だったという、原体験によるものだろうか？　ジュニア向けに訳された同書と出会ったのは、いまからもう半世紀近くも前だが、そのあと二冊の本との運命的な出会いによって、ますます密室物にのめりこんでいくことになった。

一冊目は、村崎敏郎訳のポケミス版がとうの昔に絶版になっていたため、入手するのに相当に時間のかかった、ディクスン・カーの『三つの棺』。ようやく手に入ったうれしさに一気に読了したが、謎や雰囲気、トリックやプロットのすばらしさもさることながら、作中探偵に「密室講義」を語らせるという作者のサービス精神・遊び心に痺れることしきりだった。

さらなる運命的な本と出会ったのは、それから十年ほどしてからで、いま思えば、そのことが原書収集の最大の原動力になったといっても過言ではない。大学生になっていた一九七九年に、ロンドンにあるミステリ専門店フェレット・ファンタジー（Ferret Fantasy）が *Locked Room Murders and*

*Other Impossible Crimes*という入門書を出したのを風の噂で聞き、さっそく取り寄せてみることにした。翌年の初めには、早川書房の《ミステリマガジン》が同書を参考に〈密室〉を大特集（一九八〇年三月号）。二百年以上も前に発射された弾丸が人を殺すヴィンセント・コーニアの「待っていた弾丸」、アーサー・ポージスの傑作パスティーシュ「813号車室にて」、マッキンレー・カンターのとぼけた味の消失物「ピアノ盗難事件」など、掲載作品が粒ぞろいだったこともあって、*Locked Room Murders and Other Impossible Crimes*で賞賛されている他の未訳作品もぜひとも読んでみたいと、原書収集に熱が入ることになったのだった。

一九九一年にはその改訂増補版がビル・プロンジーニとゆかりの深いクロスオーヴァー・プレス（Crossover Press）から刊行され、欲しい本の数はさらに膨れあがった。くだんの名著の著者は昨年急逝された英国の研究家ロバート・エイディー（Robert Adey）氏で、同書には密室や不可能犯罪やミステリ短編集の生き字引ともいうべき氏の情熱がこめられている。

一、密室好きのバイブル

十数年前、NHKでミステリの特番があり、その際、スタジオに人気ミステリ作家を招き、各大学のミステリクラブの代表者たちと語り合ってもらうという企画が行なわれた。筆者自身の書庫も事前に取材を受けていたので、放送当日、ドキドキしながら番組の始まるのを待っていたところ、くだんの人気ミステリ作家が灰色の表紙をした一冊の原書を携え、スタジオに颯爽と登場してくるという演出に、大学生たちがどよめいた。その本こそが*Locked Room Murders and Other Impossible Crimes*

の改訂増補版で、全国放送の特番のオープニングシーンの小道具としてそれが使われたこと自体、そのマニアックな本がいかにわが国で愛されてきたかを実証している。実際、同書は世の密室好きのバイブル、座右の書ともいうべき存在で、若い世代の本格ミステリ作家たちに与えた衝撃も少なくなかった。

同書になじみのない人々に簡単にその内容を紹介しておくと、大まかに言って、三つのセクションに分かれている。まず、欧米の密室ミステリの歴史をたどった序文。この部分は「密室ミステリ概論」の邦題で、講談社文庫の『密室殺人大百科（上）』（二〇〇三）に拙訳で収められている。もともとは二〇〇〇年に原書房からハードカバーで刊行された『密室殺人大百科（上）嵐を呼ぶ密室』に入っていたものだが、文庫版のほうでは二〇〇〇年以降の邦訳データが付け加えられているので、一読するなら、入手の比較的容易な文庫版のほうがお薦めだ。「密室ミステリ概論」は文庫版で八十頁近くもあり、それを読めば、ますます密室物の虜になってしまうこと請け合い。

とにかく個々の作品にふれた部分が魅力的で、「（ルイス・）ザングウィルはZ・Zという筆名の用いられた、彼の唯一のミステリであるこの長編（*A Nineteenth Century Miracle*／一八九七）のなかで、ワーロック・ジョーンズなる探偵に、小型通船から海に落ちた男がいかに溺死体となって同時刻にロンドンのアトリエの天窓から落下することができたのか、という謎を解明させている」とくれば、だれもが好奇心をそそられずにはいられまい。

この序文に続くのが、*Locked Room Murders and Other Impossible Crimes* の根幹をなしている、密室や不可能犯罪物の出版データならびに、おのおのの作品のなかで提示されている謎の紹介である。その部分を問題編とするなら、最後のセクションは解答編にあてられており、どのようなトリックが用いられていたかが明かされると同時に、これぞという作品には短評も付されている。

「密室ミステリ概論」のほうに話を戻すと、最大の読みどころになっているのは言うまでもなく、黄金時代の作家や作品にふれた部分である。巨匠ディクスン・カーへの惜しみない賛辞、クライド・B・クレイスンとマックス・アフォードに対する〈不当に忘れられている作家〉という位置づけ、クレイトン・ロースンやヘイク・タルボットに対する〈不可能犯罪の分野での黄金時代の中心的存在〉という高評価は、これらの作家の内外での復権に大きく寄与することになった。

本書の作者C・デイリー・キングの名前は、「黄金時代のさらなる作家たち」と題されたくりのところに登場する。ほんの数行なので、該当箇所を以下に引いておく。

「C・デイリー・キングはアメリカの心理学者で、その全著作はイギリスでしか出版されていない。八編が収録された『タラント氏の事件簿』（一九三五）も当初、アメリカの大衆の目にはふれなかった。驚くべきことに、これら一級品の短編のうちの七つまでもが不可能犯罪物で、後年《EQMM》向けに書き下ろされた短編が、八番目の不可能犯罪物になる。同書の英初版はいまや稀覯本中の稀覯本だが、幸いなことに、アメリカでペイパーバックとして再刊されている」

『タラント氏の事件簿』は邦訳が新樹社から二〇〇〇年に出ており、その三年後には同書に未収録だったタラント物を増補した *The Complete Curious Mr. Tarrant* がディクスン・カーの評伝

作者でもあるダグラス・G・グリーンの運営するクリッペン・アンド・ランドリュー（Crippen & Landru）社から上梓された。

次節では、そのほとんどで不可能犯罪を扱っている、C・デイリー・キングのトレヴィス・タラント物を見ていくことにしよう。

二、C・デイリー・キングのトレヴィス・タラント物

The Complete Curious Mr. Tarrant に序文を寄せたエドワード・D・ホックは、密室物のお気に入りの作品集として、G・K・チェスタトンの『ブラウン神父の不信』（一九二六）やカーター・ディクスンの『カー短編全集1／不可能犯罪捜査課』（一九四〇）と並べて『タラント氏の事件簿』の名を挙げている。エラリー・クイーンの評価も高く、みずからの『エラリー・クイーンの冒険』に続いて『タラント氏の事件簿』を〈クイーンの定員〉の九十一番目に選んだ際には、「同書の八編のエピソードは多くの点で、この時代におけるもっとも想像力に富んだ短編探偵小説と言える」（名和立行訳）と、最大級の褒め言葉を贈っている。

先述のように、『タラント氏の事件簿』の収録作品のうち、ひとつをのぞいた七編が不可能犯罪を扱っている。収録されている順に紹介しておくと（邦題は新樹社版に準拠）、巻頭編の「古写本の呪い」は、ニューヨークの中心部にあるメトロポリタン博物館の地下室から、アステカの〈古写本〉が七百年以上も前の予言どおりに消え失せてしまうというもの。ふたりの人間が室内で夜を徹して見張っており、そこから盗み出すことは不可能であったのにもかかわらずである。

続く「現われる幽霊」は、他にはだれもいないはずの屋敷に何者かの足音が響きわたるという、怪異譚。周りには猫の子一匹いなかったのにもかかわらず、屋敷の女主人は階段の曲がり角でだれかに押されたかのようにつんのめり、階段を踏み外す。

三番目の「釘と鎮魂曲」はオーソドックスな密室物。ドロシー・L・セイヤーズがアンソロジーに選んだことでも知られる短編で、タラントが暮らすニューヨークのアパートメントにあるペントハウスで起きた惨劇の顚末が描かれる。アトリエ内で殺されていたのは、ペントハウスの住人である画家のモデルをしていた娘で、犯人とおぼしき画家の姿はどこにも見当たらない。

「『第四の拷問』」はかの有名な〈メアリ・セレスト号〉事件のオマージュともいうべき作品。〈第四の拷問〉と呼ばれるモーターボートで湖に出た裕福な一家が、湖のまんなかで、なんの理由もなしに、どこも悪いところのないモーターボートから次々と飛び降り、溺れ死んでしまうというもので、真相はばかばかしくもあり、衝撃的でもある。

「音無しの恐怖」はニュージャージー州の路上で首無し死体が次々と発見されるというもので、タラントは意外な物がギロチンがわりに用いられたことをつきとめる。

「消えた竪琴」はシリーズ最長の中編にして、最高傑作。三たび消えると一族の血が絶えるという言い伝えのある竪琴が、タラント氏らの目前で出現と消失をくり返す。事件の背後に潜んでいるよこしまそのものの動機、独創的なトリックなど、読みどころ満載。タラントが犯人にあやうく裏をかかれそうになる展開も面白い。

「三つ眼が通る」では、ダウンタウンのクラブの仕切り席でロシア人亡命者が刺殺される。事件当時その仕切り席にいたのは、被害者をのぞくと、共産党のスパイとタラントの日本人執事だけで、たがいに無実を主張しており、その言葉を信じるとすれば、不可能犯罪が成立するという状況であった。

これらの不可能犯罪を解き明かすトレヴィス・タラントは、いわゆる一般的な意味における探偵でもなければ、警察とつながりのあるわけでもない。裕福といってもいい資産家で、ニューヨークの東三十丁目のアパートメントに日本人の執事兼従僕のカトー（使用人の身分は隠れ蓑にすぎず、本職は医者であり、タラントによればスパイ活動にも従事しているという）と暮らしている。並はずれて博学で、精神分析、民族学や考古学、ワインや哲学や文学、さらには物理学に関する造詣も深い。「謎にはどこかに必ず論理的に納得のいく答えが、筋道の通った答えがあるはずなんだよ」、「この世には説明不可能なものはひとつもない」というのが信条で、それゆえ、ただ単に人が殺されただけの事件にはまったく興味がわかず、方法や動機について不可解な謎の秘められた事件にのみ興味を示す。報酬はもらわず、あくまでもアマチュアとして、みずからが興味を惹かれた謎めいた事件だけを捜査するのである

「音無しの恐怖」の時点では四十六歳であり、三十そこそこのマイケル・ロードとは、かなり年齢にひらきがある。際立った個性という点でも、作者のもうひとりの探偵よりはるかに印象に残る存在だ。どことなく謎めいた雰囲気も漂わせており、その点も、常識人の好青年、ロードとは好対照。

不可能犯罪が満載であることに加え、『タラント氏の事件簿』が秀逸なのは、収録作それぞれの関連性が高く、シリーズが進むにつれて、登場人物たちの関係性が深まっていき、不可能犯罪を扱っていない最終話の「最後の取引」にいたって、タラントのこれまでの信条や価値観の覆るような不測の事態が出来してしまう点だ。その衝撃度たるや、T・S・ストリブリングの『カリブ諸島の手がかり』（一九二九）を締めくくる「ベナレスへの道」にも匹敵するほどで、『タラント氏の事件簿』がひ

とつの意図を持って綴られてきていたことが、そこにいたって明らかになるのである。

『いい加減な遺骸』(一九三七)の解説のなかで、同書がロードの再生の物語であると述べたが、蓋を開けてなかを覗いた者に死をもたらす箱をめぐる「危険なタリスマン」(新樹社『これが密室だ!』所収)は、タラントのほうの再生の物語になっている。『タラント氏の事件簿』の最後に彼を襲った苛酷な出来事の先になにが待ち受けていたのか? その答は「危険なタリスマン」のなかに示されている。

The Complete Curious Mr. Tarrant には、この「危険なタリスマン」に加え、あと二編、タラントが関わった不可能犯罪事件が収録されている。「消えた美人スター」(光文社文庫『世界ベスト・ミステリー50選/上』所収)は、脅迫状を受けとっていた美人映画スターが厳重な警備下にあったハリウッドの自室から忽然と消え失せてしまうというもので、タラントはニューヨークの自宅を一歩も出ることなく事件を解決する。「タラント氏の釣果」(《EQ》一九八一年十一月号に訳載)は作者の死後に発見されたもの。超高層ビルの最上階にある、だれも間近に近寄ることのできなかったテラスで、新聞社主が木槌で撲殺されているのを発見される。物証があまりにもあからさまに提示されており、『タラント氏の事件簿』の収録作に比べると完成度は低い。

三、本書について

〈オベリスト三部作〉から〈ABCシリーズ〉の第一作である『いい加減な遺骸』を経て、本書へと読み進めてきた読者は、作者のスタイルの明らかな変化に気づいたものと思う。ややもすれば冗長に感じられた心理学がらみの記述（カッパ・ノベルズ版の『鉄路のオベリスト』［一九三四］が《EQ》連載時にはあった心理学に関する講釈の大部分を削ってしまったのは、そのためだろう）はすっかり陰を潜め、その代わりに、エジプト学やオカルト趣味がプロットに不可分な要素として物語に溶けこんでいる。加えて、〈オベリスト三部作〉に見られた高度なゲーム性は、エピローグとプロローグとを逆転させ、巻末の〈手がかり索引〉に重要な意味を持たせた『空のオベリスト』（一九三五）で頂点をきわめたこともあって、鳴りを潜めている。

そのことによって、ミステリとしての魅力が半減してしまっているかというと、決してそうではない。実際、密室にアリバイ崩し、ダイイング・メッセージに奇妙な凶器、邸の見取り図に関係者のアリバイ一覧表、複数の仮説に誤まった推理という、パズラー・ファンにはたまらない御馳走がいくつも盛りこまれており、読む者を最後まで飽きさせない。

物語の冒頭部分の煽りも強烈で、エジプトのヒエログラフに始まり、「ふたりが向かう先には、ロードのキャリアの中でも最も記憶に残るはずの事件が待ち受けていた。しかも特異で驚くべき特徴を、ひとつだけでなく、少なくとも四つか五つは備えた事件だ」（七頁）、「これから出会う犯人ほど徹底的に恥知らずで、と同時に無謀なまでに大胆な人物とは、いまだかつてあいまみえたことがなかった」（同）、「これは〝誰がコマドリを殺したか？〟というような直接的な疑問に集約できるほど、単純明快なミステリーではない」（八頁）、「〈パーケット〉での連続死を究明するにあたっては、いかにも現代的な状況も重要な要素となる。マイケル・ロードがハートフォードを目指して車を走らせていたのが、三月二十五日だったという単純な事実もそうだ。（中略）その日付は、まったく別の理由でも重要な意味をもつのだ。しかも、実に恐ろしい理由で」（九頁）と、畳みかけられては、頁を繰る手にもおのずと力が入るというものだろう。

事件の舞台となるのは、ウェスト・ハートフォードの小高い丘の上にある〈パーケット〉(エジプト語で〈小さな家〉の意)という奇妙で似つかわしくない呼び名の邸。邸内に納められている品々は、はるか古代のエジプトの空気や謎めいた香りを醸し出し、エジプト学者でありながら米国で最も成功した墓泥棒でもあった前所有主が邸内に設えた博物館には、古代エジプトの遺品の数々に混じり、ミイラの入った棺までも納められている。タラントとその相棒であるポンズ博士が到着したとき、ハートフォードは大雨で川の水位が上がり、その建物の多くが浸水。道路も通行止めになり、自家用車とタクシー数台をのぞいて、すべての交通が麻痺していたが、幸い、高台にあるウェスト・ハートフォードの状況はそこまで悪化していなかった。とはいえ、発電所が停電になったため、邸内も闇に包まれ、蠟燭や灯油ランプの出番となる。このあたりの雰囲気や状況は、探偵小説の出だしとして申し分ない。

ハートフォードの社会は芸術を重んじており、〈パーケット〉でも客間で歌や楽器演奏を取り混ぜた二部構成のコンサートが行なわれる。ところが、コンサートの休憩時間に会場を退出し、二階へと上っていった女主人が、首元を古代エジプトの短剣で刺され、自室で殺害されているのを発見される。犯行に用いられたのは、もともと博物館のケースのなかに展示されていた、対になっている短剣の片割れ。エジプト学者ふたりがずっと館内にいて、夕食のためいったん部屋を離れた際にも、ドアに施錠し、鍵をそのまま持ち去ったので、窓もない部屋に侵入することは不可能で、魔術でも使わないかぎり、短剣を持ち出せたはずはなかった。

そして今度は、内側から施錠された博物館でエジプト学者のひとりが第一の殺人の凶器と対になっていた短剣で刺され、瀕死の状態で見つかる。

最初の殺人に用いられた凶器の博物館からの消失、その博物館が密室殺人の現場になる第二の事件だけでも不可能趣味は濃厚だが、どちらの事件でも容疑者全員に鉄壁のアリバイが成立してしまうことで、その不可能性にはさらに拍車がかかる。

ロードが事件の捜査に関わっていく理由にもひねりが加えられており、博物館のミイラの棺が開けられると共に事件も解決にいたるという、クライマックスでのスリリングな演出も心憎い。

結論から言うなら、本書は黄金時代の米国ミステリの集大成的な作品であり、二年前の前作『いい加減な遺骸』が米国では受け入れられなかった、版元を見つけることができなかったという反省を踏まえ、大衆受けするような要素がふんだんに盛りこまれている。先述した、パズラー・ファン向けの御馳走の数々もそうだし、全盛期のヴァン・ダインや、デビュー当初のエラリー・クイーンに見られたペダントリー、ディクスン・カーばりの歴史趣味やオカルト趣味もしかり。『タラント氏の事件簿』に収められた「古写本の呪い」や「消えた竪琴」で巧みに用いられていた、〈いにしえの呪い〉も作中に取り入れられており、タラントがどこかでひょっこり顔を出しても、さほど違和感はない。そういった意味では、自作の集大成的な長編だとも言える。

米版が出るたびに版元が変わり、『鉄路のオベリスト』と『いい加減な遺骸』にいたっては本国での出版が叶わなかった、そんな不遇の作者が放った渾身の一作――それこそが本書なのである。

……と、いささか持ちあげすぎた感もあるが、いくつか不満に感じられる点がなくもない。ひとつは、提示される魅力的な謎やシチュエーションに比べ、トリックや解決がありきたりなこと。もうひとつは、ダイイング・メッセージにせよ、鉄壁のアリバイにせよ、とうてい読者に解明できるとは思えない点である。とりわけ、同時代人でもなく、同国民でもない我々には、不可能だろう。そこら辺がクリアできていれば、密室の歴史に名を残すような傑作になっていた可能性もあり、まことに惜しまれる。

＊　＊　＊

「今回は絶対に大丈夫です（中略）わたし自身、立ち直るために来ているのですから。それには最適の場所を選んだつもりです」と請け合ったロードだったが、いくら休暇で心身をリフレッシュしようとしても、本書や『いい加減な遺骸』でのように事件に遭遇してしまうので、次作ではついに国外脱出を試みる。かくして訪れたバミューダだが、そこでも……。それでは、本書の翌々年に出た、シリーズの掉尾を飾る *Bermuda Burial* の解説でまたお目にかかりましょう。

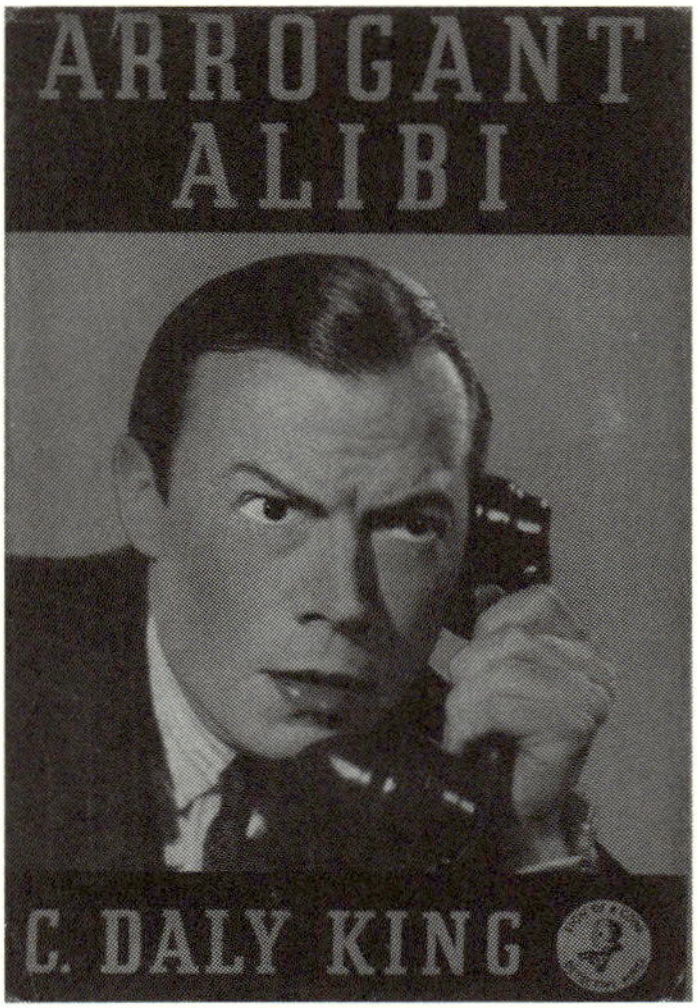

Collins Crime Club（UK）
first printing（1938）

〔訳者〕
福森典子（ふくもり・のりこ）
大阪生まれ。通算10年の海外生活を経て国際基督教大学卒業。訳書に『真紅の輪』（論創社）

厚かましいアリバイ
——論創海外ミステリ 169

2016年4月25日　初版第1刷印刷
2016年4月30日　初版第1刷発行

著　者　C・デイリー・キング
訳　者　福森典子
装　画　佐久間真人
装　丁　宗利淳一
発行所　論 創 社
〒101-0051　東京都千代田区神田神保町2-23　北井ビル
電話 03-3264-5254　振替口座 00160-1-155266

印刷・製本　中央精版印刷
組版　フレックスアート

ISBN978-4-8460-1512-1
落丁・乱丁本はお取り替えいたします